# HISTOIRES SIDÉRANTES

RECUEILS
D'ALFRED HITCHCOCK

*DANS PRESSES POCKET :*

HISTOIRES TERRIFIANTES
HISTOIRES ÉPOUVANTABLES
HISTOIRES ABOMINABLES
HISTOIRES À LIRE TOUTES PORTES CLOSES
HISTOIRES À LIRE TOUTES LUMIÈRES ALLUMÉES
HISTOIRES À NE PAS FERMER L'ŒIL DE LA NUIT
HISTOIRES À DÉCONSEILLER AUX GRANDS NERVEUX
HISTOIRES PRÉFÉRÉES DU MAÎTRE ÈS CRIMES
HISTOIRES QUI FONT MOUCHE
HISTOIRES SIDÉRANTES
HISTOIRES À CLAQUER DES DENTS
HISTOIRES QUI RIMENT AVEC CRIME
HISTOIRES À DONNER LE FRISSON
HISTOIRES À LIRE AVEC PRÉCAUTION
HISTOIRES DRÔLEMENT INQUIÉTANTES
HISTOIRES PERCUTANTES
HISTOIRES À FAIRE FROID DANS LE DOS
HISTOIRES À DONNER DES SUEURS FROIDES
HISTOIRES À VOUS GLACER LE SANG
HISTOIRES À SUSPENSE
HISTOIRES À FRÉMIR DEBOUT
HISTOIRES À VOUS FAIRE DRESSER
LES CHEVEUX SUR LA TÊTE
HISTOIRES RENVERSANTES
HISTOIRES QUI FONT TILT
HISTOIRES À FAIRE PÂLIR LA NUIT
HISTOIRES NOIRES POUR NUITS BLANCHES
HISTOIRES À VOUS METTRE K.O.
HISTOIRES DIABOLIQUES
HISTOIRES FASCINANTES
HISTOIRES QUI VIRENT AU NOIR
HISTOIRES À VOUS COUPER LE SOUFFLE
HISTOIRES À FAIRE PEUR
HISTOIRES TÉNÉBREUSES
HISTOIRES À LIRE ET À PÂLIR
HISTOIRES CIBLÉES
HISTOIRES À RENDRE TOUT CHOSE
HISTOIRES EN ROUGE ET NOIR

ALFRED HITCHCOCK

présente :

# HISTOIRES SIDÉRANTES

PRESSES POCKET

ISBN 2-266-04548-2

# La chatte et les poissons

par

LAWRENCE G. BLOCHMAN

MAX Ritter, le plus jeune, le plus futé, le plus élégant, le plus allant et le plus réfléchi des lieutenants appartenant aux forces de police de Northbank, vint se pointer à son bureau à sept heures, comme à son habitude. Quand il lut le message qui avait été déposé sur la table, il n'attendit même pas la réunion pour le rapport matinal et fila tout droit au 2214 Kanold Street.

Il arrêta sa voiture devant une petite villa d'un étage au banal péristyle en stuc qui, comme toutes les autres modestes bâtisses s'alignant dans la rue, étalait devant sa façade un bout de jardin étriqué, avec un orme sur la gauche et une miniature de buissons de seringas devant le perron. Les deux policiers en civil qui étaient assis sur les marches se levèrent à l'arrivée de Ritter.

– Le Coroner n'a pas encore paru, l'informa l'un d'eux. Le macchabée est toujours étendu de tout son long au bas de l'escalier. Un nommé Robert Arlington, qui séjournait chez ces Smith.

Ritter poussa la porte d'entrée, eut un bref regard vers le vestibule et le salon où s'entassait tout un bric-à-brac de meubles vieillots et se mit à examiner aussitôt feu Robert Arlington.

Le défunt gisait, la tête dirigée vers le bas, au pied des marches. L'homme paraissait jeune, dans les trente-cinq ans. Il ne portait que ses sous-vêtements, mais du linge de luxe en soie, le gilet de corps déchiré tout autour de l'encolure.

– Les Smith sont là-haut, dit un des policiers.

Dans la chambre à coucher, le jeune détective trouva un homme à la carrure athlétique assis au bord du lit dans un pyjama de coton, et qui semblait perdu dans la contemplation de ses mains. A quelques pas, une petite blondinette vêtue d'un déshabillé bleu ciel se regardait dans le miroir en s'appliquant nerveusement à remettre du rouge sur ses lèvres. Comme l'homme se levait, Ritter remarqua qu'il avait des joues un peu flasques et un front largement dégarni, couronné d'une mince touffe de cheveux grisonnants.

– Je suis Jonathan Smith, dit-il, et voici ma femme, Monica. Je suppose que vous allez me demander de vous raconter encore une fois toute l'histoire.

– Vous êtes bon pour la rabâcher une centaine de fois avant que l'enquête soit finie, augura Ritter. Alors, allons-y!

Monica Smith vint se blottir contre son mari avec des mines d'oiseau effarouché en quête de protection. Elle arrivait à peine à l'épaule de son époux et paraissait sa cadette d'au moins quinze ans. Elle écarquillait de grands yeux bleus dégageant une incroyable impression de candeur, qu'accentuait la menue bouche en cœur constamment entrouverte. Cependant son allure générale et la coquetterie de son déshabillé dénotaient une féminité assurément prête, en tout bien tout honneur, à faire fondre n'importe quel cœur masculin, fût-ce le cœur de pierre d'un officier de police.

– En fait, je n'ai pas grand-chose à vous dire, attaqua Smith. Je me trouve être sujet à des crises de somnambulisme et, depuis un an environ, je suis poursuivi par le même rêve : je me heurte dans mon sommeil à un agresseur qui s'est introduit chez moi et que je cherche à écarter. J'ai songé à voir un psychiatre pour lui parler de ce cauchemar, mais j'ai sans cesse remis la chose, vous savez ce que c'est... La nuit dernière, une fois encore, je marchais dans mon sommeil et j'ai cru tomber sur un malfaiteur avec qui je me suis battu... Quand je me suis réveillé, je me suis retrouvé en haut de l'escalier avec ma femme à mes côtés, qui me secouait en poussant des cris d'effroi. Et ce pauvre Arlington était étendu au bas des marches, dans la position exacte où vous venez de le voir.

Smith se passa la langue sur les lèvres. Il contemplait le détective avec des yeux gris si clairs, si francs qu'ils semblaient implorer que l'on voulût bien croire ce récit, qu'il savait pourtant peu plausible.

– Continuez, fit Ritter.

– Eh bien... j'ai été horrifié, naturellement. J'avais certainement dû agripper Arlington dans mon sommeil et, l'identifiant avec l'agresseur de mon rêve, l'avais poussé du haut de l'escalier. Je me suis précipité aussitôt pour lui venir en aide, mais j'ai bien vu qu'il était mort. Sa tête avait dû cogner contre une des marches. J'ai immédiatement appelé la police.

– Quelle heure était-il? questionna Ritter.

– Exactement quatre heures moins trois minutes, intervint Monica Smith. J'ai consulté ma montre tandis que Jonathan téléphonait.

Elle ne regardait pas le détective en s'adressant à lui, mais fixait les traits rugueux de son mari, le couvant des yeux avec une sorte d'adoration craintive. L'homme resserra son étreinte autour de la fragile épaule, s'efforçant de se montrer rassurant.

– Depuis quand cet Arlington séjournait-il chez vous? poursuivit le policier.

– Trois jours, répondit l'époux.

– Et vous le connaissiez depuis...?

– Trois jours, répéta l'autre avec une ébauche de sourire.

– Était-ce donc une connaissance de votre femme?

– Non, oh non!

Le regard toujours dardé sur son mari, Monica Smith marqua sa dénégation en secouant si violemment la tête qu'une mèche de ses cheveux vint lui couvrir la moitié du visage.

L'époux s'empressa d'expliquer qu'Arlington était venu spécialement à Northbank pour le consulter lui, spécialiste en ichtyologie, afin d'éclaircir un problème scientifique dont il s'occupait. Car Arlington avait longuement étudié l'ouvrage du professeur Jonathan Smith, consacré aux « Mutations des poissons téléostènes ». Comme les Smith avaient de la place chez eux, ils lui avaient proposé d'habiter là.

– Qu'est-ce que vous m'avez dit qu'était votre profession? interrogea Ritter.

– Je suis ichtyologiste.

– Comment écrivez-vous cela?

Smith lui épela le mot que l'autre inscrivit sur une vieille enveloppe qu'il avait tirée de sa poche.

– Où Arlington dormait-il? questionna le policier.

– En bas, la pièce près de la cuisine. C'était à l'origine la chambre de bonne, mais comme nous n'avons plus les moyens de nous offrir une domestique...

– Mais alors, s'il couchait au rez-de-chaussée, que diable faisait Arlington dans votre escalier à quatre heures du matin? demanda Ritter.

– Ça, je crois qu'à présent ça restera toujours un mystère, soupira Smith en lâchant l'épaule de Monica pour relever la mèche qui était tombée sur le front de la jeune femme.

– Je ne vois pas où nous mène cet interrogatoire, ajouta-t-il d'un ton désabusé. Tout est on ne peut plus clair : j'ai tué ce pauvre homme. C'était totalement involontaire de ma part, mais je ne l'ai pas moins tué, et vous allez probablement m'arrêter pour homicide, non?

– Ce sera au Coroner d'en décider, rétorqua Ritter. En attendant son arrivée, puis-je faire une petite inspection?

Sans attendre la moindre autorisation, le détective ouvrit un placard, jaugeant d'un œil de commissaire-priseur l'amoncellement de robes apparemment coûteuses et de souliers de luxe qui s'y trouvaient. Examinées de près, ces toilettes ne semblaient pas toutes neuves, mais elles étaient assurément de bonne coupe et les tissus de première qualité. Au surplus, elles portaient la griffe de couturiers connus de New York et de Miami.

Et cependant les Smith ne pouvaient plus se payer les services d'une bonne...

Ritter ne découvrit rien d'intéressant dans la salle de bains, pas plus que dans la pièce voisine qui, de toute évidence, servait de bureau au professeur Smith. Il se dirigea vers le rez-de-chaussée.

La chambre jouxtant la cuisine, qu'avait occupée l'infortuné Arlington, semblait se ressentir du passage d'un ouragan dévastateur, à moins que celui qui y résidait n'y ait été surpris en train de faire ses bagages pour un départ précipité. Deux valises étaient béantes sur le plancher, leur contenu éparpillé sur le lit et les chaises, ou empilé par terre. Max Ritter nota une profusion de chemises et de sous-vêtements de soie, cinq complets en gabardine ou en tweed provenant de tailleurs en renom de Hollywood ou de Miami, plusieurs pull-overs et vestes de sport de couleurs voyantes qu'il n'aurait pas supposé pouvoir faire partie de la garde-robe d'un savant – quel était déjà le mot? – ichtyologiste.

De toute évidence, la mort de Robert Arlington posait des problèmes qui imposaient le recours à un laboratoire de police scientifique. Or Northbank ne disposait d'aucune installation de ce genre et, de plus, la localité, sous l'influence de son Coroner, était assujettie à une clique de politiciens qui avaient bien davantage en vue de flatter leur électorat que de doter l'agglomération d'un matériel de médecine légale digne de ce nom. Les choses étant ainsi, Ritter décida d'appeler au téléphone son ami le Dr Daniel Webster Coffee, pathologiste au Pasteur Hospital, qui probablement à cette heure-là devait être attablé devant son petit déjeuner.

– Allo, toubib? Salut, ici Max Ritter. Dis-moi, mon vieux, qu'est-ce exactement – il consulta, pour plus de sûreté, sa vieille enveloppe – qu'un ichtyologiste?... Un savant spécialisé dans l'étude des poissons... Ça ne m'étonne pas. J'en ai un ici qui me fait un drôle de poisson d'Avril... Oui, un ichtyologiste somnambule mêlé à une histoire d'homicide. Dis donc, Dan, peux-tu expédier ton breakfast et, en te dirigeant vers ton hôpital, faire une petite halte au 2214 Kanold Street? Je voudrais que tu examines un peu mon macchabée avant que le Coroner jette dessus son mauvais œil... OK! Je t'attends.

Dan Coffee n'aimait pas se bousculer en prenant son petit déjeuner, ou aucun autre de ses repas d'ailleurs, quitte à en sauter un lorsqu'il était plongé dans un important travail de laboratoire. Cela dit, bien manger était une de ses deux manies, l'autre étant son aversion pour les gilets, qu'il se refusait à porter même au cœur de l'hiver. Son armoire regorgeait de gilets à l'état de neuf, accusant un criant contraste avec ses vestons et ses pantalons. Car le jeune médecin faisait le désespoir des meilleurs tailleurs de Northbank par le don qu'il avait de transformer en quelques jours le complet le plus élaboré en un vêtement informe semblant sortir de chez le fripier.

Cependant l'appel téléphonique de Max Ritter venait de lui faire le même effet que la cloche d'alarme sur les chevaux qu'on attelait autrefois aux voitures de pompiers. Dan croqua en hâte un dernier toast, avala en se brûlant sa seconde tasse de café et, jetant un rapide baiser à sa femme, grimpa dans sa vieille voiture qui démarra poussivement.

Quand il parvint devant le 2214 Kanold Street, il trouva Ritter debout sur le trottoir, discutant avec un petit homme trapu au visage rougeaud qui, vêtu d'un bleu de travail, portait sur son épaule une bêche et un râteau.

– Mais Mme Smith m'a demandé de venir aujourd'hui pour bêcher le jardin arguait ce dernier.

– Peu importe ce qu'elle vous a demandé, rétorqua le détective. Il n'y aura pas de travaux de jardinage aujourd'hui ici.

– Laissez-moi au moins parler à Mme Smith...

– Demain, trancha Ritter en faisant pivoter le jardinier et le poussant dans le dos d'une main ferme. Revenez demain... Salut, toubib! Le Coroner n'est pas encore là. Il a dû se rendre à Boone Point hier soir pour un suicide et, comme nous approchons des élections, tel que je le connais, il y a passé la nuit pour cajoler un peu ses supporters. Tu entres voir mon mort?

Tandis que le praticien examinait la dépouille d'Arlington, Ritter le mit au courant des faits : l'ichtyologiste atteint de somnambulisme, sa petite blondinette d'épouse, apparemment plus innocente et candide que nature, mais dont le placard renfermait un tel luxe de toilettes que, en enquêteur avisé, il en avait déduit que l'ichtyologie nourrissait bien son homme ou, du moins, l'avait bien nourri pendant un certain temps.

Le Dr Coffee l'écoutait en considérant avec attention le corps étendu au pied de l'escalier. Il se disait que cet Arlington avait été un bel homme et le restait dans la mort, avec cette espèce de sourire un peu canaille qu'il emportait avec lui dans l'éternité, un sourire triste et comme désillusionné d'homme du monde ayant découvert que ce bas monde était plein de vilenies que, dans sa sagesse, il avait jusqu'alors appris à tolérer et comprendre.

Le médecin constata que le visage cireux du mort ne portait pas la moindre trace de contusions. Se déplaçant alors pour examiner les jambes et les pieds nus du cadavre, il parut y trouver le plus grand intérêt. Revenant vers le bas, Dan Coffee scruta attentivement tout le corps, notant la déchirure du tricot de soie, puis s'attardant à la contemplation des mains – mains raffinées, soignées, qui apparemment ne s'étaient jamais livrées à des travaux manuels. Cependant ces mains, si bien manucurées qu'elles fussent, avaient les ongles noirs. Enfin, avec des gestes précautionneux et sachant que ce qu'il faisait là contrevenait à la Loi, le docteur souleva la tête, recherchant sous l'épaisse chevelure brune les lésions qu'avait subies le crâne. Tendant sa mâchoire en avant, Dan émit alors du bout des lèvres une onomatopée aussi brève qu'incongrue.

– Ils t'ont menti, mon vieux Max, dit-il. Ce type n'est pas mort dans cette position.

– A quoi vois-tu cela?

– Regarde ces traces bleuâtres aux pieds et aux jambes. Si cet homme était étendu là, mort, depuis quatre heures du matin, la lividité cadavérique serait apparue sur son visage et ses épaules mais non sur ses pieds. Le fait que ce soient ses extrémités inférieures qui soient livides indique que le corps était en position assise, ou a été soutenu dans cette position un assez long moment après le décès. Le cadavre n'a été placé dans cette posture, la tête en bas, que plusieurs heures après que le sang a eu cessé de circuler.

Max eut un ricanement.

– L'ichtyologiste somnambule! Il se paye ma tête!

– De plus, poursuivit le praticien, la fracture du crâne qui a causé la mort semble parallèle à l'épine dorsale. Si Arlington s'était cogné l'occiput en tombant à la renverse, la blessure, grosso modo, devrait se situer à angle droit.

– Allons là-haut parler aux Smith, décida Ritter.

Le Professeur récapitula toute son histoire avec patience. Cette fois-ci, Monina ne vint pas blottir sa nervosité contre l'épaule conjugale. Bien que le médecin ne quittât pas des yeux le visage placide du savant tout au long de sa narration, il pouvait voir le reflet de la jeune femme dans le miroir. Elle était assise derrière lui, ses mains jointes contrôlant fiévreusement l'échancrure de son déshabillé qui avait tendance à s'entrouvrir de façon presque provocante au rythme de sa respiration.

– Répétez-moi tout cela une fois encore, dit Ritter lorsque Smith eut terminé. Seulement, cette fois, n'omettez rien.

– Mais... je vous ai tout dit..., protesta l'autre.

– Non, vous ne nous avez pas dit qui a déplacé le corps, lâcha le détective.

Les doigts de Monica se détachèrent de son décolleté comme un ressort que l'on détend. Il y eut un moment de silence avant que Jonathan se décidât à bredouiller...

– Le corps n'a pas été déplacé, lieutenant. Le pauvre homme est resté à l'endroit même où je l'ai trouvé, et où la Police a constaté sa présence cinq minutes plus tard.

– Le Dr Coffee affirme qu'il a été déplacé. Explique-lui, Doc, comment tu en es arrivé à cette déduction.

Dan leur résuma en quelques mots le mécanisme de la lividité cadavérique.

– Cela me paraît convaincant, admit Jonathan Smith. Je voudrais bien pouvoir vous expliquer cette apparente contradiction, mais en sortant de mon sommeil...

– C'est bon, coupa Ritter, laissons cela pour le moment. Racontez-nous plutôt, Professeur, si ce n'est pas trop compliqué, ce que vous faites à Northbank.

Le savant n'eut aucune difficulté à s'étendre sur ce chapitre, et en détail. La fabrique de conserves Barzac l'avait fait venir pour mettre au point un projet susceptible de lui procurer une activité durant les mois où la mise en boîte des tomates s'arrêtait; la direction était à la recherche d'un poisson d'eau douce, pouvant se reproduire dans les lacs et rivières de la région. Ces messieurs s'intéressaient principalement à l'élevage de poissons-chats, et en particulier aux variétés d'*Amiurus nigricans* des Grands Lacs et d'*Amiurus ponderosus* du Mississippi. Pourraient-elles s'acclimater à Northbank, ou valait-il mieux se rabattre sur les *Ictaturus punctatus* à la chair plus tendre dont le poids n'atteignait malheureusement pas, comme les autres, une centaine de livres?

– Bon, ça va comme ça, coupa Ritter. Parlez-moi maintenant de ce jardinier que j'ai renvoyé de vos plates-bandes tout à l'heure. Est-ce son jour habituel de travail?
– Mon... jardinier...? fit Smith étonné.
– Mais oui, bien sûr, intervint Monica. Je lui avais dit de venir aujourd'hui.
– Eh bien moi je lui ai dit de revenir demain, annonça le détective. Je ne voulais pas qu'il traîne par ici pendant que nous faisons nos investigations. A présent, si Mme Smith pouvait avoir l'amabilité de nous faire un peu de café au docteur et à moi...
– C'est moi d'habitude qui fais le café le matin, s'empressa Jonathan, et je serais heureux de...
– Non, vous allez rester ici et vous raser, ordonna Ritter. Je veux m'entretenir avec votre femme toute seule.

A présent, l'enquêteur ne semblait nullement pressé de commencer son interrogatoire. Il s'était assis sur un coin de la table de cuisine, avait repoussé son feutre mou à l'arrière de sa tête, extirpé deux cigarettes de sa poche; il en offrit une au médecin, et prit largement le temps d'allumer les deux. Il laissa Monica Smith s'affairer une bonne minute à la préparation de son café avant de lui demander soudain :
– Madame Smith, à quelle époque étiez-vous en Floride avec Arlington?
La jeune femme laissa tomber la tasse qu'elle tenait à la main et ses yeux bleus de petite fille modèle regardèrent le détective avec une frayeur qui se mua en défi. Coffee nota que son côté félin évoluait avec une rapidité fulgurante de la petite chatte à la tigresse, et se demanda laquelle des deux correspondait à sa vraie personnalité.
– Je ne vois pas ce que vous voulez dire, fit-elle.
– Oh si, vous le voyez très bien, insista Ritter. Qui était Arlington?
– Je pensais qu'on vous l'avait assez répété.
Là, c'était la tigresse qui s'était extériorisée.
– Nous avons envie de l'entendre de votre bouche.
Monica entreprit de balayer les débris de porcelaine – opération lente et compliquée parce que accomplie avec une seule main, l'autre étant occupée à empêcher son décolleté de bâiller. Quand elle reprit la parole, c'était la chatte qui, en elle, avait repris le dessus.
– Je vais tout vous dire, susurra-t-elle, si vous promettez de ne

rien répéter à mon mari. S'il doit l'apprendre, je préfère que ce soit par moi. D'accord?

– C'est juré. Alors... cette idylle à Miami?

– J'y étais avec Bob Arlington voici environ deux ans. Nous y avons vécu ensemble avant mon mariage avec Jonathan.

– Voilà bien la rouerie féminine : introduire son petit ami au domicile conjugal en le présentant à son mari comme un expert en poissons!

– Mais ce n'est pas moi qui l'ai introduit ici! J'ignorais même sa présence à Northbank jusqu'au moment où Jonathan me l'a amené à la maison. Ah! Bob savait enjôler son monde!

– Ne me dites pas qu'il était venu ici vraiment pour discuter de poissons-chats!

– Bien sûr que non! Il m'a raconté qu'il me cherchait depuis des mois. Il voulait que je revienne avec lui.

– Racontez-moi tout ça depuis le commencement.

Monica reprit la confection de son café tout en déballant son histoire – histoire à la fois banale, sordide et navrante : la petite jeune fille qui échoue à Hollywood sans parvenir à y faire plus que de la figuration, le joli-cœur qui lui fait du charme et l'éblouit en éparpillant quelques dollars pour la sortir, et dont elle va s'amouracher au point de tout lui accorder en échange de quelques belles promesses. Elle avait aimé son Bob, passionnément, sauvagement, même lorsqu'elle avait découvert qu'il ne vivait que du jeu. Peu lui importait! Quand il était dans une période de veine, ils menaient la vie à grandes guides, habitant les palaces, buvant du champagne et visitant les joailliers; et quand la chance ne lui souriait plus, ils vivaient en meublé, buvant de l'eau et engageant les bijoux au mont-de-piété pour qu'il ait de quoi rejouer. Monica n'en nageait pas moins dans le bonheur – jusqu'au jour où Arlington la plaqua pour une autre conquête. Elle lui pardonna et le reprit quand il revint deux semaines plus tard, car elle n'avait pas cessé de l'aimer. Après une seconde escapade, elle le reprit encore mais sans pardonner cette fois, car il s'était mis à boire et à la rudoyer.

Après un an de cette existence, au cours duquel elle avait perdu dix kilos, son équilibre moral et tout respect de soi-même, Monica fit ses paquets et s'en alla. Son amant avait disparu depuis trois semaines, alors elle avait peur qu'il revienne et d'avoir encore la faiblesse de le reprendre – car elle l'aimait toujours. Elle s'en fut rejoindre des amis qui avaient un chalet dans la montagne californienne, avec l'espoir d'y retrouver sa santé physique et morale.

Ce fut là, dans la sierra, qu'elle rencontra Jonathan Smith. L'État de Californie se l'était alors attaché pour un grand projet de poissonneries qu'on voulait créer. Deux semaines après avoir fait sa connaissance, il lui demandait de l'épouser.

– J'ai été franche avec Jonathan, poursuivit la jeune femme en versant le café. Je lui ai dit que je sortais d'un amour malheureux et me sentais indigne des attentions d'un homme aussi convenable et aussi éminent que lui. Je ne prononçai pas le nom de Bob Arlington et il ne me le demanda pas. Je lui avouai me sentir hors d'état d'aimer qui que ce fût avant de longs mois, mais il me répondit que c'était sans importance et qu'il m'aimait lui-même assez pour courir sa chance. Il se montra si gentil, si patient, et j'étais à tel point démoralisée que je cédai et l'épousai. C'était égoïste de ma part, car je me servais de lui pour reprendre goût à la vie, mais j'ai fait de mon mieux pour lui revaloir ça et être une bonne épouse. Je voulais qu'il ne regrette rien... Et il a fallu que...!

– Mais n'aviez-vous pas la crainte qu'Arlington vienne vous faire du chantage pour vous reprendre, en menaçant de tout dire à votre mari?

– J'y pensais avec terreur sans arrêt.

– Avez-vous menacé Arlington de le tuer s'il ne vous laissait pas en paix?

– Comment l'aurais-je pu? Bob n'avait pas peur de moi.

Évidemment pas, songea Dan Coffee. Monica n'était finalement pas une tigresse, mais seulement une mignonne chatte, même lorsqu'elle sortait ses griffes. C'était une créature sans défense et pleine de chaleur humaine que le jeune médecin se surprenait soudain à trouver plutôt attirante...

– J'ai une question à vous poser, madame Smith. Comment un pilier de tripots tel qu'Arlington a-t-il pu se faire passer pour un ichtyologiste au point d'abuser un expert comme votre mari?

– Bob avait une mémoire d'éléphant, une mémoire... photographique! Il était capable de lire rien qu'une fois la *Gazette des Courses* et vous dire comment Mogul s'était comporté en présence de Pickled Beets ou de Galorette au cours de la saison hippique de l'année précédente! Il pouvait vous réciter les performances de chacun des chevaux qui avaient couru six furlongs à Bowie, Hialeah ou Churchill Downs! Se rappeler des noms de poissons était aussi facile pour Bob que des noms de chevaux. Il avait dû simplement parcourir le livre de Jonathan dans le train qui l'amenait ici!

– Aviez-vous correspondu avec Arlington depuis votre mariage? demanda Ritter.

– Non.

– Alors comment vous a-t-il retrouvée ici, à Northbank?

Monica se mordit la lèvre..

– Je me le demande... à moins qu'Eddie Drake ne lui ait communiqué mon adresse. Drake était, occasionnellement, l'associé de Bob. Quand je les ai quittés, ils tenaient ensemble une maison de jeu, le Canyon Casino à Los Juegos, dans le Nevada. Je dois vous dire que l'ultime fois où Bob avait été dans la dèche, j'avais mis au clou pour lui une petite bague que ma mère m'avait donnée en mourant. Elle ne valait pas grand-chose, c'était juste trois brillants minuscules, mais je voulais la dégager pour des raisons sentimentales. Alors j'ai envoyé à Eddie Drake l'argent pour la retirer, avec le reçu et mon adresse. J'avais demandé à Eddie de n'en souffler mot à Bob, mais celui-ci avait dû voir la lettre.

– Dites-nous à présent pourquoi vous avez déplacé le corps, enchaîna Ritter.

– Mais je ne l'ai pas déplacé! J'ai été réveillée peu avant quatre heures et...

– Oui, nous savons; vous avez trouvé votre mari en haut de l'escalier! ironisa le détective. Voulez-vous que je vous dise ce qui, d'après moi, s'est réellement passé? J'ai la conviction que vous avez tué Arlington pour le faire taire, après quoi, vous réfugiant dans votre lit, vous êtes demeurée à vous tourmenter jusqu'au moment où votre mari s'est mis à marcher dans son sommeil. Vous êtes alors descendue, vous avez traîné votre ex-amant jusqu'au bas de l'escalier, afin de faire croire à une chute accidentelle. Après quoi vous avez réveillé votre mari, en lui laissant croire que c'était lui qui avait fait le coup.

Monica Smith hésita un long moment avant de répondre.

– Soit! Admettons que ça se soit passé ainsi. Mais je vais vous dire, lieutenant, ce que ces trois jours de cauchemar que je viens de vivre m'ont apporté de réconfortant : ils m'ont révélé que j'aimais profondément Jonathan. Vous n'imaginez pas l'effet que ça m'a fait de constater que je pouvais me trouver en face de Bob Arlington sans être complètement tourneboulée par sa présence, de réaliser que cette passion destructrice que j'avais éprouvée pour lui était morte une fois pour toutes, dût-il rester ici pendant des années en me faisant du charme à longueur de journée. Finalement, je lui suis reconnaissante de m'avoir fait comprendre à quel point j'aime aujourd'hui mon mari, et que je ferais n'importe quoi pour lui! Alors, si vous voulez m'inculper du meurtre d'Arlington, faites-le, lieutenant. Je le mérite car, si j'en avais eu l'opportunité, je l'aurais tué! Arrêtez-moi.

– Je le ferai peut-être, fit le policier, songeur, lorsque j'aurai découvert de quoi vous vous êtes servie pour lui fracasser le crâne. Mais d'abord... Qu'y a-t-il, Brody? Vous voulez quelque chose?

L'agent en civil qui venait de pénétrer dans la pièce s'avança, perplexe.

– Il y a là un type qui dit habiter la villa d'à côté. Je pense que vous devriez l'entendre, il a toute une histoire à raconter.

– Faites-le entrer, Brody. Quant à vous, madame Smith, montez donc une tasse de café à votre mari, ne serait-ce que pour le tenir éveillé. Je n'ai aucune envie qu'il se remette à faire le somnambule dans la maison!

Le voisin fut introduit et déclara s'appeler Pelham. La veille, dit-il, il était rentré chez lui à minuit passé, après avoir joué aux cartes chez des amis, et il lui avait semblé apercevoir une silhouette près du bosquet de seringas des Smith. Il avait crié : « Bonsoir, Professeur! » mais n'avait reçu aucune réponse et l'homme – car c'était un homme – avait disparu. La chose avait intrigué Pelham qui y songeait encore en se déshabillant et, au moment de se coucher, jetant un coup d'œil par sa fenêtre, il avait nettement aperçu la même ombre se dissimulant dans les seringas. Il avait alors pris sa torche électrique et projeté son rayon sur les arbustes, mais le visiteur nocturne était demeuré invisible. Un instant plus tard une auto, dont le témoin n'avait pas jusque-là décelé la présence, démarra devant chez les Smith, mais Pelham chercha vainement à en déchiffrer la plaque d'immatriculation : la lanterne arrière n'était pas allumée. Remarquant alors que le living-room de ses voisins était éclairé, l'homme avait conclu qu'il n'y avait pas lieu de s'inquiéter – point de vue qui se transforma lorsque, à l'aube, il vit les voitures de police stationnant devant la villa du Professeur.

Ritter remercia ce témoin, en se promettant de le reconvoquer, puis entraîna le Dr Coffee à l'étage supérieur pour confronter les époux avec les faits qui venaient de lui être révélés.

Les Smith n'avaient aucune explication à fournir : ils n'avaient reçu aucun visiteur ni entendu la moindre voiture démarrer de chez eux à minuit passé. Ils affirmaient, d'autre part, que les lumières étaient éteintes dans leur living puisque Arlington était alors dans sa chambre depuis déjà un moment.

– Nous nous sommes tous couchés vers dix heures et demie, précisa Jonathan.

– Et comme ça faisait deux nuits que je dormais mal, enchérit sa femme, je me suis tout de suite endormie comme une masse et ne me suis réveillée...

– Oui, nous savons, nous savons : un peu avant quatre heures! interrompit Ritter en levant les mains avec impatience. Je vais maintenant vous demander de vous habiller, je vous emmène au commissariat central pour enregistrer vos déclarations.

Dans l'escalier, Dan Coffee retint son ami par le bras.

– Max, je dois me déplacer pour une autopsie et ne serai pas de retour avant demain. Si tu découvres quoi que ce soit qui ait besoin d'être examiné en labo, adresse-toi à mon assistant, le Dr Mookerji.

– L'Hindou?

– L'Hindou. Souviens-toi, il a fait merveille dans l'affaire Starkey.

– Et dans l'affaire Gable. Mais dis-moi, Dan, que penses-tu que je puisse avoir à lui soumettre?

– Puisqu'il est à peu près sûr qu'Arlington est mort assis, examine donc les sièges, vois s'il ne s'y trouve pas des taches et, s'il y en a, que le Dr Mookerji les analyse pour voir si c'est du sang. Il pourra peut-être même te dire à quel groupe sanguin elles appartiennent, auquel cas il fera des prélèvements pour comparer avec le sang des deux suspects et de la victime. Fais-lui analyser également les raclures que nous avons vues sous les ongles du macchabée, lesquels me paraissent étrangement sales pour un individu prenant un tel soin de sa personne.

– Je suis bien de ton avis, et suis aussi curieux de savoir pourquoi son tricot de peau était tout lacéré.

– Autre chose, Max. Le corps n'a pas été traîné à même le sol car je n'ai vu aucune marque sur le tapis ou le parquet. Cherche donc s'il n'y a pas des traces de sang sur les vêtements de celui – ou de celle – qui l'aura transporté.

– Je vais regarder tout ça de très près. A demain, toubib!

Dan Coffee revint à Northbank par le premier train du matin et alla directement à son laboratoire du Pasteur Hospital où il trouva son assistant, le petit et bedonnant Dr Mookerji, en proie à une activité fébrile. Le turban rose de l'Hindou oscillait sur sa tête tandis que le bonhomme courait d'un bout à l'autre du labo en manipulant des rangées d'éprouvettes. Il n'avait pas vu entrer son supérieur hiérarchique, pas plus que ne l'avait vu Max Ritter, assis sur un haut tabouret, le dos à la porte, et qui regardait Mookerji verser le contenu d'une éprouvette sur des carrés de papier buvard. Des traînées vertes y apparurent aussitôt, provoquant sur le visage rondouillard de l'Hindou un sourire satisfait.

Coffee posa par terre son sac de voyage, ce qui fit se retourner les deux hommes.

– Docteur Sahib, soyez cinq fois le bienvenu! s'exclama l'Hindou. Me voici devenir aide-détective pour Lieutenant Ritter!

– Vous faites le test à la benzidine? interrogea le jeune médecin en regardant les taches vertes s'étendre et devenir plus foncées.

– Leuco-malachite, Sahib. Heureux annoncer réaction positive pour présence de sang.

– Salut, toubib! intervint Ritter. J'ai déniché dans la cuisine des Smith un fer à repasser avec quelques cheveux collés après et une tache brunâtre qui peut aussi bien être de la rouille qu'autre chose. Notre ami ici affirme que c'est du sang. Nous possédons donc l'arme du crime. Par ailleurs, j'ai découpé un bout de tissu bizarrement maculé sur un des sièges du living. Il paraît que ça aussi c'est du sang.

– Deux sangs différents, précisa Mookerji, suffisamment agglutiné çà et là pour fournir superbe réaction double : cellules groupe AB et cellules groupe O. Avais auparavant classé sang du décédé comme groupe O et peux affirmer en conséquence individu groupe AB a saigné sur le fauteuil.

– Il semble donc, conclut le détective, que notre assassin se soit blessé à un doigt en assommant sa victime avec le fer à repasser.

– Le fait qu'il appartienne au groupe AB va considérablement restreindre ton champ de recherches, constata le médecin. Une personne sur vingt présente cette caractéristique. Avez-vous fait un prélèvement sanguin sur le Professeur Smith?

– Ai été heureux le faire, s'agita l'Hindou, très heureux entrer en relations avec distingué ichtyologiste Jonathan Smith.

– Vous ne m'aviez pas dit que vous le connaissiez? s'étonna Ritter.

– Contact seulement indirect, soupira Mookerji. Avant opter pour profession médicale, moi longuement songé à faire carrière dans département pêcherie service civil en Inde. Beaucoup lu et relu alors ouvrage Professeur Smith sur « Mutations des poissons téléostènes », grand monument scientifique. Ai appris que maintenant Professeur prépare ici étude poissons-chats région Northbank. Pour moi opportunité formidable comparer poissons-chats américains avec espèce indienne appelée Mahsur qui habite nos eaux non salées et très bon manger pour non-brahmanes...

Max Ritter coupa court à cet étalage d'érudition.

– Nous n'aurons plus besoin d'analyses sanguines, dit-il. Je crois que je sais déjà qui a tué Arlington.

– Le mari ou la femme? s'enquit Coffee.

– Viens avec moi, dit le policier en consultant sa montre. J'ai l'intuition que c'est le bon moment pour percer le mystère. Mais il nous faut faire vinaigre car ma capture sera strictement minutée.

Au cours du trajet vers Kanold Street, Dan demanda à son compagnon :

– Max, as-tu fait faire par Mookerji un examen des ongles de la victime?

– Tu penses! Le dépôt noir serait, d'après lui, de la bonne terre arable avec un soupçon de fertilisant.

– Tu sais, Max, poursuivit le médecin, je me demande pourquoi les Smith n'ont pas sauté sur l'occasion qu'ils avaient d'imputer la mort d'Arlington à un crime de rôdeur. La chance leur en était offerte sur un plat d'argent quand leur voisin est venu nous parler de son visiteur nocturne. Comment ont-ils laissé échapper cette opportunité? En plus du fait que chacun soupçonne l'autre, tous deux disent probablement la vérité en affirmant qu'ils dormaient à minuit, heure où Arlington a vraisemblablement été tué.

– Toubib, tu as décidément tout ce qu'il faut pour faire un bon détective! C'est exactement le raisonnement qui me travaille depuis ton départ hier. Si le meurtrier n'est ni l'un ni l'autre, me suis-je dit, qui est-ce? J'ai repensé à ce que nous avait appris la belle Monica et j'ai téléphoné au chef de la police de Los Juegos, Nevada, pour qu'il me parle un peu de ce Canyon Casino. Eh bien il m'a annoncé que ce tripot avait fermé ses portes depuis environ deux semaines, et le bruit court parmi ses habitués que s'il est fermé, c'est parce que l'un des deux associés a fichu le camp en emportant la caisse. Or, comme l'associé Eddie Drake a été aperçu errant en ville saoul comme une bourrique, avant qu'on le voie sauter dans sa voiture et partir comme un fou on ne sait où, on en a déduit que c'était l'autre associé, Bob Arlington, qui avait levé le pied avec les fonds. Sur quoi, je me suis fait donner par mon collègue le signalement du nommé Eddie Drake et j'ai lancé un avis de recherche à travers une dizaine d'État en fournissant ce signalement et le numéro d'immatriculation de sa voiture dans le Nevada. Une heure plus tard, mes propres hommes sont venus m'informer qu'ils avaient déniché cette voiture... où crois-tu? Dans un parking, ici même, à Northbank!

– Intéressant, fit le docteur.

– Bougrement intéressant! Parce que si c'est Eddie Drake qui a tué Arlington, pourquoi sa voiture est-elle toujours à Northbank? La seule réponse que je trouve est celle-çi : Drake n'a pas découvert ce pour quoi il a pris la peine de tuer son ex-associé. Et ce pour quoi il l'a tué, qu'est-ce que ça pourrait être d'autre que l'argent de la caisse du Canyon Casino que l'autre lui avait dérobé? Dans cette hypothèse, les valises d'Arlington vidées et leur contenu éparpillé à travers sa chambre ne seraient pas l'indice d'une tentative de départ précipité, mais celui d'une fouille minutieuse de Drake à la recherche du magot. Plus! Le maillot de corps lacéré ne tendrait-il pas à indiquer que Drake a voulu voir si sa victime ne portait pas, à même la peau, une ceinture spéciale contenant le fric?... Mais nous voici arrivés.

Les deux hommes descendirent de voiture et virent le policier de faction se lever pour venir à leur rencontre.

– Quoi de nouveau, Brody? questionna Ritter.

– Pas grand-chose, Lieutenant, sauf que le jardinier est revenu. Vous l'aviez autorisé à travailler aujourd'hui et il est dans le bosquet derrière la maison, à bêcher comme un dingue.

Le détective et son ami firent le tour de la villa et trouvèrent, en effet, le petit bonhomme rougeaud en salopette, entrevu la veille, suant sang et eau à piocher énergiquement au pied d'un massif de dahlias.

– Vous pouvez arrêter vos fouilles, lui lança Ritter. J'ai déjà déterré ce que vous cherchez.

Le jardinier se redressa, en essuyant avec son poignet la transpiration qui lui coulait sur le visage.

– Qui diable êtes-vous? demanda-t-il.

– Peu importe qui je suis, rétorqua le policier, l'important c'est que vous, vous êtes Eddie Drake de Los Juegos, Nevada. Comment vous êtes-vous blessé à l'auriculaire, Eddie?

– Je me le suis coincé dans une porte, répondit l'autre sans sourciller. Et d'abord mon nom n'est pas Eddie. Je travaille comme jardinier ici et Mme Smith m'a chargé de bêcher tout ce coin. Vous pouvez lui demander, à Mme Smith!

– Il se peut, en effet, qu'elle réponde de vous, mais ce n'est pas sûr. En tout cas, moi, je vous inculpe de meurtre sur la personne de Robert Arlington.

– Qui c'est ça, Arlington?

– C'est l'homme qui, avant-hier dans la nuit, a enfoui sous cette pelouse soixante mille dollars lorsqu'il a appris votre présence dans cette ville. Il a enterré ce magot avec ses mains nues et cela, vous l'avez deviné en constatant, après l'avoir envoyé *ad patres* avec un fer à repasser, que le dessous de ses ongles était souillé par de la terre. Alors, ne pouvant trouver ce que vous cherchiez ni dans ses affaires ni sur sa personne, vous avez entrepris de bêcher le jardin jusqu'à ce que le voisin, M. Pelham, vous surprenne et braque sur vous sa torche, ce qui vous a fait prendre la poudre d'escampette. Là-dessus, vous avez réfléchi et décidé de revenir dans la journée sous prétexte de jardinage, assuré que cette brave Monica Smith n'aurait pas le cœur, en vous reconnaissant, de vous faire coffrer.

– Je ne saisis rien de ce que vous dites, déclara l'homme en salopette!

– Ce que vous n'avez surtout pas saisi, ce sont les soixante mille dollars, mon pauvre vieux, parce que moi aussi j'avais été frappé par les ongles noirs de votre ex-associé et j'ai procédé à des fouilles avant vous, c'est-à-dire la nuit dernière. Le magot est à présent chez moi, au bureau de police, et je vous propose qu'on aille le regarder ensemble. J'aimerais bien jeter également un coup d'œil sur un ticket de parking qui se trouve certainement dans votre poche. Et comme vous vous êtes blessé au doigt, mon ami le Dr Coffee va se faire un plaisir d'analyser quelques gouttes de votre sang et de nous confirmer que vous appartenez bien au groupe AB.

Ritter consulta sa montre avant d'ajouter :

– Allons, suivez-moi, Eddie.

Une seconde voiture de police stoppa devant la maison au moment où les trois hommes s'apprêtaient à monter dans la première. Monica en descendit, suivie de son mari, et, à la vue du prétendu jardinier, pâlit intensément.

– Vous tremblez comme une feuille, ma petite dame! remarqua le détective. Pour moi, vous voilà identifié de manière indubitable, Eddie! Mais dites-moi, madame Smith, pourquoi m'avoir caché que ce cher Drake se trouvait à Northbank?

– J'ignorais qu'il était là..., protesta-t-elle.

– Assez joué la comédie, voulez-vous? A moins que vous ne teniez absolument à ce que je vous boucle pour complicité. Eddie Drake n'aurait pas pris le risque de traîner ses guêtres dans cette maison remplie de policiers, s'il n'avait eu la certitude que vous le couvririez. Quand vous êtes-vous entretenue avec lui en dernier, madame Smith?

– Il m'a téléphoné avant-hier soir, mais sans me dire qu'il se trouvait à Northbank. Il a prétendu qu'il m'appelait par l'interurbain.

– Et que vous voulait-il exactement?

– Il paraissait au courant de la présence de Bob ici et m'a annoncé qu'il viendrait lui rendre visite – en me conseillant de rester bouche cousue si je ne tenais pas à ce qu'il raconte beaucoup de choses à mon mari. Il m'a prévenue qu'il se présenterait ici déguisé en ouvrier – plombier ou autre – et que j'aurais intérêt à affirmer que c'était moi qui l'avais convoqué.

– Ainsi lorsque, hier, j'ai fait allusion à votre jardinier, vous avez compris qu'il s'agissait de lui?

– Oui, mais j'ai cru qu'il venait juste d'arriver.

– Madame Smith, déclara Ritter d'un air grave, cet homme va vous trouver bien ingrate de manger ainsi le morceau, alors qu'il vient de vous rendre un signalé service en tuant Arlington.

– Quoi? C'est Eddie qui...?

La stupéfaction de Monica fit vite place à un sentiment d'intense soulagement. De saisissement, elle s'affaissa par terre, évanouie, et son mari, la soulevant dans ses bras, l'emporta dans la maison.

Le détective, d'un geste rapide, avait passé les menottes à Drake et l'emmenait sans plus de résistance.

En fin de journée, Max Ritter et Dan Coffee se trouvaient confortablement assis dans le salon des Smith, bavardant avec l'ichtyologiste.

– Je crois que vos crises de somnambulisme sont désormais révolues, Professeur, déclara le jeune médecin. Vous ne rêverez plus de rôdeurs vous agressant dans votre escalier. Mais il vous faudra peut-être expliquer à la Cour pour quelle raison vous avez déplacé le corps d'Arlington.

– Qu'est-ce qui vous fait penser que je l'ai déplacé?

– Ce malheureux a été tué alors qu'il était assis dans ce fauteuil, précisa Dan en désignant un siège dont le tissu du dossier avait été découpé en partie. Il est resté là assez longtemps pour que la lividité cadavérique s'empare de ses jambes. Donc il n'a pu marcher jusqu'à l'escalier. D'autre part, votre épouse, quel que soit son amour pour vous, n'aurait jamais eu la force nécessaire pour porter jusque-là – sans le traîner, c'est prouvé – un tel poids inerte. Il ne reste plus que vous. J'en déduis que vous avez dû vous réveiller trois ou quatre heures après le meurtre, voyant alors de la lumière au rez-de-chaussée, vous êtes descendu et avez trouvé Arlington assis là, mort. Vous avez pensé avec terreur que c'était votre femme qui l'avait tué, alors vous avez tout éteint, transporté le corps jusqu'à l'escalier et mis en scène votre numéro de somnambule. Maintenant, Professeur, quand avez-vous soupçonné qu'Arlington pouvait bien être l'ancien « boy-friend » de votre épouse?

Smith esquissa un timide sourire.

– Presque tout de suite. Lors de notre premier entretien, ce visiteur inconnu me parut remarquablement familier avec l'ouvrage que j'avais publié, mais dès que nous abordâmes des matières étrangères au livre, il me parut évident qu'il essayait de m'en faire accroire. Il ignorait, par exemple, que le *Cronia*, le *Leptop* et le *Notorus* faisaient aussi partie des poissons-chats. Comprenant que j'avais affaire à un imposteur, une sorte de pressentiment m'a poussé à le mettre en rapport avec Monica, et je l'ai invité à venir à la maison. J'ai vu tout de suite que ma supposition était fondée : ma femme était visiblement mal à l'aise, effrayée de cette situation, mais une chose m'a en même temps rempli de joie : il était clair qu'elle n'aimait plus cet homme. Voilà pourquoi, le drame une fois survenu, j'ai pensé qu'elle pouvait avoir tué Arlington parce qu'il la menaçait pour l'obliger à revenir à lui. C'était mon devoir de la protéger... Au fait, quelle pénalité encourt-on pour avoir déplacé un cadavre avant l'arrivée du Coroner?

– Aucune, trancha Max Ritter, s'il est avéré que le somnambule l'a fait dans son sommeil et ne s'en est aperçu qu'à son réveil.

*Catfish Story.*
D'après la traduction de Robert Favart.

# La fin d'un rêve

par

PHILIP MacDONALD

JOHN Garroway et son passager arrivèrent à El Morro Beach peu avant midi. La capote de la voiture était baissée et ils pouvaient voir tout le paysage tandis qu'ils descendaient la colline en direction de la petite ville blottie au bord de la baie, bordée d'un côté par les falaises et la mer, de l'autre, par les collines aux maisons éparpillées.

Pour John, qui y habitait depuis sa plus tendre enfance – en fait, depuis la mort de son père – le charme de l'endroit était familier : il le subissait plutôt qu'il ne le remarquait. Mais pour son compagnon, tout était nouveau, surprenant et apparemment délicieux.

Le passager s'appelait Gavin Rhodes. Il était le professeur d'anglais de John, ainsi que son ami. On le comptait au nombre de ces hommes auxquels il est difficile de donner un âge et qu'on trouve si souvent dans l'enseignement. Il avait en réalité 46 ans, mais on aurait pu lui en donner cinq de plus ou de moins. Grand, les épaules larges, bien habillé, il portait ses vêtements avec une nonchalante élégance. Son visage était sensible, bien dessiné, avec une bouche qui semblait s'étrécir lorsqu'il réfléchissait, et ses cheveux sombres s'argentaient aux tempes. Tandis qu'il jetait autour de lui des regards curieux, ses yeux étincelaient.

– C'est enchanteur ici, vraiment enchanteur...

– Je pensais que cela vous plairait, dit John. Attendez que nous soyons de l'autre côté. C'est encore mieux.

Gavin dit :

– Ça me paraît difficile, mon garçon.

Il avait l'habitude d'appeler les gens qu'il aimait « mon garçon », ou « ma fille », suivant le sexe. Il continua à regarder autour de lui sans dissimuler son ravissement, mais lorsque la voiture ralentit au bas de la colline près de l'hôtel El Morro, il dit soudain, d'un ton inquiet :

– Avez-vous téléphoné à votre mère, John?

– Oh, oh! (Le visage juvénile prit un air penaud.) Complètement oublié. Mais ça n'a aucune importance, ajouta-t-il avec un regard de biais à son compagnon. Maman... ma mère ne dira rien. Elle aime l'imprévu.

– Non, John. (Le ton était sans réplique.) Rangez la voiture et trouvez un téléphone. Votre mère aime peut-être l'imprévu, mais je me refuse à jouer les invités-surprises!

John fronça les sourcils et haussa ses larges épaules. Mais il stoppa, un peu après l'entrée de l'hôtel, et passa la main dans ses cheveux blonds coupés ras.

– Ne boudez pas, John, dit Gavin en riant. Ça ne va pas à votre genre de beauté, mon garçon.

– OK, fit John, OK.

Il sourit brusquement, cédant comme il le faisait toujours.

***

A l'extrémité méridionale d'El Morro Beach, Espada Point fait saillie au milieu de l'océan, surplombant le sable et les brisants. On y parvient par un chemin privé qui tourne à angle droit de la route en bordure de mer, et le coin est occupé tout entier par le domaine des Garroway : la maison grise au toit vert et le jardin qui l'entoure.

Mme Garroway était dans le jardin, debout en haut des marches qui creusaient la falaise presque à pic pour aboutir à la plage, trente mètres plus bas. Elle regardait l'océan émeraude, le sable doré et les petites silhouettes des rares estivants. Elle venait de cueillir des fleurs, et un panier empli de boutons multicolores pendait à son bras. C'était une femme d'une cinquantaine d'années, encore mince, bien faite, et à qui on ne donnait pas son âge. Elle avait un visage candide, aux traits réguliers, qu'on avait trouvé joli lorsqu'elle était jeune et qui continuait encore d'être sauvé de la banalité par de magnifiques yeux sombres.

Elle reprit le chemin de la maison et traversait la pelouse lorsque retentit la sonnerie du téléphone. Elle se mit à courir et atteignit la porte d'entrée au moment où l'appareil sonnait pour la quatrième fois. Entendant du bruit au bout du couloir, elle cria :

– J'y vais, Mollie!

Elle jeta le panier de fleurs sur une chaise, saisit le téléphone et dit :

– Allô? – puis l'instant d'après : – Johnie! Où es-tu, mon chéri? Tu devrais déjà être là!

Elle écouta un long moment et le sourire, qui lui avait presque donné l'air d'une jeune fille, disparut de son visage.

– Oh! John, je ne pensais pas..., commença-t-elle, puis s'interrompit. Mais bien sûr, mon chéri. Je suis toujours heureuse de connaître tes amis. C'est seulement que... bah, je suis une vieille femme stupide. J'ai été déçue de penser que je ne t'aurais pas pour moi toute seule.

Elle écouta encore un moment.

– Mais, si, mais si, mon chéri, ça va très bien. Amène-le tout de suite.

Elle raccrocha doucement et marcha d'un pas lent jusqu'à la cuisine. Elle en poussa la porte, mais pas trop, comme si elle ne voulait pas être vue par le regard sagace de Mollie, la domestique noire.

Elle dit joyeusement :

– Vous mettrez un autre couvert, Mollie, M. John nous amène un ami pour le week-end.

***

Il était six heures et le soleil éparpillait de l'or sur la mer et Timber Cove.

John et Gavin étaient étendus sur leurs draps de bain, au pied des falaises. Ils ne parlaient pas, jouissant de la paix, de la chaleur et du silence, que seuls troublaient le grondement de l'océan et le cri aigu d'une mouette.

Gavin se souleva sur un coude, regarda autour de lui et murmura :

– « *Je m'en fus devant la mer, un soir, et fis un impossible rêve...* »

– De qui est-ce?

John se redressa.

– Qu'est-ce qui vient après?

Gavin se mit à rire.

– J'ai oublié. D'ailleurs, la citation est inexacte. C'est : *je marchai!*

– Vous avez vraiment oublié? ou bien est-ce que vous n'aimez pas le reste?

– Il y a des deux, mon garçon.

Gavin s'allongea à nouveau, les mains sous la nuque. Son corps mince et robuste, sa peau hâlée lui donnaient l'aspect d'un bronze grec.

John demanda :

– Qu'est-ce que c'était comme rêve? Essayez de vous rappeler.
– Celui du poète, je n'en sais rien. Le mien était une manière de compliment... à l'adresse de la famille Garroway.
– Comment ça?
John avait l'air intrigué et joyeux de l'enfant observant un prestidigitateur.
– Êtes-vous totalement insensible à ce qui vous entoure, mon garçon? (Gavin eut un geste circulaire.) Cette maison... ce jardin... cette crique. Tout cela, et un sanctuaire par-dessus le marché?
– Je savais que ça vous plairait. Mais un sanctuaire? De quel genre?
– Mon cher garçon! fit Gavin en riant. Un refuge contre tout ce qui nous déplaît à tous les deux. Le... bruit, le brouhaha de ce siècle maudit, sans oublier la bombe H!
– Oui, je vois ce que vous voulez dire.
Le visage juvénile de John prit une expression de gravité.
– Quant au compliment... l'impossible rêve, eh bien, pour employer des termes clairs à l'usage de la jeunesse, c'est que j'aimerais rester ici jusqu'à ma mort.
Il se mit à rire et tourna la tête vers le soleil.
– Hé, il doit être plus de six heures!
– Il vaudrait mieux rentrer.
John se leva et prit sa serviette, puis déclara brusquement :
– Gavin, vous n'êtes pas obligé de partir lundi, si?
Gavin se leva d'un mouvement souple. Son corps élancé faisait paraître celui de John gauche et lourd.
– Je crains bien que si. Les Stone m'attendent. Non que je ne préférerais rester, mais...
Il s'interrompit en souriant.
– Je me rappelle maintenant les deux lignes suivantes du poème : « *Les vagues roulant sur le rivage me disaient : Rêveur, cesse de rêver!* »
– Écoutez, reprit John, vous pourriez envoyer un télégramme disant que vous êtes malade?
– Ne faites pas l'entêté, mon garçon.
Le ton était sec. Gavin se détourna et se mit à gravir les marches encastrées dans la falaise, mais John le rattrapa.
– Ne vous fâchez pas, je vous en prie...
Gavin s'immobilisa, la main posée sur le poteau où l'on pouvait lire « Propriété privée », et dit en riant :
– Vous avez tendance à oublier que je suis un vieillard maniaque. Excusez-moi.

– Ce n'est pas à vous de vous excuser.

Le visage de John reflétait le soulagement.

– J'ai été maladroit, je suppose. Je voulais simplement dire que si ma mère paraît... eh bien, un peu distante et... euh... guindée, c'est parce qu'elle est affreusement timide. On ne le croirait pas, mais...

– Johannes, Johannes! Ça n'a rien à voir avec votre mère. Elle est charmante, absolument charmante. Mais ce serait mauvaise politique de ma part que d'offenser un haut personnage de la Faculté, tel Bob Stone. Vous autres, jeunes ploutocrates, ne vous rendez pas compte de la situation des économiquement faibles chargés de votre éducation.

– OK, dit John, OK. Mais c'est bougrement dommage...

Gavin examinait les marches abruptes, construites en ciment dans le roc. Elles étaient hautes et assez larges pour que deux personnes pussent les monter de front. Il dit :

– Je vous mets au défi, mon garçon. Le premier arrivé là-haut?

John sourit.

– Vous allez le regretter.

– Vous croyez? dit Gavin, se plaçant de manière à prendre le virage à la corde, là où l'escalier décrivait une courbe. Prêt? Alors, partons!

Ils grimpèrent côte à côte pendant la moitié de l'ascension, puis Gavin prit la tête et arriva bon premier avec une demi-douzaine de marches d'avance. Il allait se retourner pour lancer une remarque ironique à John, soufflant comme un phoque derrière lui, lorsqu'un coup d'œil sur la pelouse lui fit voir une voiture qui roula le long de l'allée privée et s'arrêta devant le garage. C'était un coupé – très bien entretenu, mais datant d'une vingtaine d'années au moins. Enid Garroway se tenait bien droite au volant. Derrière elle, la tête passée à la fenêtre, il y avait un gros chien à l'air pas commode.

Gavin se retourna en souriant vers John, qui dit, toujours essoufflé :

– Est-ce que... cette bagnole n'est pas... effroyable?... Mère ne veut pas... s'en débarrasser...

Le chien aboya.

– Qui est le passager? demanda Gavin.

– C'est Gill. Il est allé chez le vétérinaire... pour être toiletté... (John parlait d'un ton inquiet.) Ne vous approchez pas de lui avant qu'il vous connaisse un peu.

Leur tournant le dos, Mme Garroway sortit de la voiture. Le

chien aboya de nouveau et elle ouvrit la porte pour le laisser descendre.

– Retiens-le, maman! cria John, mais déjà celui-ci galopait vers eux. (C'était un animal puissant, aussi haut qu'un collie, mais au poil raide et plat, presque noir.)

John se précipita vers Gavin en hurlant : « Gill, Gill, couché! » mais le chien fit un écart et continua sa course.

Mme Garroway s'élança à travers la pelouse. Elle avait l'air effrayée. Le large dos de son fils lui cachait la vue. S'étant écartée, elle s'arrêta net.

Gill était assis sur son séant, les pattes dans les mains de Gavin. Puis il se dressa pour lui lécher la figure.

– Maman, mais regarde ça! s'écria John.

Il avait les yeux fixés sur Gavin et le chien, et son sourire trahissait un étonnement presque craintif. Mme Garroway se détourna et se dirigea rapidement vers la maison.

John cria :

– Attends une minute, maman...

Elle répondit, sans se retourner :

– J'ai pas mal à faire avant le dîner.

Sa voix avait une froideur qu'elle semblait incapable de contrôler.

Elle reprit bientôt son visage affable, mais sa réserve persista. Quoi qu'elle dît ou ne dît pas, elle semblait sur la défensive, en dépit de l'effet que son attitude produisait sur John.

Si Gavin Rhodes le remarqua, il n'en fit rien voir. C'était l'invité parfait, ne parlant qu'à bon escient, et toujours avec aisance. Le chien, qui l'avait suivi partout, se coucha près de sa chaise pendant le dîner.

Mme Garroway fit une réflexion à ce sujet, dès le commencement du repas :

– Regarde ce chien, John, dit-elle d'un ton coupant. Va le faire coucher ailleurs.

Son fils lui jeta un regard furieux.

– Mais il est très bien là, maman. A moins qu'il ne gêne Gavin.

Gavin, ouvertement indifférent au courant de tension entre la mère et le fils, déclara qu'il était flatté, puis se mit aussitôt à parler des chiens en général et de Gill en particulier. La conversation roula un bon moment sur ce sujet et John raconta comment sa mère et lui avaient acheté le chiot bâtard à un marin suédois qui se promenait, ivre, dans San Diego. Gavin l'interrompit :

– Bâtard? Mais c'est un aristocrate!

John ouvrit de grands yeux et Mme Garroway elle-même donna des signes d'intérêt.

Gavin reprit :

– C'est un rottweiler, mon garçon, et un beau.

Il se lança dans l'historique de la race, depuis ses débuts comme gardienne des troupeaux des envahisseurs romains, en passant par son adoption et son développement par les éleveurs du Wurtemberg, pour conclure par son emploi comme chien policier et chien militaire.

– C'est passionnant! s'écria John. N'est-ce pas, maman?

Il rayonnait.

– Très intéressant, acquiesça Mme Garroway, et la conversation s'arrêta là.

De nouveau l'atmosphère se tendit. Mme Garroway jeta à John un regard contrit et ne fit qu'aggraver les choses en ajoutant :

– Vous semblez être une source remarquable d'informations, Docteur Rhodes [1].

John gémit :

– Oh! maman.

Puis il se tut car Gavin, se tournant vers Mme Garroway, dit avec désinvolture :

– Chère madame, je suis une mine de connaissances superficielles et parfaitement oiseuses. Tel un prestidigitateur, je...

Il continua de bavarder et réussit à rétablir une ambiance tolérable jusqu'à l'arrivée de Mollie avec le café. Elle avait également posé sur le plateau une petite bouteille sombre qu'elle mit fermement devant Mme Garroway en disant :

– Et n'oubliez pas de prendre ça ce soir!

John fronça les sourcils en voyant sa mère ouvrir la bouteille et placer deux grosses capsules jaunes dans le creux de sa main. Ce geste parut être pour lui la goutte d'eau qui fait déborder le vase, car il demanda d'un ton exaspéré.

– Bon sang, maman, es-tu obligée de te droguer?

Enid Garroway le regarda. Elle rougit, puis pâlit. Délibérément, elle avala les deux capsules avec un peu d'eau et ne répondit rien.

Gavin profita du silence pour sortir de sa poche une petite boîte plate dont il tira deux comprimés blanchâtres qu'il avala. Puis il dit, en souriant à son hôtesse :

1. On donne aussi le titre de « docteur », aux États-Unis, aux docteurs ès lettres.

– L'ennui avec les jeunes gens, c'est qu'ils ne conçoivent pas l'importance du tube digestif.

C'était la première fois qu'il gaffait, en engageant la conversation dans une impasse. John, les yeux toujours fixés sur sa mère, ne parut pas entendre et Mme Garroway se contenta de répondre :

– C'est un mélange de vitamines que je suis censée devoir prendre...

Gavin sembla hausser les épaules sans qu'elles aient remué. Il n'ouvrit plus la bouche et ce fut dans un silence pénible, les enveloppant comme une cellophane invisible, qu'ils passèrent au salon. John, murmurant quelque chose d'inaudible, alla dans un coin fouiller parmi ses disques. Mme Garroway s'assit, très droite, sur son fauteuil habituel, près du piano. Gavin s'installa sur le sofa et se mit à caresser la tête de Gill, qui lui posa la patte sur le genou dans un geste suppliant.

Gavin regarda son hôtesse :

– J'ai l'impression que notre ami aimerait bien que je le promène un peu. Vous permettez?

Il avait parlé d'un ton dégagé et, se levant avec la même aisance, sortit de la pièce, accompagné par le chien. La porte se referma sur eux.

John se leva et alla se planter devant sa mère. Son visage était blême, sa bouche dure. Il dit d'une voix mal assurée :

– Écoute, maman, que cherches-tu? Pourquoi ne pas être franche? Si mes amis te déplaisent, dis-le. A eux ou à moi. Si tu en es incapable, rappelle-toi au moins qu'il existe certaines règles d'hospitalité!

Elle leva les yeux vers lui, puis les baissa.

– Je ne te comprends pas, Johnie... fit-elle, et elle se tut.

– Tu me comprends très bien.

Il prit une profonde inspiration.

– Sois franche et dis-moi – ou dis-lui – que tu ne veux pas de Gavin Rhodes chez toi. Ou alors, fais preuve d'un peu de courtoisie!

Elle murmura :

– Je ne vois toujours pas, Johnie...

– Pour l'amour du Ciel, maman, rappelle-toi que je ne suis plus un petit garçon! (Les poings de John se serrèrent à ses côtés.) Si ça peut t'intéresser, sache que l'homme envers qui tu es si... si grossière est le meilleur ami que j'aurai jamais. Un ami que je ne mérite pas!

Il se détourna et, les mains dans les poches, se mit à arpenter la pièce. Les yeux de Mme Garroway brillaient et une larme s'en détacha. Elle dit :

– Je n'avais pas l'intention... je ne m'étais pas rendu compte... que j'étais impolie envers le Dr Rhodes... Je... je te prie de me pardonner, mon chéri.

John s'arrêta au milieu du salon. Il se frappait la paume gauche avec son poing droit.

– Je ne comprends pas ton attitude. Ça ne te ressemble pas, ça ne te ressemble pas du tout!

Enid Garroway s'approcha de son fils et lui posa les mains sur les épaules.

– Je suis une vieille bête, Johnie. J'étais jalouse. Tu ne comprends pas? Je... j'avais des tas de projets pour toi et moi, pour les moments que tu ne passerais pas avec Betty Lou...

Sa voix se brisa et elle cacha son visage contre l'épaule du garçon.

Le front de John se détendit lentement. Il dit d'une voix rauque :

– C'est fini, maman, c'est fini. Je comprends.

Elle s'écarta de lui, prit un mouchoir et s'essuya les yeux. Puis elle embrassa John en répétant :

– Pardonne-moi, Johnie, pardonne-moi.

John la fit rasseoir, lui apporta un verre de cognac et se jucha sur le bras du fauteuil. Bientôt il se remit à parler de Gavin, racontant à sa mère toute l'histoire de cette amitié réciproque qui avait commencé dès le jour où Gavin l'avait eu pour élève.

Les yeux du garçon brillaient et il faisait des gestes en parlant :

– Tu ne peux imaginer ce que ça signifie pour moi d'avoir un ami comme Gavin, maman. Si tu savais seulement une partie de tout ce qu'il a fait pour moi...

Il s'interrompit. Mme Garroway le regarda.

– Dis-le-moi, Johnie, dis-le-moi.

Il reprit, parlant précipitamment :

– D'abord, il m'a montré ma vraie vocation. Je vais écrire, maman! Écrire, écrire! Jusqu'à ce que j'aie fait une œuvre digne de ce nom. (Il sourit.) Écoute-moi parler! Le génie en herbe, hein? Maman, oublie mon éloquence, mais rappelle-toi que ton fils sera un écrivain.

Enid Garroway lui saisit la main, l'étreignit :

– Magnifique, mon chéri! Est-ce que je pourrais lire quelque chose de toi un de ces jours?

– Mais oui. Je te chercherai ça demain.

– Tu sais ce que je pense? dit Mme Garroway. Je pense que nous devons fêter ça...

Elle entendit en cet instant précis l'aboiement de Gill, le pas de Gavin faire crisser le gravier et elle se hâta d'ajouter :

– Une chance! Le Dr Rhodes arrive juste pour boire avec nous!

John se pencha pour l'embrasser.

– Tu es chic! dit-il.

Il était déjà en train de préparer les boissons lorsque Gavin entra, suivi du chien.

L'atmosphère était complètement détendue et Gavin semblait d'excellente humeur. Tout en buvant son whisky glacé, il raconta que Gill l'avait conduit jusqu'à la plage.

– Il est très malin, dit-il en donnant une tape sur le flanc de l'animal, très malin! Figurez-vous que pendant que je descendais les marches en courant – j'ai horreur de monter ou de descendre lentement un escalier –, au lieu de me gêner en essayant de passer devant moi, il m'a suivi sagement à quatre marches derrière. J'ai été très impressionné par cette marque d'intelligence.

Le chien leva la tête vers lui et la posa sur l'accotoir du fauteuil.

– Regarde-le, maman! dit John.

Mme Garroway sourit.

– Oui, il faut le voir pour y croire... Eh bien, Docteur Rhodes, vous n'aurez jamais besoin de certificat de bonne conduite tant que Gill sera dans les parages!

Gavin la regarda :

– Chère madame, vous n'accordez sûrement pas foi à cet absurde cliché touchant les enfants et les chiens!

John se mit à rire et Mme Garroway dit :

– Ce qui me paraît toujours effrayant dans les clichés, c'est qu'en général ils sont vrais.

– Pas tous, pas tous. Quand ils sont vrais, ils sont très, très vrais. Mais quand ils sont faux... ils sont abominables.

Gavin poursuivit avec une gravité ironique :

– Et laissez-moi vous avertir que le plus faux de tous, c'est celui selon lequel les gens aimés des enfants et des chiens sont, *ipso facto*, dignes de confiance et d'intérêt. Qui sait? Je suis peut-être en train de comploter quelque noir méfait, tel que le vol de votre argenterie. (Il eut un soudain et malicieux sourire.) Ou pis encore...

***

Le lendemain se passa agréablement, excepté un incident mineur au déjeuner quand John refusa d'aller, comme convenu, dîner avec une de ses amies d'enfance. Mais lorsque Gavin ajouta aux prières de Mme Garroway une remarque ironique, le jeune homme céda.

C'est pourquoi sa mère et son ami dînèrent en tête à tête, chacun appréciant, sembla-t-il, la compagnie de l'autre, autant que l'excellent repas.

Presque à la fin du dîner, Mme Garroway dit, à brûle-pourpoint :

– Je vous remercie, Docteur Rhodes, d'avoir conseillé à John de sortir avec Betty Lou. C'est une gentille fille, et elle est très amoureuse de lui.

Gavin sourit :

– Ça prouve au moins qu'elle a bon goût.

Il y eut un silence. Mollie apporta le café. Pendant qu'elle le versait, Mme Garroway prit deux capsules jaunes dans le flacon posé sur le plateau et Gavin, en lui adressant un sourire, avala ses comprimés blancs.

– Ne vous inquiétez pas au sujet de John, dit-il, car il passe simplement par ce stade agaçant qui va de l'adolescence à la maturité.

– Je sais, dit Enid Garroway, je sais.

Elle soupira et son visage parut se friper. Puis elle se redressa et reprit brusquement :

– John semble décidé à faire une carrière d'écrivain. Qu'en pensez-vous? A-t-il des chances de réussir?

Gavin lui jeta un regard scrutateur :

– Vous venez de lire quelque chose de lui, n'est-ce pas?

– Oui. Ce matin. Ça... ça ne m'a pas plu. (Elle prit une profonde inspiration.) Je n'ai pas trouvé ça très... très bien écrit.

– Il a du talent, beaucoup de talent. (Gavin hésita). Quant à en faire une carrière, je vous répondrai : Si John doit gagner sa vie après avoir quitté l'université, alors je ne saurais lui recommander la littérature comme profession. Mais dans le cas contraire – s'il en a les moyens, pour parler vulgairement – alors, oui, je conseille de le laisser écrire. Car, je vous le répète, il a du talent.

Il avait baissé les yeux, mais il les releva pour ajouter :

– J'espère que vous excuserez ma franchise.

– Il n'y a rien à excuser, dit Mme Garroway avec un sourire. Et maintenant, je vais répondre à votre question : John n'a pas à gagner sa vie. Nous vivons simplement, comme vous le voyez, car, par nature, je n'aime pas l'ostentation. Mais nous avons plus d'argent qu'il n'en faut.

Elle se tut brusquement, comme si elle avait eu l'intention d'en dire plus et s'était ravisée.

Gavin déclara en détachant les mots :

– En ce cas, laissez-le écrire... *faites-le* écrire.

Mme Garroway le regarda :

– Je vous remercie, dit-elle. Vous m'avez ôté un poids du cœur. Oui, vraiment!

***

Cela se passait à huit heures. Deux heures et demie plus tard, John Garroway engageait sa décapotable dans la voie privée et roulait vers la maison.

Les phares éclairèrent la gueule ouverte du garage, avec le coupé de Mme Garroway rangé bien à sa gauche. Ils éclairèrent aussi la silhouette d'un homme, vu de dos, penché près de la porte ouverte. John freina, la silhouette se redressa. C'était Gavin. Près de lui se trouvait Gill, un gros bâton court entre les crocs.

John stoppa devant le tablier du garage et, penchant la tête à la portière, demanda :

– Bonsoir! Qu'est-ce que vous faites?

Gavin s'approcha de la voiture. Il s'essuya les mains avec un mouchoir, sourit et dit :

– Je me nettoie. C'est interdit?

John aperçut la boîte de savon en paillettes sous le robinet scellé au mur.

– Que reprochez-vous à la salle de bains?

Gavin se tourna vers le chien.

– Gill, explique-lui.

Le chien poussa un grognement, refusant de lâcher le bâton. Gavin décocha un grand sourire à John.

– C'est sa faute. Nous avons trouvé ce bout de bois sur la plage, et il l'a rapporté, je le lui ai lancé mais il a roulé sous la voiture de votre mère.

Il considéra ses mains, puis les genoux de son pantalon.

– Et, bien entendu, c'est moi qui suis allé le rechercher là!

– Ah! vous et ce chien! s'exclama le garçon en riant et il fit entrer lentement la voiture dans le garage.

Quand il en sortit, Gavin replaçait la boîte de savon en paillettes sur l'étagère. Ils quittèrent ensemble le garage et John désigna le coupé d'un geste dédaigneux :

– Je voudrais que ma mère se débarrasse de cette guimbarde.

Il abaissa la porte du garage et la ferma à clé.

Gavin mit son mouchoir dans sa poche :

– Vous êtes revenu de bonne heure, fit-il remarquer. Comment allait la jeune personne?

John haussa ses larges épaules.

– Bien. Je suppose.

Ils revinrent lentement vers la maison et, sous le porche, Gavin s'arrêta, promenant un regard autour de lui :

– Mon Dieu! soupira-t-il. Comme c'est beau, ici!

John demanda :

– Vous vous êtes bien entendus, ma mère et vous?

Il avait parlé gauchement, comme s'il avait du mal à prononcer les mots. Mais Gavin ne sembla pas le remarquer et répondit :

– Comme larrons en foire, mon garçon... Votre mère a eu la bonté de me demander de prolonger mon séjour.

John rayonna.

– Magnifique! Je vais continuer cette histoire de la colombe, et vous pourriez peut-être revoir tous les jours ce que j'ai écrit...

Gavin sourit.

– Quand j'aurai passé quelques jours chez les Stone, dit-il. Mais je pourrais être de retour mercredi, à l'heure du déjeuner.

Le visage de John s'assombrit.

– Ah, zut!

Gavin lui passa le bras autour des épaules, d'un geste amical.

***

Le matin se leva, prometteur d'une autre journée exquise, et Gavin, refusant l'offre de John de le conduire jusqu'à Coronado, à une centaine de kilomètres de là, fit sa valise, prit son petit déjeuner et permit finalement au jeune homme de le mener à la gare d'El Morro. Gavin promit d'être de retour par le car de midi le mercredi...

Le lundi passa, et le mardi. Le mercredi, juste après midi, le car de San Diego entra dans El Morro, et stoppa.

Gavin, valise en main, fut le premier à descendre. Il jeta un rapide regard autour de lui, puis traversa la rue en direction de la décapotable que John avait arrêtée au coin et qui ne passait pas inaperçue avec sa carrosserie crème et ses roues écarlates. Gavin regarda fixement le conducteur puis se mit à courir vers lui.

Arrivé près de la voiture, il demanda :

– Grands dieux, John, que vous est-il arrivé?

John se mit à rire.

– Si vous voyiez l'autre type...

Il avait une large bande de sparadrap en travers du front, deux autres sur les joues. Son avant-bras droit était bandé du poignet au coude.

Gavin jeta sa valise sur la banquette arrière et monta en voiture. Il dit d'un ton sec :

– Répondez-moi : que s'est-il passé?

– Ne vous affolez pas, juste un petit accident d'auto. Le coupé de maman m'a fait des entourloupettes...

Il se mit à rire et appuya sur le démarreur. Par-dessus le bruit du moteur, la voix de Gavin s'éleva :

– De quoi diable parlez-vous? Vous ne conduisez jamais cette voiture!

John laissa tourner le moteur.

– Je l'ai fait, exceptionnellement, avant-hier. Quelques heures après votre départ.

Il adressa de nouveau un large sourire à Gavin, ravi d'être le héros de l'aventure.

– Ma mère voulait que j'aille lui chercher un pneu neuf. Alors j'ai pris la bagnole pour descendre en ville. Il me semblait bien que les freins laissaient à désirer, mais je ne m'en suis pas inquiété. Puis j'ai pris la descente devant le club de golf, je faisais du soixante-dix, je crois, peut-être un peu plus, quand j'ai vu un feu rouge *plus* deux gros camions qui prenaient le tournant. J'ai essayé de freiner... mais les freins étaient KO!

Il gloussa de nouveau et regarda Gavin qui grommelait entre ses dents.

– Alors, j'ai sauté de la voiture, sur le bas-côté de la route... J'ai roulé jusqu'au fossé, un peu abruti, mais encore en un seul morceau. Bah, tant mieux en un sens, je détestais cette vieillerie!

– Et que lui est-il arrivé? interrogea Gavin, dont le visage était resté figé.

Que ne lui est-il *pas* arrivé! dit allègrement le jeune homme. J'avais essayé de la ranger sur le côté de la route, mais elle a continué son chemin et heurté l'un des camions en plein milieu. Heureusement, rien n'a explosé, mais, mon vieux, la guimbarde, il n'en reste pas lourd!

Gavin dit :

– Qu'était-il arrivé aux freins?

Tout en parlant, il tirait de sa poche un paquet de cigarettes.

– Ils étaient à sec. Le cylindre principal devait fuir. La boîte était vieille, alors ça n'a rien d'extraordinaire.

Gavin hocha la tête :

– Heureusement que votre mère n'était pas au volant. Elle... elle aurait pu se tuer.

***

Les jours se suivaient, agréablement pareils, et après dix d'entre eux, qui avaient passé aussi vite que deux, semblait-il, il ne restait plus que quarante-huit heures avant le départ de Gavin qui devait reprendre son poste à l'Université, pour les cours d'été. « Car, expliquait-il avec un sourire narquois, il y avait pénurie d'éducateurs pour la jeunesse. »

Il annonça la nouvelle au petit déjeuner. John lâcha son couteau et sa fourchette pour s'écrier :

– Gavin, il ne faut pas que vous partiez. Il n'y a pas un moyen de vous défiler?

Et Mme Garroway, qui avait depuis longtemps laissé tomber le « Docteur », déclara :

– Oh! non, Gavin, vous n'allez pas nous quitter comme ça!

Et Gill choisit ce moment pour pousser un de ses cris de « loup solitaire », comme les appelait John.

Mollie elle-même, qui se trouvait dans la salle à manger, mit son grain de sel en disant :

– Voyons, monsieur Rhodes, vous n'allez pas partir là-bas et nous laisser ici tout seuls!

Mais Gavin Rhodes affirma qu'il devait partir. Il avait déjà retenu une place d'avion pour le surlendemain.

– Ce qui m'amène au point essentiel. Lequel point est une invitation à laquelle je ne souffrirais pas de refus!

Il sourit à ses hôtes et expliqua : les Toller jouaient au théâtre de Los Angeles la célèbre pièce *Le Paradis des Imbéciles*, et il voulait emmener Mme Garroway et son fils voir ce spectacle, après avoir dîné en ville.

– Il y a une petite complication, bien sûr, dit-il, comme toujours avec moi. J'espère que John pourra nous conduire, mais je veux voir mon avoué, et il faudra que je sois en ville quelques heures avant celle du dîner.

Ainsi fut fait. Ils quittèrent El Morro à trois heures quinze et atteignirent Los Angeles juste avant cinq heures. Ils se séparèrent devant le garage Biltmore, se donnant rendez-vous au restaurant *Escoffier* à sept heures précises. John et sa mère prirent un taxi qui les mena dans le quartier commerçant de la ville où Mme Garroway voulait faire des achats et John rendre visite à sa librairie favorite. Gavin partit à pied en direction de Spring Street.

Mais il ne s'y rendit pas. Dès qu'il eut tourné le coin de Pershing Square, il changea de route et s'engagea dans la Septième Rue. Et là, au lieu de paraître pressé de se rendre chez son avoué, il flâna le long des trottoirs jusqu'à ce qu'il arrivât à un grand drugstore coincé entre un cinéma d'actualités et un restaurant.

Il y entra et en ressortit, cinq minutes après, fourrant un petit paquet dans sa poche. Il recommença à flâner, cette fois en direction du sud, mais restant toujours dans les artères les plus animées.

Il visita une bijouterie, un autre drugstore, un énorme magasin baptisé *Quincaillerie Helstrom : Tout pour la Maison et le Jardin*, puis revint à Pershing Square et entra dans un bureau de tabac.

Quand il en sortit, sa montre marquait six heures et il avait encore une heure à tuer. Dans les poches de son costume se trouvaient les achats faits aux drugstores et chez Helstrom. Dans un paquet bien ficelé, qu'il tenait à la main, étaient les divers objets venant des autres magasins.

Il prit enfin la direction du garage Biltmore. Il y repéra la voiture de John et mit l'un des paquets dans le casier à gants. Il se rendit dans un bar et se fit servir deux whiskies qu'il avala coup sur coup. Lorsqu'il leva le premier verre, ses doigts tremblaient un peu, mais lorsqu'il reposa le second, ils étaient aussi assurés que ceux d'un horloger.

Puis il prit un taxi jusqu'au restaurant *Escoffier*. Dix minutes après son arrivée, il était rejoint par John et sa mère. Une soirée parfaite s'ensuivit : Gavin était aussi agréable comme hôte que comme invité. Le dîner fut bon, les places au théâtre excellentes, la pièce encore meilleure.

Ils furent de retour à la maison vers une heure moins vingt et, à la surprise de John comme de celle de Gavin, un petit souper froid les y attendait. Il était préparé dans le living-room, devant la cheminée où brûlait un feu de bois allumé depuis assez longtemps pour être agréable à l'œil, et assez récemment pour ne pas donner trop de chaleur. Le repas était bien composé. Ils firent le service eux-mêmes, Mme Garroway s'occupa des plats, Gavin fit l'échanson et John se chargea de la musique de fond sur le pick-up.

Juste après la fin du souper, Gavin enlevant de son genou la tête du chien, quitta brusquement la pièce et y revint avec le paquet qu'il avait fourré dans le casier à gants de la voiture. Il l'ouvrit, laissant voir deux autres petits paquets joliment ficelés qu'il porta jusqu'à la cheminée, devant laquelle il resta debout, entouré de Mme Garroway et de John. Il offrit ses présents d'un air ironiquement cérémonieux – ni trop ni trop peu – pour John, un briquet dernier cri, pour Mme Garroway, une lampe électrique miniature, étonnamment lumineuse, et charmante à voir dans son étui d'argent ciselé.

Ils le remercièrent. Mme Garroway était toute rougissante, ce qui lui donnait vraiment l'air d'une jeune femme, John avait un large sourire embarrassé et – peut-être parce qu'il avait un peu trop bu – des yeux curieusement brillants.

Une heure plus tard, Mme Garroway, passant une robe de chambre sur sa chemise de nuit, alla dans la chambre de son fils. John lisait dans son lit. Elle s'assit près de lui tandis qu'il demandait : « Tu viens me border, maman? »

Mais malgré son sourire, il n'avait pas l'air heureux.

Mme Garroway étendit la main comme pour le toucher, puis la reposa sur ses genoux.

– Quelle soirée réussie, n'est-ce pas? dit-elle. Jamais je ne me suis tant amusée.

– C'était épatant... commença John, puis il fronça les sourcils comme pour se reprocher cette expression de collégien. Je veux dire... tout était parfait. C'était... homogène.

– Le terme est recherché, mon chéri. (Mme Garroway se mit à rire doucement.) Mais je vois ce que tu veux dire.

– Grâce à Gavin, évidemment. Quand il fait quelque chose, c'est toujours bien fait.

Il entoura ses genoux de ses bras et, sans chercher à paraître détaché, regarda sa mère en disant :

– Il est formidable, hein, maman? Tu ne trouves pas qu'il est formidable?

Cette fois, Mme Garroway passa doucement la main sur le front et la joue de son fils tout en répondant :

– Je le trouve absolument charmant. En fait, je crois que c'est l'être le plus charmant que j'aie jamais rencontré.

Elle se leva, l'embrassa.

– Tu ferais mieux de dormir, tu ne crois pas, Johnie? Tu as promis à Gavin de terminer cette histoire avant son départ, souviens-toi.

– Oui, c'est vrai, dit John, et au moment où sa mère ouvrait la porte, il éteignit la lumière.

Mme Garroway retourna vers sa chambre et passa devant l'escalier. Elle ne vit pas Gill – qu'elle avait fait coucher sous le porche du fond, une demi-heure auparavant – étendu au pied des marches.

Quand la porte de la chambre se referma, le chien commença à monter les marches sans faire de bruit. Arrivé au premier étage, il longea le couloir et, parvenu à la dernière porte, en gratta le panneau de ses ongles.

A l'intérieur de la chambre, Gavin Rhodes sursauta. Il était assis en pyjama, devant la table. Sur le buvard du sous-main, il avait étendu un journal où étaient éparpillés les paquets achetés à Los Angeles.

Le grattement à la porte se fit plus insistant. Gavin sourit et se leva. Il ouvrit et Gill entra dans la pièce.

Gavin dit tranquillement :

– Tu es en retard, ce soir, vieux frère.

Gill agita vigoureusement la queue. Gavin lui gratta la tête, puis il désigna un coin au chevet du lit. Obéissant, le chien alla immédiatement s'y coucher. Un soupir de satisfaction lui échappa et il s'endormit.

Gavin se rassit à la table-bureau. Levant une main, il vit qu'elle tremblait. Puis il s'abandonna contre le dossier de sa chaise, ferma les yeux et laissa les bras pendre mollement vers le sol.

Quelques instants plus tard, il rouvrit les yeux et se redressa. Puis il étendit ses deux mains devant lui. Cette fois, elles ne tremblaient plus. Il prit une petite boîte de carton provenant d'un des paquets, l'ouvrit et en fit tomber les moitiés inférieures et supérieures de plusieurs capsules, prêtes à être remplies et emboîtées l'une sur l'autre. Les capsules étaient jaunes.

Gavin prit deux moitiés et les posa au milieu du journal. D'un autre paquet, il tira une petite enveloppe qu'il ouvrit avec précaution. Elle était emplie d'une poudre gris foncé, à grains fins, qu'il introduisit à l'aide d'un canif dans la moitié inférieure de la capsule, jusqu'à ce qu'elle fût à demi pleine... Puis, le dernier paquet... une autre enveloppe... et une petite pile de cristaux brunâtres que Gavin ajouta à la poudre...

Enfin, il examina la capsule pleine, parfaitement identique en longueur, largeur et couleur à celles qu'Enid Garroway prenait chaque soir avec son café.

C'était fini. Aucune difficulté. Il contempla la capsule à la lumière et, satisfait, s'en fut la placer dans une poche de son veston.

Il traversa la chambre et prit sur la table de chevet une pendulette de voyage. Elle marquait trois heures moins vingt. Gavin réfléchit un instant et plaça l'aiguille du réveil sur sept heures et demie, puis retourna vers la table et enveloppa soigneusement les résidus des paquets dans le journal, qu'il glissa sous son oreiller.

Cinq minutes plus tard, il était couché.

***

Le réveil sonna à sept heures et demie.

Gavin se leva, se rasa, prit une douche, le tout aussi silencieusement que possible.

Il sortit de la maison, Gill sur les talons, à huit heures moins cinq, ayant entendu Mollie aller et venir dans sa chambre, derrière le garage. Sous son manteau était dissimulé le journal et son contenu.

Il fit le tour du jardin et arriva à l'enclos dissimulant le grand incinérateur. Il en ouvrit le couvercle de fer et jeta le paquet dans la gueule sombre.

Il gratta une allumette, enflamma le papier et, prenant la barre de fer qui servait de tisonnier, il piqua le tas brûlant jusqu'à ce que celui-ci ne fût plus que cendres. Il les éparpilla, remit la barre de fer en place. Puis, Gill toujours sur les talons, il quitta l'enclos et prit le chemin de l'escalier menant à la plage.

Il le descendit un peu moins vite que d'habitude. Gill suivait, à quatre marches derrière.

Une fois sur le sable, ils prirent la direction du sud, le chien décrivant de grands cercles autour de Gavin. La plage était déserte, et la brise légère venant de l'océan montait à la tête comme un bon champagne. Le soleil étincelait en paillettes d'or sur la crête des vaguelettes.

Gavin respirait profondément tout en marchant. Il avait d'abord enfoncé les mains dans ses poches, mais il les en ressortit et, sans arrêter de marcher, les étendit devant lui. Elles demeurèrent parfaitement immobiles, et il sourit. Apercevant un morceau de bois, il le jeta dans l'écume du ressac où Gill se précipita pour aller le rechercher...

Il était neuf heures et demie lorsque Gavin et Gill regagnèrent la maison. Gavin avait l'air aussi frais et dispos que s'il avait eu une nuit complète de sommeil. Gill était trempé et tout guilleret. Le laissant dehors, Gavin alla trouver Mollie et se fit servir un copieux petit déjeuner.

Onze heures sonnaient quand Mme Garroway descendit, et midi lorsque John apparut. Vêtu de sa robe de chambre, il annonça qu'il avait la gueule de bois et regarda Gavin avec admiration.

L'autre se mit à rire :

– Tout ce dont vous avez besoin, mon garçon, c'est de transpirer un bon coup.

Il exposa son programme : John allait déjeuner, s'habiller puis jouer au tennis avec lui, après quoi ils prendraient un bain.

John battit des paupières.

– Mais il faut que je travaille. Vous vouliez que je travaille. Vous vouliez que je termine ce conte...

– Vous ne ferez rien de bon avec un cerveau cotonneux, mon garçon.

Le programme de Gavin fut exécuté point par point, de sorte que l'après-midi était déjà avancé lorsque John retourna dans sa chambre pour se mettre au travail. Il se sentait en pleine forme. Mais le temps perdu ne se rattrape point et le jeune homme apparut à l'heure de l'apéritif, visiblement préoccupé :

– Gavin, je n'aurai jamais fini en temps voulu.

– A l'époque lointaine de mon enfance, dit Gavin, j'avais une nurse qui avait l'habitude de dire : le mot *impossible* n'existe pas... je crois qu'elle avait raison...

Mme Garroway prit la parole :

– Tu peux y arriver, John.

Le garçon eut un sourire penaud :

– Oui, je crois, dit-il, et l'on n'en parla plus jusqu'à la fin du dîner, où Gavin dit soudain :

– Pourquoi ne pas prendre le café dans votre chambre, tout en travaillant, mon garçon? J'irai faire un tour sur la plage dans une heure et demie, vous pourrez alors m'y retrouver.

Il adressa un sourire à Mme Garroway.

– Si toutefois vous ne voyez pas d'inconvénient à ce que j'emmène Gill faire une balade d'adieu.

– Bien sûr que non!

– Mais, Gavin...

John s'interrompit en voyant Gavin le regarder, les sourcils interrogateurs. Il prit sa tasse de café et sourit en disant :

– Vous êtes un vrai tyran! puis il sortit de la pièce.

Ils entendirent son pas décroître dans l'escalier, et Gavin jeta un regard contrit à son hôtesse.

– Peut-être ne devrais-je pas le mener ainsi à la baguette?

– Ça lui fait du bien, Gavin. (Elle sourit.) Et vous le savez.

– Vous êtes très compréhensive, dit Gavin en lui rendant son sourire.

Mme Garroway étendit la main vers le flacon posé sur le plateau.

– J'allais encore oublier...

Elle en tira deux capsules sans regarder Gavin. Pendant une fraction de seconde, le visage de ce dernier se crispa et pâlit, comme le visage d'un homme sur le point d'accomplir un acte presque au-dessus de ses forces. Puis il se ressaisit. Au moment où Enid Garroway mettait les capsules dans sa bouche et prenait le verre d'eau, il dit d'un ton léger :

– Ah! oui, c'est l'heure de la Faculté!

Il sortit sa boîte de comprimés mais la fit tomber avec une maladresse parfaitement jouée. Il étendit la main pour la rattraper et son poignet heurta le flacon de Mme Garroway, qui chut lui aussi.

Les capsules s'éparpillèrent sur la table... Gavin s'empara du flacon, apparemment pour le remettre droit, en réalité pour en faire sortir les dernières capsules.

– Je suis navré... Ce que je peux être maladroit!

Il remit sa boîte de comprimés dans sa poche, tenant toujours le flacon de la main gauche.

Mme Garroway dit en souriant : « Aucune importance » et se mit en devoir de ramasser les capsules dispersées sur la table.

La main droite de Gavin ressortit de sa poche : cachée dans la paume se trouvait la capsule qu'il avait remplie au cours de la nuit.

Il se leva en disant :

– Je vous en prie, laissez-moi faire ça! C'est bien le moins...

La première capsule qu'il mit dans le flacon fut la sienne et il veilla à ce que les autres, entassées sur la première, la maintinssent bien au fond du récipient.

Il se donna même la peine de compter les capsules au fur et à mesure.

– Soixante-seize. C'est bien le compte?

Mme Garroway dit avec affabilité :

– Je le suppose. Ça n'a aucune importance, je vous assure...

Gavin reposa la bouteille sur le plateau... Il se rassit, une main négligemment fourrée dans la poche où il laissa tomber la capsule qu'il avait remplacée par la sienne. Il vit Mme Garroway étendre la main vers la boîte à cigarettes, et s'empressa de lui offrir son briquet.

Lorsqu'ils passèrent dans le living-room, un peu plus tard, elle demanda, comme il l'avait prévu :

– Trouvez-vous qu'il fasse trop chaud pour allumer du feu?

– Pas du tout.

Il s'approcha de la cheminée et alluma les robinets à gaz placés sous les bûches. Quand il revint à sa chaise, la capsule n'était plus au fond de sa poche. Elle s'était transformée en cendres.

Ils bavardèrent : de la pièce vue la veille, de John, de Gill, de la nouvelle voiture qu'allait acheter Mme Garroway. Enfin arriva le moment où Gavin put, sans paraître impoli, jeter un coup d'œil à sa montre, et son hôtesse dit, comme il l'avait également prévu :

– Peut-être est-il temps pour la promenade de Gill?

Entendant son nom, le chien bondit, la tête tournée vers son idole.

Gavin gratifia son hôtesse d'un sourire et dit en se tournant vers le chien :

– Bien, bien, on y va.

Il se leva.

– Je vais aller changer de chaussures.

Mme Garroway demanda :

– Vous croyez que John a fini?

Gavin leva la tête vers le plafond. Ils entendirent le tac-tac-tac, parfois hésitant, parfois rapide, d'une machine à écrire.

– Il travaille, en tout cas.

– Il y arrivera, dit Mme Garroway.

Gavin inclina la tête et sortit de la pièce, Gill derrière lui.

Il monta doucement l'escalier, entendant toujours le crépitement de la machine à écrire. Une fois dans sa chambre, il s'y enferma et se laissa tomber sur une chaise comme si ses jambes ne pouvaient plus le porter. Il s'aperçut qu'il tremblait de tous ses membres et, délibérément, entreprit de se détendre en respirant profondément et en laissant tous ses muscles se relâcher.

Gill s'était couché près de la chaise. Bientôt, il poussa un grognement sourd.

Gavin se redressa, regarda ses mains, puis le chien.

– Espèce de vieille canaille! dit-il.

Il se leva et alla chausser des sandales de plage.

Pendant qu'il les laçait, ses lèvres remuaient, formulant les pensées émises par son cerveau.

*Soixante-seize à raison de deux par jour... soit trente-huit jours... c'est-à-dire cinq semaines... il y aura si longtemps que je serai parti que je ne serai plus qu'un ami de l'orphelin...*

Il s'entendit chuchoter et se tut. Puis, ayant noué ses lacets, il se redressa, appela d'une voix sonore : « Allez, viens, Gill! » et se dirigea vers l'escalier. La machine à écrire de John crépitait toujours.

Il dégringola les marches, le chien sur les talons. Ils quittèrent la maison, en direction de l'escalier menant à la plage. A mi-chemin, Gavin vit Mme Garroway venir à sa rencontre. Il la distinguait nettement dans la pâle lumière de la lune. Elle tenait à la main un bouquet de roses qu'elle leva en approchant de Gavin :

– Cueillir des fleurs est presque un vice. On ne peut jamais laisser ces pauvres créatures tranquilles.

– Peut-être sont-elles ravies d'être cueillies par vous, dit-il.

Elle eut un rire étouffé :

– Vous auriez dû faire carrière dans la diplomatie.

Puis elle continua vers la maison tandis que Gavin lui adressait un salut enjoué et se dirigeait vers l'escalier de la falaise.

Il était à nouveau parfaitement maître de ses nerfs; il sifflotait même, tout en descendant les marches de son allure rapide.

Il atteignit la courbe de la falaise, où l'escalier tournait.

Le sifflotement s'arrêta net. Gavin chancela et tomba en avant, la tête la première, décrivant un arc de cercle effrayant. Un cri étrange s'échappa de ses lèvres, suivi d'un silence angoissant, brisé seulement par le murmure de l'océan, puis par une série de chocs sourds qui cessèrent vingt mètres plus bas.

Puis plus rien.... sauf le grondement du ressac.

Le cri qu'avait poussé Gavin semblait encore flotter dans l'air, comme s'il ne voulait pas se fondre dans le néant. Sous le porche, Mme Garroway s'immobilisa, l'oreille tendue. Le cri paraissait l'avoir changée en statue, mais, brusquement, elle lâcha les fleurs et se mit à courir vers l'escalier de la falaise.

Au moment où elle l'atteignait, un autre bruit monta de la plage : la plainte désespérée d'un chien.

Mme Garroway commença à descendre les marches. Elle s'arrêta au tournant. Elle se pencha soudain et, du tronc d'un laurier poussant au flanc de la falaise, arracha le double fil de fer enroulé, d'un côté, autour du tronc, et, de l'autre côté, autour d'un poteau, à dix centimètres au-dessus du niveau d'une des marches.

Elle eut bientôt fait disparaître le fil de fer. D'en bas, le hurlement du chien montait crescendo et elle entendit une fenêtre s'ouvrir et la voix de John crier :

– Gill, Gill! Il y a quelqu'un en bas? Que se passe-t-il?

Mme Garroway se redressa. La falaise lui dissimulait la maison. Elle appela frénétiquement :

– John, John! *Vite*... Gavin est tombé!

Puis elle fourra d'une main tranquille le rouleau de fil de fer dans sa poche.

***

A minuit, tout était terminé.

Mme Garroway referma la porte derrière le docteur Gundarsen, puis s'appuya contre le panneau, les yeux fermés. Le silence de la maison l'enveloppa comme un manteau.

Elle était lasse... mais tout était terminé. Le corps de Gavin Rhodes n'était plus là. Tout était terminé : les sirènes, l'ambulance, les questions, les condoléances. Ouf!

Dans sa chambre, John dormait grâce au calmant que lui avait administré Gundarsen. Mollie, épuisée, dormait elle aussi.

Mme Garroway était seule. Elle rouvrit les yeux et se dirigea lentement jusqu'à l'étagère près du téléphone. Sur la planche du bas se trouvait, comme à l'habitude, son panier à fleurs. Elle sortit le fil de fer de sa poche et le fit tomber dans le panier, sur son sécateur.

Puis elle prit le couloir menant à la cuisine. En y entrant, elle perçut le murmure de l'océan. Elle alluma et s'approcha de la porte donnant sur le porche. L'entrebâillant, elle vit Gill couché sur sa couverture. « Pauvre Gill! » dit-elle, mais le chien ne releva même pas sa tête affalée tristement entre ses pattes.

Mme Garroway se dirigea vers l'évier. Elle ouvrit le robinet d'eau froide, puis alla prendre dans le placard la petite bouteille qui contenait les capsules jaunes.

mit en marche le vide-ordures. Les lames grincèrent, broyant les petites capsules qu'elle regarda disparaître une à une.

Elle arrêta le moteur, fit couler l'eau un bon moment et mit le flacon dans sa poche.

Puis elle arrêta l'eau, éteignit la lumière et sortit sans se presser de la cuisine.

*Dream no more.*
D'après la traduction de Catherine Grégoire.

# Au seuil de l'ombre

par

WILLIAM O'FARRELL

TOUT ce que possédait Miss Fox était de première qualité. C'était une femme d'une quarantaine d'années, jolie avec des cheveux grisonnants, et qui vivait seule dans un cadre élégant. Elle était merveilleusement bien habillée, dépensant beaucoup pour son élégance. Son seul compagnon était un chien appelé Vanessa, un caniche noir à pedigree et qui, au contraire de sa maîtresse, était un peu trop gros.

Miss Fox était gracieuse et mince. Elle avait un revenu important et des meubles ravissants dans un appartement de quatre pièces. Cet appartement se trouvait dans un énorme building bien entretenu, mais situé de façon incongrue dans un vilain quartier du district de Chelsea à New York.

Miss Fox ne faisait pas attention au quartier. Elle avait signé un bail à long terme au moment de la crise du logement et la Direction s'était arrangée pour lui épargner tous les désagréments du voisinage depuis son arrivée. Il y avait un supermarché au bas de l'immeuble. Il s'y trouvait également une bibliothèque, un institut de beauté et un très bon restaurant.

En principe, elle pouvait rester tout le temps à l'intérieur du building, et c'est ce qu'elle faisait, sauf deux fois par jour quand elle promenait son chien, le long de la Trente-troisième Rue Ouest. Six fois par semaine, son garçon d'ascenseur préféré promenait le chien, plus longuement, le soir.

Au printemps de 1943, un capitaine de l'État-Major l'avait demandée en mariage. Il lui avait donné la bague qu'elle avait choisie et, deux mois plus tard, était entré à l'hôpital de Virginie Il y était mort d'une infection rénale, sans qu'elle l'eût revu.

Pendant la guerre, les voyages étaient difficiles et Miss Fox préféra se rappeler son fiancé comme il avait été et non défiguré par la maladie. Elle avait envoyé des fleurs, comptant sur son fleuriste pour faire quelque chose de bien. Il était membre de l'Interflora et avait très bon goût.

La bague était ravissante, un solitaire entouré d'émeraudes, et Miss Fox la portait toujours. Sa bague, son chien et Eddie McMahon, ce dernier d'une façon différente, représentaient tout ce qui était capable d'éveiller le moindre intérêt en elle. Les trois étaient très beaux et Eddie McMahon était, de plus, très utile.

C'était Eddie qui, le soir, promenait son chien. Il était jeune, pas grand mais bien proportionné. Il avait des yeux bleus aux longs cils, et des cheveux bruns ondulés qui semblaient noirs à la lumière de l'ascenseur. Il portait un uniforme bleu marine avec un galon doré le long du pantalon et il était très poli. En tant qu'homme, il était bien.

Elle le payait cinq dollars par semaine. C'était plus que le tarif normal pour promener un chien mais elle ne regrettait pas ce supplément. Cet arrangement aurait pu continuer aussi longtemps qu'il gardait son travail et qu'elle habitait dans l'immeuble, si elle n'avait fait une bêtise.

Cela arriva juste avant Noël, et, sur le moment, elle ne s'aperçut pas que c'était une erreur. Comme les années précédentes, elle donna au portier une enveloppe contenant l'argent des étrennes à diviser entre les employés et lui-même; mais, dans une enveloppe séparée sur laquelle elle avait inscrit le nom d'Eddie, elle mit un billet de vingt dollars. Il lui sembla que dès lors son attitude changea.

Il était toujours aussi poli, mais, au début de janvier, il lui demanda sa paye en avance. Il fit de même en mars et, bien qu'elle la lui eût donnée les deux fois, cela ennuya Miss Fox. Elle vivait selon ses revenus et ne comprenait pas que les autres n'en fassent pas autant.

Puis, au début d'avril, il arriva inopinément chez elle pendant son jour de congé.

On frappa à la porte. Elle ouvrit et Eddie entra sans en être prié. Cela ne s'était jamais produit. Bien sûr, il était parfois nécessaire de laisser entrer un réparateur quelconque ou l'employé du gaz, mais leur arrivée avait toujours été précédée d'un coup de téléphone et, pendant tout le temps qu'ils étaient là, Miss Fox gardait sa porte ouverte.

Eddie ferma la porte et, de plus, s'y appuya. Il avait l'air essoufflé.

– J'ai monté l'escalier à pied, dit-il. Quatorze étages. Je ne dois pas être dans l'immeuble quand je suis de repos.

C'était la première fois qu'elle le voyait sans uniforme. Son costume était propre mais mal coupé. Cela le changeait complètement. Il avait l'air plus vieux, plus lourd, un parfait inconnu.

– Alors, que faites-vous ici? demanda-t-elle.

– Miss Fox (sa respiration devenait plus facile), j'ai besoin de vous parler. Juste une minute, s'il vous plaît?

Il était presque humble et Miss Fox éprouva comme une répulsion. Elle traversa l'entrée et pénétra dans le salon.

– Entrez, dit-elle. (Puis, entendant ses pas qui la suivaient d'un peu trop près, elle appela :) Vanessa!

Le caniche dormait dans son panier. Il la regarda immédiatement et se remit à dormir aussitôt. Miss Fox alla à la fenêtre donnant sur l'avenue et y resta, le dos tourné à la pièce.

– Eh bien, Eddie?

Elle avait toujours été fière de sa voix douce et cela lui était une consolation de s'entendre, en ce moment, parfaitement maîtresse d'elle-même.

Eddie avança de deux pas. Quand il parla de nouveau, elle pensa qu'il se trouvait alors près de la petite table sur laquelle elle avait préparé une tasse de thé. Ce thé refroidissait et cela l'ennuyait. Elle l'aimait brûlant.

– Miss Fox, voulez-vous m'avancer cinquante dollars? J'en ai vraiment besoin. Je vous rembourserai. Cela me prendra trois ou quatre semaines, mais je dois absolument envoyer ce mandat aujourd'hui...

Il s'arrêta. Miss Fox était calme, peu surprise par cette requête étonnante. Elle était plutôt satisfaite, comme si elle avait été sûre que quelque chose comme cela allait arriver; elle était contente de savoir ce que c'était.

– Vous dites que cet argent est important pour vous?

– Oui, madame. Très important.

– Pourquoi me le demander à moi?

– Parce que j'ai essayé partout ailleurs. Ma montre est au clou. Le Syndicat m'a fait un prêt mais c'est déjà tout parti. Il est impossible ici d'obtenir une avance de la Direction. Et aussi, dit-il en hésitant, parce que vous êtes gentille.

Elle se retourna.

– Asseyez-vous, Eddie.

Elle attendit qu'il se tînt au bord du fauteuil.

– Pourquoi faut-il que vous envoyiez un mandat d'urgence? A qui?

– A ma copine.

Il vit ses lèvres se pincer, et ajouta vivement :

– Elle est dans un sanatorium. L'État paye la moitié des frais, vous voyez, mais j'ai promis de payer l'autre moitié. J'ai pu le faire jusqu'à présent, mais maintenant il y a ce supplément...

– Vous êtes fiancés?

– Pour ainsi dire, oui.

Mais il avait hésité avant de répondre et visiblement l'idée ne lui en était pas encore venue. Miss Fox jeta un regard à la bague qu'elle portait à la main gauche. Son idylle n'avait pas été conduite de façon aussi légère. Il lui avait fait la cour un temps, assez bref d'ailleurs, puis lui avait demandé de l'épouser et donné le baiser de fiançailles. Le mariage aurait été l'étape suivante si la mort n'était pas survenue.

Elle soupira et hocha la tête.

– Je ne peux vous prêter cinquante dollars, Eddie. N'avez-vous pas un bon salaire?

– Soixante-dix par semaine, dit-il, ce n'est pas le Pérou.

– Qu'importe ce que vous gagnez, Eddie. C'est une question d'organisation. J'ai un revenu fixe et je tiens les comptes de tout. Cinquante dollars? Je ne pourrais vraiment pas disposer d'une somme aussi importante.

Eddie n'écoutait plus. Ses yeux fixaient quelque chose qui se trouvait derrière elle. Elle regarda et aperçut ses gants et son sac en crocodile.

Ils se trouvaient sur la table du salon. Miss Fox eut soudain chaud, puis froid, ce qui était ridicule, car il n'y avait aucune raison pour qu'Eddie sût qu'elle venait de toucher un chèque assez important quelques heures auparavant.

– Je regrette, dit-elle, ça m'est impossible.

Eddie avait cessé de regarder la table. Il fixait maintenant sa bague. Pendant un moment il ne dit rien. Puis il se leva.

– Bien, madame. Je n'aurais pas dû demander. Excusez-moi, je vous prie.

Il sortit et ferma la porte.

Miss Fox resta sous une pénible impression. Elle n'arrivait pas à lire. Le linge lui fut livré par le blanchisseur vers quatre heures et, après qu'elle l'eut rangé, elle ne sut plus que faire jusqu'à six heures. Deux minutes avant l'heure, elle mit la télévision en marche.

Le programme était bon, mais ce soir-là rien ne retenait son intérêt. Elle ne cessait de penser à la demande audacieuse d'Eddie. Elle éteignit la télévision et se versa un verre de xérès. C'était rageant de penser que, parce qu'il était beau garçon et un peu plus jeune qu'elle, il avait cru l'avoir ainsi.

Elle but son xérès et alla dans sa chambre. Quand elle en sortit, elle avait changé de robe et portait un léger manteau. Elle avait une écharpe de couleur nouée autour de la tête. L'ensemble était très réussi et la faisait paraître dix ans plus jeune, mais elle se regarda à peine dans la glace, ramassa son sac et mit ses gants.

Elle descendit dîner trois quarts d'heure plus tôt que d'habitude. Elle eut un très bon repas dont elle ne profita pas et se retrouva dans son appartement avant huit heures.

Quand le chien demanda à sortir, à dix heures moins le quart, Miss Fox attacha la laisse d'un rose agressif au collier assorti, reprit son sac et ses gants, puis sortit.

Le temps était très doux pour avril, si doux même que le portier avait laissé la porte de l'immeuble ouverte. Il avait plu un peu plus tôt et les lumières des lampadaires se reflétaient sur l'asphalte comme des quartiers de lune mis là pour guider ses pas.

Ce soir-là, l'air paraissait léger. Il semblait que l'aventure était au coin de la rue et Miss Fox se sentait prête à y répondre. Elle partit vers l'ouest, alors que d'habitude elle faisait le contraire, la rue étant beaucoup mieux éclairée vers l'est.

Sur sa droite elle avait les lumières tamisées de son propre immeuble, durant une centaine de mètres. Le building cessait alors et il y avait ensuite les façades grises de maisons qui avaient eu autrefois un air respectable mais n'étaient plus maintenant que minables. La limite entre les deux semblait comme la frontière entre la lumière et l'ombre, et elle décida de ne pas marcher plus loin que le bout de l'immeuble.

En arrivant à cet endroit, elle retint gentiment son chien. Mais Vanessa avait senti quelque chose plus loin et l'entraînait au-delà de la frontière. Après un semblant de lutte, Miss Fox laissa faire :

– Bon, d'accord, dit-elle tout haut, mais seulement jusqu'au prochain arbre.

Ils n'arrivèrent jamais jusqu'au prochain arbre. A moitié chemin, un bras encercla le cou de Miss Fox, la tira en arrière tandis qu'une main la bâillonnait.

Le sang lui battit aux tempes quand, pendant un instant, elle vit, penchée sur elle, la figure d'un homme dans l'ombre. Elle essaya de crier mais aucun son ne sortit de sa gorge et la dernière chose qu'elle entendit fut les aboiements de Vanessa. Puis ce fut le noir et plus rien.

Quand elle revint à elle, Miss Fox était couchée sur le trottoir.

Le portier de l'immeuble était auprès d'elle; le gant de sa main gauche avait été arraché, sa bague de diamant et d'émeraudes avait disparu.

Son sac en crocodile contenant cent quatre-vingts dollars était également parti mais, comme elle l'expliqua au sergent détective Kirby une demi-heure plus tard dans son appartement, l'argent n'avait pas d'importance. Ce qu'elle voulait, ce qu'elle exigeait en fait, c'était qu'on lui restituât sa bague.

Le sergent Kirby l'assura que tout le possible serait fait.

– Nous n'avons pas beaucoup d'indices cependant. Vous dites que vous ne pourriez reconnaître l'homme si vous le revoyiez?

D'un air pensif, Miss Fox tâta le pansement qu'elle avait autour de la gorge. Le détective essayait de lui venir en aide mais le faisait d'une façon maladroite. Qu'elle n'eût vu son assaillant que quelques secondes dans le noir avait peu d'importance. Il avait été brutal avec elle. Elle aurait pu le reconnaître n'importe où.

– J'ai dit cela, admit-elle, mais je commence à me rappeler de quoi il avait l'air.

– Décrivez-le.

– Il était brun et, laissez-moi réfléchir, costaud mais pas spécialement grand...

– Habillement?

– Je n'ai pas remarqué. Sa manche était d'un tissu assez rugueux.

– A-t-il parlé?

– Non, je n'ai rien entendu en dehors du chien. Maintenant que j'y réfléchis, remarqua Miss Fox, c'est curieux qu'il ait aboyé seulement après que j'ai été attaquée.

– J'y ai pensé.

Kirby se leva.

– De plus, ce voleur n'a enlevé que votre gant gauche, comme s'il avait su où trouver la bague.

Eddie! Cette idée soudaine ne surprit pas Miss Fox. C'était logique. Ce même après-midi il avait essayé d'emprunter cinquante dollars. Quand elle avait refusé il avait louché sur sa bague avec, lui semblait-il maintenant, beaucoup de cupidité. Il n'y avait pas de doute. Eddie était le voleur.

Mais Miss Fox ne dit rien. Si, par leur méthode, les policiers arrivaient à l'arrêter, c'était leur affaire. La sienne était de retrouver sa bague. Pour cela, elle croyait savoir comment le faire.

Le sergent Kirby partait et elle se leva pour le reconduire.
– Merci beaucoup. Je pense que vous me donnerez bientôt des nouvelles?
– Si ce n'est pas très bientôt, alors ce sera probablement jamais. C'est comme cela pour ces affaires. (Il caressa le chien.) Vous pouvez le remercier d'avoir donné l'alarme.
– Oui. Bonne nuit, sergent.
Miss Fox alla se coucher mais ne put s'endormir. Au bout d'une demi-heure, elle prit un somnifère. Cela marcha, mais juste au moment où elle cédait enfin au sommeil, elle fut réveillée par le téléphone.
– J'espère que je ne vous ai pas réveillée, dit le sergent Kirby. Nous venons d'arrêter l'homme qui pourrait être celui que nous cherchons. Pouvez-vous venir?
Miss Fox était abrutie et très énervée. Elle ne voyait aucune raison de ne pas remettre cette identification au lendemain matin.
– Maintenant? Venir où?
Il lui donna l'adresse du commissariat.
– Il n'est qu'une heure du matin, ajouta-t-il.
– A-t-il ma bague?
– Pas sur lui. Mais si vous l'identifiez, je la récupérerai.
– D'accord. J'arrive dès que je pourrai trouver un taxi.
Le commissariat n'était pas loin. Le taxi tourna puis s'arrêta. Miss Fox aperçut un immeuble d'aspect triste avec une lampe verte allumée à côté de sa porte grande ouverte.
– Vous y voici, madame, dit le chauffeur.
Elle se trouva ensuite dans une pièce au mobilier très fonctionnel et le sergent lui dit que l'homme avait été ramassé dans un bar de la Dixième Avenue.
– Un pâté de maisons au-delà du lieu de l'agression et moins de vingt minutes plus tard. Il était à moitié soûl et exhibait des liasses de billets dont il ne peut expliquer la provenance. Mauvaise réputation également. Il semble que nous ayons élucidé l'affaire en un rien de temps.
– Si c'est vrai, j'en serai la première heureuse, dit Miss Fox.
Mais elle fut déçue. L'homme qu'on lui montra n'était pas Eddie. Il avait la même taille et les cheveux bruns mais à part cela ne lui ressemblait pas. Ses mains étaient sales. Impensable qu'elle ait pu être touchée par des mains aussi dégoûtantes!
– Non, ce n'est pas lui.
– Vous êtes sûre? (Kirby semblait déçu.)

– Certaine, dit-elle en évitant ses yeux.

Les yeux de cet homme étaient très insolents. Il portait un complet voyant, une chemise noire et une cravate jaune, mais Miss Fox ne fit pas attention à ses vêtements. Elle était trop troublée par ses mains sales et son mauvais regard.

– Eh bien, merci d'être venue, dit Kirby.

Miss Fox rentra chez elle et dormit jusqu'à dix heures. Le service d'Eddie commençait à midi. Elle sortit le chien à onze heures et dit au portier qu'elle désirait voir Eddie dès qu'il arriverait. Il frappa à sa porte peu avant midi.

Elle ouvrit.

– Entrez.

– Oh! Miss Fox. J'ai appris ce qui vous est arrivé!

– Entrez, Eddie, et asseyez-vous, dit-elle.

Son expression, en entrant, était un peu étonnée et de la plus parfaite innocence. Elle pensa que c'était dommage qu'une telle figure d'ange et un si beau garçon puissent abriter une si vilaine âme. Elle se tenait très droite, se donnant du courage pour une tâche désagréable.

– Vous avez appris?

– Oui, madame. J'ai toujours dit que le quartier n'était pas sûr.

– Vous savez que l'on m'a volé de l'argent et ma bague?

– C'est ce que l'on dit.

– Bon. Maintenant, écoutez-moi. Je tiens à ce que vous compreniez bien : l'argent m'est égal, mais je veux ma bague. La description en a été diffusée. Essayer de la vendre serait dangereux.

– Oui, c'est vrai. Très dangereux.

– Donc, autant me la rendre. Surtout si je promets d'oublier les cent quatre-vingts dollars qui m'ont été pris. Vous êtes d'accord?

Eddie sembla réfléchir.

– Eh bien, je ne sais pas... Ce gars qui vous a attaquée, il y a au moins deux choses qu'il pourrait faire : démonter la bague et se débarrasser des pierres de cette façon, ou bien attendre que l'on oublie l'affaire et vendre la bague ailleurs.

– Il prendrait quand même encore un risque. J'ai une meilleure idée. Je suis prête à payer cinq cents dollars pour retrouver ma bague. Cinq cents dollars, Eddie, et pas de questions...

Il se leva lentement.

– J'espère vraiment que vous la retrouverez. Excusez-moi, je dois retourner travailler.

Il se dirigea vers la porte, mais se retourna avant de sortir.

– Écoutez, Miss Fox, ne comptez pas trop sur votre plan. Comment feriez-vous? Passer une annonce? Il y a toutes chances pour que le gars ne voie jamais votre annonce et, s'il la voyait, il ne serait pas assez bête pour se dénoncer.

– Vous ne pensez pas que je reverrai ma bague?

La voix généralement douce de Miss Fox était un peu acide.

– Non, madame. Pas de cette façon, je ne crois pas.

– Vous pouvez partir, Eddie, dit Miss Fox.

Une heure plus tard, le portier annonça le sergent Kirby. Il entra vivement et en vint immédiatement au sujet.

– Vous vous arrangez avec un liftier appelé McMahon pour promener votre chien. C'était hier son jour de congé, mais on l'a vu quitter votre appartement vers deux heures. Est-ce exact?

Miss Fox alla vers la fenêtre et se tint le dos tourné comme elle l'avait fait le jour précédent.

– Pourquoi me demandez-vous cela?

– Question de routine. McMahon a une bonne réputation et c'est un bon travailleur. D'un autre côté, il a besoin d'argent. Pourquoi est-il venu vous voir?

Elle ne bougea pas. Sa voix était calme et impersonnelle quand elle répondit :

– Vous semblez avoir à peu près tout découvert. Vous pouvez aussi bien savoir le reste. Il voulait que je lui prête cinquante dollars.

– L'avez-vous fait?

– Non, bien sûr.

Il y eut un silence. Puis Kirby demanda calmement :

– Était-ce McMahon?

Elle se retourna et regarda le détective dans les yeux.

– J'espérais ne pas en arriver là. Je lui ai donné sa chance. Je lui ai même offert de l'argent pour qu'il me rende ma bague. Il a refusé.

– Vous affirmez l'avoir reconnu?

Sans le savoir elle avait déjà dépassé sa propre ligne de démarcation entre la clarté et l'ombre.

– Oui, c'était Eddie.

Elle ne regarda pas Eddie pendant le procès. Elle détourna les yeux pendant qu'elle témoignait. Ce fut un procès très court. Il n'avait pas d'alibi. Ils le condamnèrent à trois ans de prison.

Ou peut-être seulement à un an ferme et deux avec sursis. Miss Fox n'en était pas sûre. Elle avait d'autres soucis maintenant. Il fallait qu'elle trouve quelqu'un pour promener Vanessa, et les autres liftiers se trouvèrent soudain très occupés. Aussi étonnant que cela paraisse, aucun ne semblait avoir besoin de se faire un peu d'argent supplémentaire.

Finalement elle fut obligée de prendre un professionnel qui ne lui donna pas satisfaction. Le troisième soir qu'il vint, il sentait l'alcool. Alors, elle sortit le chien elle-même tous les soirs.

Au début, elle évita de prendre le trottoir vers l'ouest. Elle ne s'en approcha même pas jusqu'au moment où les soirées étant si chaudes, tout le monde se retrouvait dans la rue, ce qui la rassurait. Puis elle s'aperçut que sa crainte de la zone d'ombre avait beaucoup diminué.

Sa peur n'était plus maintenant qu'un léger piment dans sa vie. Elle permettait quelquefois à Vanessa de s'avancer jusqu'à la ligne de démarcation et s'arrêtait alors, essayant de percer l'ombre du regard.

L'été passa, puis l'automne, et elle n'avait toujours aucune nouvelle de sa bague. Le sergent Kirby lui expliqua qu'Eddie persistait à dire qu'il était innocent, mais bien sûr il ne pouvait faire autrement. Elle téléphona plusieurs fois à Kirby, qui lui répondit toujours aimablement. Puis, un certain jour de novembre, deux policiers vinrent chez elle et lui intimèrent l'ordre de venir voir le sergent au commissariat.

Elle était furieuse.

– Pourquoi ne vient-il pas ici?

– Je ne peux pas vous dire, madame. Il a juste déclaré vouloir vous parler.

Kirby la rejoignit dans la pièce où elle avait été la première fois.

– Nous avons retrouvé votre bague, annonça-t-il d'un air sombre.

Elle ne montra rien de l'émotion qu'elle ressentait.

– Je savais que tôt ou tard Eddie finirait par dire la vérité.

– McMahon ne l'a jamais eue.

Le sérieux du visage du détective se reflétait dans sa voix.

– Vous vous rappelez l'homme que vous *n'avez pas reconnu?* Nous l'avons arrêté pour un autre délit, et la bague se trouvait dans sa chambre. Il a avoué.

Quelque chose n'allait pas, Miss Fox ne pouvait admettre.

– Mais je l'ai vu! J'ai vu Eddie!

– Vraiment?

– Eh bien, j'ai cru l'avoir vu. J'en étais certaine!

– Vous avez sûrement réussi à donner cette impression. Pour finir, j'ai l'air d'un imbécile, et un innocent est en prison.

Miss Fox dit, avec colère :

– J'ai peut-être commis une erreur, mais c'était de bonne foi. Je pense que c'est le devoir de la police de contrôler ces choses-là. Se pourrait-il que votre hâte d'arrêter un suspect vous empêche de vérifier s'il est coupable ou non?

Kirby sursauta et regarda au-delà d'elle.

– Si vous n'avez rien de plus à dire, donnez-moi ma bague.

Il ne voulut pas. Il la lui montra, et c'était bien la sienne. Il lui déclara qu'elle lui serait rendue en temps voulu. Il ne voulut même pas lui dire quand Eddie serait libéré.

– Je ne le sais pas. Qu'est-ce que ça peut vous faire?

Cela faisait quelque chose à Miss Fox. Elle s'attendait à une période de tension quand Eddie reviendrait et reprendrait peut-être son ancien travail. Elle aurait voulu éviter cela en déménageant d'abord. Elle n'aimait pas les dissensions; elle envoya une boîte de cigares au sergent Kirby en signe de paix, puis ne pensa plus à lui.

Pendant quelques semaines, elle visita beaucoup d'appartements, mais aucun ne répondait à ses exigences. Elle reculait devant la perspective de déménager et finit par admettre qu'elle était mieux où elle habitait.

Ce point acquis, elle eut un geste généreux. Elle alla personnellement parler au directeur et fut toute surprise d'apprendre qu'il avait déjà fait ce qu'elle allait lui demander. Il avait écrit à Eddie pour l'engager à reprendre son emploi.

– Mais c'est très gentil de votre part, Miss Fox. Je dois dire que cela me soulage.

Elle quitta le bureau après avoir obtenu l'assurance qu'il ferait part à Eddie de sa démarche. Il lui en serait reconnaissant et, de ce fait, la situation, qui aurait pu être difficile, s'arrangerait.

Eddie reprit son travail la semaine précédant Noël. Un matin, Vanessa en laisse, Miss Fox appela l'ascenseur. Très rapidement la cabine arriva, les portes s'ouvrirent et elle le vit. Comme à son habitude, y compris le sourire parfaitement stylé.

– Bonjour, Miss Fox.

– Eddie! Je ne peux vous dire combien je suis heureuse!

Il la fit descendre. Lorsqu'elle eut promené son chien, elle avait retrouvé son calme.

Elle remonta et, en arrivant au quatorzième étage, lui dit :

– Attendez un instant. J'ai à vous parler.

Il tint les portes ouvertes et attendit. En l'examinant de plus près, elle constata qu'il avait changé. Son sourire était figé et ses yeux semblaient de verre.

Qu'importe. Elle pouvait remédier à tout cela et allait le faire.

– Je veux que vous sachiez que cela m'a été pénible de témoigner contre vous, Eddie. J'ai seulement dit au tribunal ce que je croyais être vrai.

– Bien sûr, Miss Fox.

– Cela a été terrible pour chacun de nous. Le mieux est je crois de ne plus y penser et de repartir à zéro.

– Oui, madame.

– Bien. Vanessa vous attendra quand vous aurez fini votre travail.

Elle se dirigea vers son appartement, mais il dit :

– Miss Fox, je ne promènerai plus votre chien.

Elle se retourna, incrédule et légèrement vexée.

– Vous voulez davantage d'argent, je suppose?

– Ce n'est pas cela. Simplement je peux m'en sortir avec mon salaire; je n'ai plus de dépenses supplémentaires maintenant.

– Et votre fiancée?

– Elle est morte.

La porte de l'ascenseur se ferma et Miss Fox se retrouva seule.

Elle rentra dans son appartement, s'assit et réfléchit. Tout avait tourné pour le mieux. La fille était malade et aurait été une charge pour Eddie. Il se remettrait du choc de sa mort. Elle-même était passée par là après le décès du capitaine. Elle se répétait tout cela mais savait au fond d'elle-même que les choses n'étaient pas si simples, et que tout n'allait pas si bien.

A deux heures, elle remit son manteau, prit un autre ascenseur et se rendit à la banque.

Quand elle revint, elle dit au portier désirer voir Eddie pendant sa pause. Il vint chez elle à quatre heures. Miss Fox ne lui demanda pas d'entrer.

– J'ai pensé à vous, dit-elle. Je veux vous aider, pour vous réhabituer. Comme je vous l'avais dit, j'étais prête à payer cinq cents dollars pour récupérer ma bague. J'avais mis cet argent de côté, et je ne vois pas de meilleur usage que de vous en faire profiter.

Elle lui tendit une enveloppe.

– Disons que c'est un cadeau de Noël, Eddie. Cinq billets de cent dollars.

Pendant un long moment il regarda le plancher en tenant l'enveloppe blanche. Puis il la mit dans sa poche et dit :

– Merci beaucoup, Miss Fox.

Miss Fox se sentit soulagée quand elle referma la porte. Dommage qu'Eddie n'ait pas accepté ces cinq cents dollars quand elle les lui avait offerts huit mois auparavant. C'était si simple. Il prenait l'argent et lui rendait la bague...

Mais Eddie n'avait pas volé la bague, pensa-t-elle soudain. Enfin, c'était fini maintenant. Elle prit une tasse de thé et fit une bonne sieste.

Quand elle sortit le chien ce soir-là, vers dix heures, Eddie avait déjà terminé son travail. Il neigeait et elle aimait toujours les premières chutes de neige. Vanessa voulut aller vers l'ouest et Miss Fox ne chercha pas à la retenir, mise de bonne humeur par ce temps qui lui plaisait.

Elle arriva au bout de la partie éclairée et s'arrêta, comme elle l'avait souvent fait, au seuil de l'ombre. L'endroit où elle avait été attaquée se trouvait quelques mètres plus loin.

Un peu nerveuse, elle se répéta qu'elle était contente que cela lui soit arrivé. C'était une expérience excitante, à présent que le danger était passé.

– Rentrons maintenant, dit-elle au chien en tirant sur sa laisse.

Un homme l'arrêta. Il était arrivé silencieusement derrière elle. Elle cria et son cri se répercuta le long de la rue.

Il leva les bras. Sa main se plaqua sur sa bouche. Il la poussa. Miss Fox trébucha et tomba en arrière. Elle eut le temps de crier encore une fois avant qu'il n'arrête ce cri à sa source. La dernière chose qu'elle entendit fut les aboiements de son chien, qui semblaient provenir de très loin.

Cette fois, quand le portier la trouva, il était trop tard. Elle était couchée sur le dos, la neige tombant dans ses yeux ouverts. Entre ses doigts qui commençaient à se raidir, il y avait cinq billets de cent dollars.

*Over there, darkness.*
D'après la traduction de A. Decloux.

# Qui veut la fin...

par

PATRICK QUENTIN

ETENDU dans la baignoire, Harry Lund regardait les deux paires de bas en nylon que sa femme avait mis à sécher sur la tringle supportant le vieux rideau de la douche dont le blanc était devenu grisâtre. En bas, dans la cuisine, il entendait Norma préparer le petit déjeuner du dimanche.

Après vingt et un ans de mariage, les bruits matinaux faits par Norma lui étaient si familiers qu'il pouvait se la représenter très exactement telle qu'elle était au même instant, l'inévitable cigarette pendant au coin de la bouche, tandis qu'elle pressait des oranges sur la table encombrée. Norma ne s'habillait jamais le dimanche matin et il l'imaginait avec son corps maigre drapé dans la vieille robe de chambre rose ouatinée, tandis qu'elle allait et venait dans la cuisine.

Chaque matin, durant qu'il prenait son bain, Harry Lund éprouvait un regain d'aversion à l'égard de sa femme. Indolent de nature, il aimait à paresser dans le bain chaud, en pensant à sa journée de travail à la pharmacie ou mieux encore, comme ce matin, à ce dimanche qu'il passerait à ne rien faire. Mais il ne s'était pour ainsi dire jamais trouvé là sans la haine au cœur.

Or, ce dimanche-là, il était bien dans son bain et entendait les mêmes bruits montant de la cuisine, mais cela ne lui inspirait aucune haine. Au contraire, ces bruits qui parvenaient à ses oreilles l'inclinaient plutôt à l'euphorie. Et même l'image de sa femme telle qu'il se la représentait par la pensée, avec son visage trop intelligent, ses perspicaces yeux noirs et ses cheveux grisonnants coupés court, ne lui inspirait aucune animosité.

Ce changement d'attitude était dû au fait de savoir que Norma n'était plus pour longtemps avec lui. Et il savait cela parce que, la nuit précédente, il avait décidé quand et comment il la tuerait.

S'il n'avait fait d'abord que flirter avec elle, l'idée du meurtre lui était depuis longtemps familière. Aussi n'avait-il eu aucune peine à prendre la décision finale et cette dernière ne lui inspirait-elle aucun remords. Il avait réussi à oublier les raisons sordides qui l'avaient poussé à faire la cour à cette fille quelconque, vers qui il ne s'était jamais senti attiré, et qui avait décroché en même temps que lui son diplôme de l'École de Pharmacie. Il ne se rappelait plus comme il lui avait alors paru pratique d'avoir une pharmacienne pour épouse. Il ne se souvenait même plus de l'attrait exercé sur lui par le petit héritage de Norma qui, s'ajoutant à ce qu'il avait, lui avait permis d'acheter une pharmacie et de se lancer dans la carrière. Et il refusait de s'avouer que leur modeste réussite était entièrement due au labeur acharné de sa femme.

Il ne savait plus qu'une seule chose : lui, le bel Harry Lund, était tragiquement enchaîné à une femme qui n'avait jamais été capable de l'apprécier et dont il ne pourrait jamais divorcer. En effet, le divorce était hors de question parce que la pharmacie appartenait pour moitié à sa femme. En admettant même qu'il pût rassembler suffisamment d'argent pour lui racheter sa part, elle ne consentirait jamais à la lui céder. Cette boutique c'était toute la vie de Norma et elle s'y cramponnerait jusqu'à son dernier souffle.

Depuis le temps qu'il endurait cette situation, l'ultime rébellion du meurtre lui semblait un geste presque héroïque, exigeant beaucoup de courage. Et il n'aurait sans doute jamais trouvé ce courage s'il n'y avait eu Frances.

Il avait fallu la rencontre fortuite de Frances, dans un autobus, pour révéler à lui-même le véritable Harry Lund et lui donner la force nécessaire pour s'affranchir de son esclavage. Frances était jeune, jolie, délicate et soumise... tout ce que Norma n'était pas. Frances était la femme que Harry Lund méritait depuis toujours et qu'il était presque sûr d'avoir enfin, s'il jouait bien ses cartes.

A la seule pensée de Frances, Lund sentit un fourmillement délicieux lui parcourir le corps.

Son plan ne présentait aucune faille. Il n'avait cessé d'y penser depuis que sa décision était arrêtée et il l'avait simplifié, perfectionné, en artiste qu'il était. Dès le départ, il en avait exclu les poisons car, en principe, les pharmaciens connaissent trop bien les poisons pour risquer d'en absorber par mégarde. Mais il y avait d'autres moyens...

– Harry! appela la voix de Norma, une voix rauque de fumeuse invétérée.

– J'arrive, ma chérie!

Il fut surpris lui-même par l'excessive cordialité de son ton. Il lui fallait veiller à ne pas exagérer. Aussi, en se levant tout ruisselant dans la baignoire, ajouta-t-il de façon plus naturelle :

– Tu as bien cinq minutes, non!

Tout en se séchant, il considéra son reflet dans le miroir embué. Il n'était vraiment pas mal pour un homme de quarante-cinq ans. Un peu de ventre, sans doute, mais quelques séances de culture physique en auraient vite raison. Son attention se porta sur son visage, dont il avait toujours été satisfait. Des dents saines... une petite moustache distinguée... Une chevelure abondante... et des sourcils fournis au-dessus d'yeux qui vous regardaient bien en face.

Pas plus tard que la semaine précédente, alors qu'il avait réussi à passer quelques heures avec elle dans un restaurant situé à mi-chemin entre la ville et la banlieue éloignée où elle travaillait comme bibliothécaire, Frances lui avait dit à propos de ses yeux :

– Ce sont eux qui m'ont tout d'abord plu en vous. Je les ai remarqués dès que vous avez ramassé les livres que j'avais fait tomber dans l'autobus. On y lit une telle sincérité!

Un petit frisson de crainte parcourut le dos de Lund. Qu'eût pensé Frances si elle avait su qu'il était marié? Quelle chance que, histoire de s'amuser sur l'instant, il se fût présenté sous un nom d'emprunt! Frances était aussi confiante que naïve. Lorsqu'il lui avait raconté qu'il était veuf et représentant de commerce, elle l'avait cru. Et elle continuerait de le croire. Lorsque tout serait fini, il vendrait la maison, la boutique et s'en irait au loin commencer une nouvelle vie avec Frances. Il n'aurait jamais besoin de lui dire la vérité.

– Pour l'amour du ciel, cria Norma dans l'escalier, que peux-tu bien faire là-haut? Tu es en train de t'admirer dans la glace?

– J'arrive!

Il sourit à son reflet afin de voir ses belles dents blanches.

Quand il se fut habillé, il descendit en pensant : *Dans quelques heures, plus rien ne sera pareil*, et cette pensée l'enivra au point qu'il eut envie de faire quelque chose de très juvénile, siffler peut-être ou se laisser glisser sur la rampe. Il traversa la petite salle à manger en désordre et gagna la cuisine. Dans sa vieille robe de chambre rose, Norma faisait frire des œufs sur le réchaud à gaz. Elle tourna la tête vers son mari, la cigarette au coin de la bouche, et une fois de plus, sous ce regard, Harry se sentit comme transparent.

– Mmmm! Qu'on s'est fait beau ce matin! Que dirais-tu de te rendre utile aussi, en lavant ça?

La veille au soir, ils n'avaient pas fait la vaisselle et, d'ordinaire, Harry trouvait indigne de devoir officier devant l'évier. Mais, ce matin d'hiver ensoleillé, il en éprouva presque du plaisir car, par la fenêtre, tout en lavant les assiettes, il voyait l'endroit où Cela Se Produirait.

La maison était située dans un faubourg qui, ayant commencé à se développer avant la guerre au sommet d'une colline abrupte et dénudée, n'avait pas encore atteint son plein épanouissement. Cette maison appartenait entièrement à Harry. Il l'avait achetée avec le legs inattendu d'une tante plus ou moins oubliée. Elle était petite, peu pratique, et il la détestait. Mais dans ce secteur, terrain et immeubles n'avaient cessé depuis lors de prendre de la valeur, et il n'aurait aucune peine à la revendre un bon prix lorsqu'il le voudrait.

Tout en empilant les assiettes, il regardait par la fenêtre avec une sorte d'avidité. La neige tombée au cours de la semaine précédente ouatait encore le paysage et il avait gelé de nouveau pendant la nuit. D'où il était, Harry pouvait voir le virage en S à l'endroit où la route descendait vers la ville et se rendre compte qu'il était lisse comme un miroir. Or, à droite, la route dominait la vallée comme d'une falaise. Le coup d'œil était magnifique mais on appelait ce virage « le Tournant de la Mort ». Tous les dimanches après-midi, Norma prenait la voiture pour aller voir sa sœur qui habitait en ville. Un dérapage à cet endroit serait presque certainement mortel. Surtout si les freins ne fonctionnaient pas bien.

Et Harry Lund était certain que, ce dimanche après-midi, les freins ne fonctionneraient pas bien...

En esprit, il se voyait déjà vêtu de noir, très pâle, recevant les condoléances des voisins. « C'est terrible... comme si j'avais perdu mon bras droit... Je m'en vais vendre... Je n'ai plus le cœur à rester ici... Je vais essayer de refaire ma vie ailleurs... »

Et tout en empilant les assiettes sur l'égouttoir, il se mit à fredonner.

– Écoutez-le! dit Norma. Le voilà maintenant qui chantonne! Qu'est-ce qui te fait si beau et si joyeux dès le matin? Serait-ce que tu t'es trouvé une ravissante petite amie?

Elle eut un rire rauque, qui tenait de la toux, un rire sarcastique par quoi elle lui laissait entendre qu'il serait bien improbable qu'une jeune fille s'intéressât à un homme de son âge, un rire qui raviva un peu la haine qu'il éprouvait.

Norma déposa bruyamment sur la table le plat contenant les œufs frits :

– Viens manger, don Juan. Ce corps splendide a besoin qu'on le nourrisse!

Quittant l'évier, il s'assit docilement et elle prit place en face de lui, se mettant à manger sans cesser de fumer et tout en parcourant de surcroît une revue éditée par une firme médicale. Norma lisait tout ce qui s'écrivait sur les nouveaux remèdes et avait même donné deux ou trois articles à l'organe corporatif qui s'intitulait *Le Pilon et le Mortier;* aussi ne manquait-elle jamais de souligner combien Harry faisait peu d'effort pour se tenir au courant des progrès de la médecine.

Et c'était là une autre raison...

La main d'Harry Lund tremblait légèrement quand il porta la tasse de café à ses lèvres. Mais c'était d'excitation et non de peur.

***

Quand ils eurent débarrassé la table, Norma s'installa dans le living-room pour continuer sa lecture. Sous prétexte d'aller chercher du bois, Harry se rendit dans le garage. Il avait toujours adoré bricoler sur la voiture, sans penser qu'un jour cela se révélerait tellement utile. Enfilant la salopette qu'il utilisait à cet effet, il se glissa sous le châssis de la vieille auto et ne mit pas longtemps à limer le câble du frein de telle façon que celui-ci ne manquât pas de se rompre au premier coup de pédale un peu violent. Or il connaissait la route aussi bien que la façon dont Norma conduisait : il n'y avait pas besoin de freiner avant le Tournant de la Mort, mais là Norma freinait à fond.

Il retira sa salopette, se lava les mains et prit une brassée de bûches pour regagner la maison.

Par-dessus le magazine, l'œil noir de Norma l'observa :

– Tu as décidément toutes les vertus aujourd'hui!

Tandis qu'il se penchait près de la cheminée pour déposer son chargement, elle ajouta :

– Les routes sont terribles ce matin... J'ai bien envie de ne pas aller chez Ella... Qu'est-ce que tu en penses?

Une des bûches tomba bruyamment sur le parquet, mais Harry fut extrêmement fier du détachement avec lequel il parvint à répondre :

– Elle t'attend, n'est-ce pas? Alors, comme tu ne peux pas la joindre par téléphone, si elle ne te voit pas arriver, elle va tout de suite penser que tu as eu un accident.

– Oui, c'est juste, fit Norma qui ajouta avec un rire moqueur : Mieux vaut que j'y aille, d'ailleurs, pour que tu puisses donner rendez-vous à ta petite amie!

***

Harry Lund se tenait près de la fenêtre de la cuisine.

Avec précaution, il avait sorti la vieille voiture du garage et l'avait tournée en direction de la route. Il avait vu Norma, dans son manteau de tweed bleu, prendre place au volant et s'en aller. D'un instant à l'autre, maintenant, il allait voir la voiture surgir sur la route, roulant vers le Tournant de la Mort. Il éprouvait une curieuse sensation au creux de l'estomac, presque comme s'il était ivre.

Il eut juste le temps de reconnaître le capot de la voiture, de le voir étinceler sous le soleil d'hiver, et aussitôt ce fut le dérapage vers le ravin au bord duquel l'automobile demeura un instant comme suspendue, avant de culbuter grotesquement de l'autre côté. Il y eut un grand ronflement mêlé de bruits métalliques, le tout diminuant rapidement à mesure que la voiture dégringolait plus bas, toujours plus bas...

Harry se détourna de la fenêtre. Il lui venait une soudaine envie de crier sa joie en battant des mains, de téléphoner à la pension de famille où habitait Frances pour lui dire : « Marions-nous, ma chérie! Marions-nous tout de suite! »

Mais il se contenta d'esquisser un sourire, le sourire de l'artiste conscient d'avoir réussi son œuvre.

Passant dans le living-room, il tourna le bouton de la radio afin de pouvoir prétendre que la musique l'avait empêché d'entendre le bruit de l'accident. Puis il prit la revue médicale abandonnée par Norma. Les voisins n'allaient pas tarder à se manifester mais, maintenant, il était prêt.

La sonnette de la porte d'entrée retentit de façon stridente. Harry Lund se leva. En passant devant une glace, il arrangea le nœud de sa belle cravate rouge et bleu, et alla ouvrir.

Mme Grant, qui habitait un peu plus loin dans la même rue, lui dit, toute haletante :

– Monsieur Lund, votre femme... un accident... au Tournant de la Mort... la voiture est tombée dans le ravin.

Harry Lund plaqua une main sur ses beaux yeux :

– Oh! mon Dieu... Non! Ce n'est pas possible!... Il m'avait bien semblé entendre quelque chose, mais la radio...

– Je l'ai vue tomber... J'étais à la fenêtre de mon living-room... Venez vite!

Il la suivit en courant dans la rue enneigée. Au Tournant de la Mort un petit groupe de voisins étaient déjà rassemblés. Sanglotant le nom de sa femme, Harry Lund les écarta pour aller regarder dans le ravin. Tout en bas, au creux de la vallée, il vit un amas métallique d'où jaillissaient des flammes. Il vit aussi deux hommes penchés sur quelque chose de bleu demeuré accroché un peu plus haut. Un troisième, qui venait de les quitter, remontait maintenant vers la route et lorsqu'il reconnut Harry, il lui étreignit la main avec chaleur :

– Elle avait dû ouvrir la portière... Elle est sans connaissance, mais le Dr Peterson qui vient de l'examiner affirme qu'elle n'a pas grand-chose. C'est un miracle, monsieur Lund, un vrai miracle!

***

Un miracle, en effet : Norma s'en tirait avec une cheville foulée et un choc nerveux. Son état ne nécessitait pas l'hospitalisation, mais le Dr Peterson la garda au lit pendant plusieurs semaines.

Et comme il ne vint à l'idée de personne que l'accident eût pu être provoqué, Harry commença d'abord par éprouver un sentiment de soulagement. Puis, rapidement, il se rendit compte que sa situation avait empiré. Norma n'était pas une malade facile et il fallait constamment s'occuper d'elle; or sa sœur, Ella, nantie de quatre gosses, ne pouvait être d'aucun secours. Harry dut donc engager une garde pour la journée, cependant qu'il demeurait seul pour s'occuper de la pharmacie. Le soir, comme la garde s'en allait, il devait rester avec Norma et n'avait plus ainsi la moindre possibilité de voir Frances. Il lui avait téléphoné une fois, se prétendant accaparé par une série de voyages d'affaires, mais la jeune fille lui avait répondu d'un ton plutôt frais.

Le comble, c'est qu'il n'avait plus de voiture et que l'indemnité de l'assurance était trop faible pour permettre d'en acheter une autre. Aussi Harry devait-il maintenant se lever deux heures plus tôt pour préparer le petit déjeuner de Norma avant l'arrivée de la garde, puis descendre péniblement la colline enneigée jusqu'à l'arrêt du trolleybus qui l'emmenait à la pharmacie.

Mais le plus pénible pour Harry, c'était encore d'avoir Norma continuellement sur le dos lorsqu'il était de retour chez lui. Assise dans le lit et enveloppée dans sa robe de chambre rose, Norma fumait constamment tout en assaillant son mari d'ordres et de questions, telle une vieille reine résolue à continuer de gouverner depuis son lit. Peut-être parce qu'il avait conscience d'être responsable de cet état de choses ou parce que Norma était vraiment la plus forte, Harry se montrait humblement docile. Alors sa femme prit un malin plaisir à l'éveiller à n'importe quelle heure pour l'envoyer, encore demi-sommeillant et grelottant tout autant de haine que de froid, lui chercher dans la cuisine un jus de fruit ou un verre de lait.

Sur ces entrefaites, Noël arriva et Norma insista pour avoir un sapin dans la chambre, que son mari dut garnir de boules et de petites bougies multicolores, cependant qu'elle ne lui ménageait pas ses critiques et remarques acerbes.

La garde demanda sa journée de congé pour Noël. Après avoir fermé la pharmacie, quelque peu aidé par Mme Grant, la voisine, Lund fit cuire la traditionnelle dinde et organisa un petit réveillon auprès de la malade qui, sous l'effet du champagne, fut presque encline à flirter.

Aussi ce soir-là, pour aussi dangereux que ce pût être, Harry Lund décida-t-il de renouveler la tentative qu'il avait faite afin de se débarrasser de sa femme.

Un incident banal lui fournit sa seconde idée.

Après Noël, Norma dut continuer à garder le lit encore quelque temps, mais, en s'aidant d'une canne, elle pouvait désormais boitiller d'un point à un autre. Alors qu'elle se trouvait dans la salle de bains, Harry remonta de la cuisine, juste à point pour constater qu'une des innombrables cigarettes de Norma était tombée, encore allumée, du cendrier débordant et se trouvait dangereusement près des branches inférieures du sapin.

Instinctivement, Harry éteignit le mégot mais, ce faisant, l'Idée lui vint.

Le syndicat des pharmaciens donnait un banquet deux jours plus tard. Norma le savait et, très portée sur tout ce qui touchait à la profession, avait elle-même décidé que Harry s'y rendrait. Alors, si, en l'absence de son mari et sous l'influence d'un sédatif, Norma s'endormait, laissait tomber sa cigarette allumée... Un incendie pourrait très bien se déclarer ainsi pendant que Lund serait au banquet. La maison était assurée et, de toute façon, Harry était bien décidé à la vendre, car il ne l'aimait pas.

Il lui suffirait d'une sorte de mécanisme d'horlogerie. De la pharmacie [1] il rapporta deux flacons d'essence pour briquet. Il imprégnerait la mousse artificielle qui entourait le pied du sapin, sur laquelle il planterait une bougie allumée. Lorsque la bougie achèverait de se consumer, elle enflammerait la mousse et l'incendie se communiquerait au sapin.

Harry se sentait redevenir un homme. Son asservissement allait bientôt prendre fin.

***

Dans une demi-heure, il lui faudrait se rendre au banquet. Pour l'instant, Harry Lund se trouvait dans la cuisine et, vêtu de son costume bleu fraîchement repassé, était occupé à faire dissoudre trois comprimés de somnifère dans un verre de lait, qu'il monta ensuite à sa femme.

– J'ai pensé que tu aimerais avoir ton lait avant que je ne m'en aille.

– Voyez-moi ça comme il est attentionné!

Les yeux noirs de Norma le détaillèrent avec une admiration moqueuse.

– Mais il est éblouissant ce soir!

Elle se débarrassa de sa cigarette dans le cendrier et but le lait à grands traits, cependant que, pour s'empêcher de la regarder boire, Harry feignait de mettre un peu d'ordre dans la chambre.

– Veux-tu que je t'ouvre la fenêtre, ma chérie?

– Avec le froid qu'il fait? Non, mais aide-moi à aller jusqu'à la salle de bains.

Quand elle regagna son lit, quelques minutes plus tard, Norma dormait déjà à demi. Harry l'aida à s'étendre, la borda cependant qu'elle cédait au sommeil.

Alors Harry Lund prépara son piège : la bougie, juste ce qu'il fallait de mousse imbibée d'essence, et le tout au bon endroit, sous une branche sèche.

Puis il alluma la bougie. Dans une demi-heure, une heure peut-être, l'arbre prendrait feu, puis ce serait le tour des rideaux. En l'espace de quelques instants, la chambre se muerait en enfer.

Après un dernier regard à la petite flamme qui vacillait légèrement, Lund s'en fut sur la pointe des pieds et, tandis qu'il

1. Aux U.S.A. les pharmacies sont des *drugstores* où l'on vend toutes sortes de choses en sus des médicaments. (N. du T.)

descendait vers l'arrêt du trolleybus, il lui semblait déjà voir le jeune visage de Frances rayonner d'affectueuse gratitude pendant qu'elle déficelait un paquet joliment présenté :

– Ainsi donc, vous n'aviez quand même pas oublié mon petit Noël... Oh! *Lilas printanier*, mon parfum préféré. Mais vraiment vous n'auriez pas dû faire une pareille dépense ! C'est de la folie...

***

Le banquet venait de commencer quand on le demanda au téléphone. Ce matin-là, il avait pris soin de mentionner négligemment devant Mme Grant qu'il allait au banquet, si bien qu'on avait tout de suite su où le joindre.

– Revenez immédiatement, Lund! Il y a le feu chez vous!

Conscient de l'importance que le drame lui donnait aux yeux des autres convives, Harry Lund s'excusa précipitamment et sauta dans un taxi. En s'approchant du sommet de la colline, il vit des voitures de pompiers et un grand rassemblement autour de sa maison. Et tout en constatant que l'incendie était pratiquement terminé, il se rendit compte que l'étage avait été complètement détruit.

Comme il descendait du taxi, quelqu'un le prit par le bras et l'entraîna vers la maison voisine où, dans le living-room, il trouva Norma étendue sur un divan.

– La fumée l'a réveillée, dit quelqu'un, et elle a réussi à se traîner hors de la maison.

Les yeux noirs de Norma regardèrent son mari avec contrition :

– Je suis désolée, Harry... Ma sale habitude de fumer au lit. Je me suis endormie et ma cigarette a dû mettre le feu à l'arbre de Noël...

***

Le premier étage n'était quasiment plus qu'un souvenir, mais il n'y avait pour ainsi dire pas de dégâts au rez-de-chaussée. L'agent de la compagnie d'assurances n'émit pas le moindre doute quant au caractère accidentel du sinistre, mais étant donné que seul l'étage avait souffert, Harry fut informé que la compagnie paierait un peu moins du tiers du montant de la police. En conséquence de quoi, en raison du prix sans cesse en hausse des matériaux et de la main-d'œuvre, il en coûterait à

Lund la presque totalité de ses économies pour rendre la maison de nouveau habitable.

Or, vu la pénurie de logements, il ne fallait pas espérer trouver un autre gîte. Donc, pendant quelque temps, les Lund durent plus ou moins camper au rez-de-chaussée de la maison incendiée. Puis la chance voulut que leurs locataires – qui occupaient le minuscule appartement de deux pièces au-dessus de la pharmacie – fussent obligés de changer de ville, et ils se hâtèrent de s'installer à leur place.

Norma ne marchait toujours qu'avec une extrême difficulté et le Dr Peterson décréta que le choc nerveux causé par l'incendie devrait être neutralisé par un long repos. Mais, se tenant entièrement responsable de la destruction de leur maison, Norma refusa de garder le lit. Comme pour réparer le dommage causé, elle passait des heures à la pharmacie, clopinant avec l'aide de sa canne. Après quelques semaines de surmenage, elle s'effondra. Peterson diagnostiqua une fatigue cardiaque, prescrivit de l'épinéphrine, et la remit au lit.

Pour Harry Lund, la vie était devenue aussi grise que les cendres de sa chambre détruite. Deux fois, lorsque Ella était venue faire une petite visite à sa sœur, il avait pu s'échapper et aller voir Frances, mais l'accueil de celle-ci avait été de plus en plus glacé, les excuses qu'il fournissait paraissant de moins en moins convaincantes. La réalité était très différente du rêve bleu où, toute rougissante de gratitude, la jeune fille s'extasiait devant un flacon de *Lilas printanier*. Et, en dépit de la séduction qu'il avait conscience d'exercer sur les femmes, Harry comprit que, si quelque chose ne se produisait pas très vite, Frances serait à jamais perdue pour lui.

Assailli ainsi de toutes parts, Harry ne tarda pas à se considérer comme un martyr, une victime de l'adversité contre qui s'acharnait le sort, et il fut prêt à tout pour mettre un terme à ses malheurs. Un jour, il alla même jusqu'à préparer un cachet contenant du cyanure de potassium et s'il n'avait pas retrouvé à temps quelques bribes de bon sens, il l'aurait fait absorber à Norma.

Il conserva néanmoins ce cachet dans sa poche, l'effleurant fréquemment du bout des doigts, comme il eût fait d'un talisman capable de conjurer le mauvais sort.

Enfin, l'occasion souhaitée se présenta. Pour la mettre à profit, il fallait être aussi audacieux que capable de prendre une décision immédiate, mais c'était le cas de Lund. Un soir Norma lui demanda d'aller chez sa sœur chercher un livre qu'elle désirait lire, et juste au moment où il allait partir, elle eut une attaque.

*Épinéphrine!*

Comme il regardait sa femme cherchant convulsivement à recouvrer la respiration, le nom du remède prescrit par le Dr Peterson lui parut fulgurer devant ses yeux. Norma gardait toujours à son chevet des ampoules d'épinéphrine et une seringue hypodermique. Très fière de ses connaissances médicales, elle avait dit au Dr Peterson que, lorsqu'elle sentait venir une crise, elle se faisait elle-même la piqûre. Or une double dose d'épinéphrine serait certainement mortelle pour Norma.

Qui pourrait éprouver le moindre soupçon si sa femme, seule dans la chambre et voulant prévenir une crise, s'administrait par inadvertance une trop forte dose? Certes, c'était recourir au poison, ce qu'il s'était interdit dès l'origine de son plan, mais d'une façon n'ayant plus rien à voir avec l'empoisonnement classique.

Les yeux brillants, Harry Lund remplit la seringue avec le contenu de deux ampoules. Norma était dans un demi-coma et eut à peine conscience de l'injection qu'il lui faisait.

Méticuleusement, Harry essuya les ampoules vides et la seringue, afin d'en faire disparaître ses empreintes digitales. Après quoi, tenant les ampoules avec son mouchoir, il y appliqua les doigts inertes de Norma, ceux de la main gauche, puis les laissa tomber par terre. Toujours à l'aide du mouchoir, il opéra de même avec la main droite et la seringue hypodermique.

Et maintenant, il ne lui restait plus qu'à s'en aller au plus vite, pour le cas où l'heure exacte de la mort serait mise en question. Il allait filer chez Ella et bavarderait un peu avec elle à propos du livre.

En refermant la porte de la chambre, il eut l'impression de se séparer à jamais de son passé.

***

Chez Ella, Harry accepta une tasse de café et un morceau de tarte tout en continuant de bavarder aimablement. Il savait que sa belle-sœur ne l'appréciait guère, mais ce jour-là il sut se montrer si charmant qu'il la sentit revenir à de meilleurs sentiments.

Le livre sous le bras, il s'en retourna vers la pharmacie. En son absence, l'épinéphrine avait eu tout le temps d'agir. Pendant les jours qui allaient suivre, Harry devrait jouer la comédie, mais cela ne lui faisait pas peur. Il n'avait jamais douté que, s'il avait voulu s'en donner la peine, il aurait pu faire une brillante carrière d'acteur. Ce qui venait de se passer chez Ella le prouvait une fois de plus.

Déjà, en gravissant l'escalier, il avait pris l'expression du mari bouleversé par l'affreuse découverte qu'il vient de faire. Tout à la préparation de ce qu'il dirait au Dr Peterson pour lui annoncer la terrible nouvelle, il entra dans l'appartement et ouvrit la porte de la chambre avant de remarquer quoi que ce fût d'insolite.

Et alors, quand il regarda vers le lit, Harry eut l'impression de perdre brusquement contact avec la réalité, car Frances était là au pied du lit, regardant Norma recroquevillée sous les couvertures.

A l'entrée de Lund, la jeune fille tourna la tête et son visage exprima un dégoût mêlé d'horreur. Harry secoua machinalement la tête, comme pour s'arracher à ce qui ne pouvait être qu'un effet de son imagination.

– Sois le bienvenu, mon cher.

Du lit montait la voix de Norma, rauque et fêlée, mais conservant encore son intonation sarcastique.

– Ta petite amie vient juste d'arriver. Pauvre idiot! Tu t'imaginais que je ne me doutais de rien? Il y a des semaines que je suis au courant. Une amie d'Ella vous avait vus ensemble dans un restaurant. Je n'ai pas eu grand mal à découvrir le nom de cette demoiselle et où elle habitait.

Ces mots étaient comme autant de coups portés à Lund, mais ce qui l'achevait, c'était de retrouver Norma encore vivante. Il avait pourtant mis dans la seringue une dose d'épinéphrine capable de tuer n'importe qui. Serait-ce que Norma était invulnérable?

Une lueur sardonique dans ses yeux noirs, Norma observait la défaite de son mari :

– J'ai téléphoné à cette petite, parce que j'estimais nécessaire de lui donner quelques explications. La pauvre n'est pas à blâmer... Tu t'étais présenté à elle sous un nom d'emprunt, n'est-ce pas, en lui racontant que tu étais veuf? (Ce rire était la caricature du rire habituel de Norma, mais il n'en était que plus pénible.) Ma foi, tu croyais l'être... ou presque!

Ses yeux se tournèrent vers Frances, immobile et pâle :

– Trois fois, il a essayé de me tuer... D'abord, en trafiquant les freins de la voiture; puis en mettant le feu à la maison; et aujourd'hui encore, avec l'épinéphrine. Il s'est vraiment donné beaucoup de mal pour vous avoir. Vous devriez en être flattée.

Harry Lund regarda la jeune fille :

– Frances, écoutez-moi... Je vous en supplie... Ce n'est pas vrai! Je n'ai pas...

Mais le visage de la jeune fille exprimait un si total mépris que les mots expirèrent sur les lèvres de Lund et, dans le silence qui suivit, Frances se dirigea vers le téléphone.

– La police, dit-elle. Passez-moi la police... La police? Venez vite! Une tentative de meurtre vient d'avoir lieu chez...

Harry Lund connut alors la lucidité du désespoir. Son grand projet avait lamentablement échoué : il avait perdu sa voiture, sa maison, et maintenant la femme qu'il aimait. La police n'allait pas manquer d'établir un rapprochement entre les trois « accidents ». Norma était la vivante preuve de sa culpabilité et Frances se trouvait maintenant là pour confirmer ses dires.

La situation apparaissait sans remède et le fait de s'en rendre compte abolit toute peur dans l'âme d'Harry Lund. Il avait échoué en tout, mais peut-être était-ce là son destin? Dans les tragédies, les héros ne finissent-ils point par succomber sous les coups du sort?

L'acteur qui dormait en lui sut apprécier la qualité de la scène. Frances allait enfin voir quel homme il était. En proie à une soudaine exaltation qui le mettait bien au-dessus d'Harry Lund, le pharmacien, il enfonça sa main dans la poche de son veston et ses doigts y trouvèrent le cachet de cyanure. Alors, gagnant la salle de bains, il y entra et en verrouilla la porte derrière lui.

***

Norma Lund s'activait joyeusement dans la pharmacie qui lui appartenait désormais entièrement. Bien qu'il l'eût terriblement ennuyée des années durant, elle conservait un vague sentiment de pitié à l'égard de son mari. Mais une femme comme Norma n'avait pas le temps de s'attendrir sur le sort d'un imbécile. Or l'ennui avec Harry, c'est qu'il s'était toujours conduit comme un imbécile.

Certes, il y avait des moments où elle-même manquait singulièrement de jugeote. L'idée que son mari avait pu trafiquer les freins lui était venue quelques secondes seulement avant que la voiture ne chût dans le ravin, et cela avait failli lui coûter la vie. Mais, ayant compris que Harry avait voulu la tuer, elle s'était doutée qu'il ne manquerait pas de récidiver tôt ou tard et avait agi en conséquence.

Elle avait trouvé assez plaisant de paresser au lit, tout en malmenant son mari et l'empêchant de revoir cette fille. Après tout, il méritait bien ça. Et quand elle avait décelé le goût du somnifère dans le lait chaud, il lui avait été facile d'aller dans la salle de bains prendre du Maxiton en guise d'antidote. Elle avait feint ensuite de dormir alors qu'elle suivait avec intérêt les préparatifs de son mari disposant la bougie sur la mousse imbibée d'essence. Et après, elle avait pris un certain plaisir à voir brûler la maison qui appartenait à Harry.

A ce moment-là, elle aurait peut-être dû aller trouver la police. C'était risqué, bien sûr, de vouloir prolonger cette farce macabre, mais l'imbécillité de son mari empêchait la chose d'être bien dangereuse.

C'était elle qui avait provoqué artificiellement, avec de la digitaline, sa première crise cardiaque et le Dr Peterson lui-même s'y était laissé prendre. Lors de la seconde, elle avait simplement joué la comédie. La seringue hypodermique et les ampoules – qui contenaient non pas de l'épinéphrine mais de l'eau distillée – constituaient à ses yeux un piège un peu grossier. Mais cet imbécile d'Harry s'y était laissé prendre sans la moindre hésitation...

Mme Grant entra dans la boutique pour acheter une brosse à dents et un tube de dentifrice. Elle témoigna beaucoup de cordialité à Norma, avec qui tout le monde se montrait particulièrement gentil depuis le suicide de Lund.

Peut-être, pensait Norma tout en prenant le tube de dentifrice sur une des étagères, Harry ne s'était-il suicidé que parce que Frances avait été témoin de sa déconfiture? Peut-être, en faisant venir la jeune fille, de victime qu'elle était Norma s'était-elle muée en assassin?

Mais à quoi bon se livrer à d'aussi vaines spéculations? L'essentiel était que tout se fût bien terminé pour elle.

– J'admire, disait Mme Grant, la façon dont vous vous débrouillez sans l'aide de personne. Ce n'est pas rien une boutique comme celle-ci...

– Je fais de mon mieux, répondit Norma Lund en enveloppant le flacon. Mais il y a des moments, je vous l'avoue, où c'est bien dur pour une femme seule...

*This will kill you.*
Traduction de Maurice Bernard Endrèbe.

# H comme homicide

PAR

LAWRENCE TREAT

ELLE pénétra dans le bureau de la Brigade Criminelle comme honteuse de se trouver là, montrant visiblement qu'elle n'aimait pas ça, qu'elle n'avait jamais rien fait de mal... et qu'elle ne le pourrait ou ne le voudrait jamais.

Pourtant, elle était là. Vingt-deux ans environ et très mince. Vêtue d'une robe rose sans manches. Des cheveux roulés en chignon. Des seins très rapprochés l'un de l'autre. Et des yeux qui vous dévoraient.

Mitch Taylor venait juste de reprendre son travail après déjeuner et tenait le poste tout seul. Il lui fit un signe de tête et demanda :

– Que voulez-vous?

– Je... je...

Mitch mit son bégaiement sur le compte de la nervosité et attendit qu'elle se calmât.

– On m'a dit de venir ici, reprit-elle. Je me suis adressée au commissariat du quartier. Ils ont prétendu ne pouvoir rien faire. Il fallait que je vienne ici.

– Ouais, fit Mitch.

C'était toujours la même histoire. Et il aurait parié que cela venait de Pulasky, de la 3e circonscription, qui ne recevait jamais une plainte, quelle qu'elle fût, à moins que le code ne stipulât : « Vous, Pulasky... Vous allez vous occuper de ça, sinon vous êtes balancé. »

C'est pourquoi il répondit :

– Bien sûr. Qu'est-ce qui ne va pas?

– Je suis désolée de vous déranger et j'espère que vous ne me trouverez pas stupide... mon amie m'a quittée. Je ne sais ni pourquoi ni où elle est allée.

– Ah? fit seulement Mitch.

– Nous voyagions ensemble. Elle a pris la voiture et est partie sans même me laisser un mot. Je ne comprends pas.

– Entrez et expliquez-moi ça.

Il l'emmena dans la pièce attenante et la fit asseoir devant un bureau. Elle leva les yeux d'un air craintif, comme si Mitch l'impressionnait. Il ne savait vraiment pas pourquoi, car il n'était qu'un homme d'âge moyen, de taille moyenne aussi, à l'air un peu suffisant, il est vrai, avec des cheveux raides et un visage que personne ne remarquait particulièrement.

Il s'assit en face d'elle, prit un papier et un crayon.

– Votre nom?

– Prudence Gilford.

– Adresse?

– New York City. Mais j'ai quitté mon appartement.

– C'est de là que je viens moi aussi. C'est un grand voyage, pas vrai?

– Je me rends en Californie... où habite ma sœur. J'ai vu un jour une annonce dans le journal... attendez, je crois l'avoir encore.

Elle fouilla dans un grand sac de toile dont la courroie se défit soudain. Tout le contenu se répandit sur le sol. Elle le ramassa maladroitement, en rougissant, mais continua de parler.

– Bella Tansey demandait quelqu'un pour la conduire en voiture en Californie. Elle disait qu'elle paierait tous les frais. C'était pour moi une occasion merveilleuse... Tenez la voilà.

Elle sortit la coupure de journal et la tendit à Mitch. C'était la formule habituelle : demande d'une compagne pour partager la conduite de la voiture, avec indication d'un numéro de téléphone.

– Alors vous avez pris contact? dit Mitch.

– Oui. Nous avons sympathisé tout de suite et décidé de partir la semaine suivante.

Elle cherchait nerveusement à arranger la courroie de son sac, fixant en fin de compte la patte à une sorte de bouton. Mitch regardait, en se demandant combien de temps ça allait durer.

Elle continuait ce faisant à parler de Bella Tansey.

– Tout allait si bien. Hier soir nous nous sommes arrêtées à un motel... *L'Auberge heureuse,* c'est son nom... et nous nous sommes couchées. Ce matin, elle était partie.

– Pourquoi vous êtes-vous arrêtées là? demanda vivement Mitch.

– Nous nous sentions fatiguées. De plus, un voyant lumineux indiquait qu'il y avait de la place.

Elle retint sa respiration et demanda anxieusement :

– Ce n'est pas un endroit bien?

– Pas de très bonne réputation, répondit Mitch. A-t-elle emporté ses bagages avec elle? Je veux dire, ses affaires de nuit?

– Oui, je crois. Ou, du moins, elle a pris son sac.

Mitch enregistra une description de la voiture : une Buick bleu foncé, 1959 ou 60, elle n'était pas sûre. Plaque d'immatriculation de New York, mais elle n'en connaissait pas le numéro.

– OK, fit-il. Nous vérifierons. Nous allons diffuser son signalement, la rattraper et découvrir pourquoi elle est partie si vite.

Prudence Gilford ouvrit tout grands ses yeux.

– Oh! oui! fit-elle. Et, je vous en prie, pourriez-vous m'aider? Je n'ai que cinq dollars et le motel est cher. Je ne peux y rester, mais je ne sais pas où aller.

– Laissez-moi faire, dit Mitch. Je vais arranger ça avec le motel et vous trouver un gîte en ville pour quelque temps. Vous pouvez vous procurer un peu d'argent?

– Oh! oui. Je vais écrire à ma sœur pour qu'elle m'en envoie.

– Mieux vaudrait télégraphier. Voulez-vous attendre ici quelques minutes? Je reviens.

– Bien sûr.

Le lieutenant Decker était de retour et travaillait dans son minuscule bureau encombré de papiers. Mitch le mit au courant de l'affaire Gilford.

– Pulasky aurait pu s'en occuper, conclut-il. Mais que diable... la gosse est laissée en plan, alors on pourrait peut-être l'aider un peu?

– Qu'est-ce que vous croyez que ça cache? demanda Decker.

– Je ne sais pas. Elle est du genre collant... a peur de tout et s'accroche aux gens. La Tansey en a peut-être eu marre, ou bien ce sont des lesbiennes. Difficile à dire.

– Bon. Envoyez un S-4 pour la Buick. Elle doit se trouver sur une grande route et dans un rayon de moins de huit cents kilomètres. Quelqu'un la repérera et nous y verrons alors un peu plus clair.

***

Mitch conduisit Prudence au motel et lui dit de rassembler ses affaires. Pendant ce temps, il se rendit au bureau pour s'entretenir avec Ed Hiller, le gérant de l'établissement. Hiller, un grand type aux épaules voûtées, qui avait plus ou moins trempé dans des histoires louches toute sa vie, s'intéressait à tout, depuis une pièce de cinq *cents* jusqu'à davantage. Il louait des chambres à l'heure, à la journée ou au mois. On pouvait aussi, chez lui, consommer de l'alcool en y mettant le prix. Mais, la plupart de ses ennuis provenaient de plaintes déposées par des gens dont la voiture, non fermée à clé, avait été pillée. La police n'était cependant jamais arrivée à le prendre sur le fait.

– Bonjour, Taylor, dit-il. Qu'est-ce qui ne va pas?

– Je voudrais seulement avoir quelques renseignements sur deux femmes qui ont passé la nuit ici... Bella Tansey et Prudence Gilford. Tansey s'est tirée pendant la nuit.

– Vers minuit, dit Ed. Elle est venue au bureau passer un coup de fil. Un peu après, j'ai entendu sa voiture démarrer.

Le temps pour la fille de faire ses bagages, pensa Mitch. Jusque-là, ça concordait.

– A qui a-t-elle téléphoné? Et qu'est-ce qu'elle a dit?

Hiller haussa les épaules.

– Je n'ai pas écouté. Je l'ai vue ouvrir la porte, puis je l'ai entendue entrer dans la cabine. Je ne m'occupe pas des affaires des autres. Vous le savez.

– Oui, fit tranquillement Mitch. Mais vous avez entendu les pièces tomber? Communication locale ou à longue distance?

Hiller se pencha sur le comptoir.

– Locale, je crois, dit-il à voix basse.

– Vous avez leur fiche de police?

Hiller hocha la tête et tendit à Mitch la feuille qui faisait mention de la plaque d'immatriculation de New York.

Ce fut tout ce que Hitch put obtenir. Personne ne retrouva Bella Tansey et sa Buick. Prudence Gilford fut conduite dans un hôtel meublé de la ville, et Mitch pensa qu'il ne la reverrait plus.

Quand il rentra ce soir-là, Amy l'embrassa et lui demanda comment s'était passée la journée. Puis, quand il eut un peu joué avec les enfants, elle lui montra une lettre de sa sœur. Le mari de celle-ci faisait grève et ce que leur versait le syndicat couvrait tout juste leurs frais de nourriture et de logement. Il leur fallait payer les mensualités pour la voiture et la nouvelle machine à laver la vaisselle. Et puis la TV venait encore de tomber en panne. Mitch et Amy ne pouvaient-ils les aider pendant quelque temps? Ils le leur rendraient bientôt.

Alors, après que les enfants furent couchés, Mitch et Amy

s'assirent sur le canapé pour faire un peu les comptes, ce qui ne leur prit pas plus de quelques secondes, et ils décidèrent de prélever cinquante dollars sur la prochaine paie de Mitch. C'était toujours comme ça avec eux. Ils voyaient tout sous le même angle et ne se disputaient jamais. Il n'y avait pas beaucoup d'hommes aussi heureux que Mitch.

***

Le lendemain matin, Decker eut son habituelle conférence à la Brigade Criminelle, passant en revue toutes les affaires en cours. Tout ce qu'il dit sur l'affaire Gilford fut que, la prochaine fois que Pulasky essaierait encore de les avoir, il s'arrangerait pour le faire venir en personne et l'obliger à turbiner.

Mitch s'occupa de deux tentatives de voies de fait sans grande importance. Il en avait terminé avec la première et se préparait à passer à la suivante quand un appel retentit sur son poste de radio avec ordre de se rendre aux French Woods, sur East Road. On venait de découvrir un cadavre. Il semblait que ce fût la femme Tansey.

Il y trouva deux voitures de police, un camion-citerne de pétrole, et l'inévitable groupe de badauds. Un mauvais sentier s'enfonçait dans les bois. A moins de deux cents mètres de la route, le lieutenant, quelques hommes et Jub Freeman, le technicien du laboratoire, entouraient une voiture bleu foncé. Il ne fallait pas réfléchir longtemps pour comprendre qu'il s'agissait de la Buick Tansey.

En descendant de sa voiture, Mitch aperçut Bella effondrée sur le siège avant. La portière droite était ouverte, ainsi que la boîte à gants. Decker examinait ce qu'il y avait trouvé.

Il fit à Mitch un résumé des faits.

– Le conducteur du camion, ayant vu la voiture, est allé la regarder de près, puis nous a fait prévenir. Nous sommes là depuis environ un quart d'heure. Le médecin légiste va arriver d'un moment à l'autre. Elle a été étranglée... on voit les marques sur son cou... et je parierais ce qu'on voudra que ça s'est passé, non pas la nuit dernière, mais celle d'avant, peu après son départ du motel.

Mitch examinait la position du corps d'un œil exercé.

– Elle ne conduisait pas. Elle était déjà morte quand on l'a poussée à l'intérieur.

– Vérifié, confirma Decker.

Avec beaucoup de précautions, afin de ne pas effacer les

empreintes digitales possibles, il reposa ce qu'il avait examiné sur le siège avant. Puis il se tourna vers Jub Freeman qui tenait délicatement un sac à main en y cherchant minutieusement des empreintes.

– Vous ne trouvez rien? demanda le lieutenant.

– Rien répondit Jub. Je vois seulement que les initiales de ce sac sont B. T. W.

– Bella Tansey quoi? fit le lieutenant.

Il se courba pour mettre ses mains sur le plancher de la voiture, se pencha en avant, et observa attentivement le corps. Derrière lui, Mitch regardait par-dessus sa tête.

Bella avait environ trente ans, et avait dû plaire aux hommes. Elle portait une robe bleue avec ce qu'Amy appelait un boléro. Et sauf à l'endroit où la jupe avait été relevée, peut-être en déplaçant le corps, ses vêtements semblaient en ordre. La porte de la boîte à gants et le tableau de bord étaient couverts de poudre à empreintes digitales.

Mitch se redressa et attendit. Au bout d'un moment, le lieutenant se releva.

– Ça ne paraît pas être une affaire de mœurs, dit-il. Et ça... (il donna un coup de pied dans les feuilles mortes couvrant le sol) ... ne garde pas de traces. Avec un peu de chance, nous trouverons peut-être quelqu'un qui aura vu le meurtrier dans les parages.

Il fit claquer ses lèvres minces en regardant Jub.

Celui-ci ôtait son pardessus et y étalait le contenu du sac à main. Mitch n'y remarqua rien d'inhabituel... seulement les objets que les femmes transportent d'ordinaire avec elles. Il n'y vit pas d'argent. Jub tenait le porte-monnaie et fouillait à l'intérieur.

– Vide? demanda vivement le lieutenant.

Jub hocha la tête.

– Juste une pièce de cinq *cents*. Elle devait pourtant avoir de l'argent. Le voleur a oublié cette pièce.

– Alors, ça ne peut pas être Ed Hiller! déclara Mitch. (Et tout le monde se mit à rire.)

– Admettons que le motif du meurtre soit le vol, dit Decker. C'est peut-être un bon départ, mais, bon sang, ça ne colle quand même pas. Pourquoi une femme, se rendant en Californie, passe un coup de téléphone, puis ensuite fiche le camp au milieu de la nuit? Et en plantant là son amie! Ça ne paraît guère être une histoire de vol, vous ne croyez pas?

– Y a peut-être un type, dit Mitch. Elle avait un rendez-vous nocturne, le type l'a dévalisée, au lieu de...

– On parlera de ça à Ed Hiller plus tard, dit le lieutenant. Taylor, vous vous en occupez. Téléphonez à New York. Obtenez des renseignements sur elle. Ses amis, son passé. Si elle a été mariée. Combien d'argent elle avait pu emporter avec elle. Sa banque vous le dira peut-être.

– Entendu, fit Mitch.

– Recherchez aussi la fille Gilford et faites-la parler.

Mitch hocha la tête. Dans la voiture, il aperçut la petite mallette de nuit.

– Vous avez vu? dit-il, en la montrant du doigt. Elle a fait sa valise, ce qui prouve qu'elle n'avait pas l'intention de revenir au motel. Et pourtant elle ne l'a pas mise dans le coffre à bagages. Elle devait compter descendre quelque part ailleurs, peu de temps après.

– Elle voulait passer la nuit dans un autre endroit, probablement, fit Decker.

– Cette valise faite et défaite n'a pas de sens.

Decker grommela.

– Les meurtres non plus.

Mitch revint au commissariat. Il pensait toujours à la mallette, qui continuait de le tracasser. Il ne savait pas exactement pourquoi, mais c'était une de ces choses que vous gardez dans un coin de votre tête jusqu'à ce qu'elle s'en aille ou que vous trouviez quelque chose d'autre. A ce moment-là, tout s'ajuste et vous obtenez une image.

Mais, avec ces questions qu'il fallait préparer pour les poser à New York, il ne pouvait y réfléchir pour l'instant. D'ailleurs, il y avait beaucoup d'autres renseignements à venir.

Il obtint New York au téléphone et on lui assura qu'on allait faire immédiatement le nécessaire. Il raccrocha. Puis il s'en fut à la recherche de Prudence et eut la chance de la trouver.

Elle fut bouleversée en apprenant la nouvelle, mais déclara ne pouvoir être d'un grand secours.

– Nous ne nous connaissions pas depuis longtemps. Je dormais au moment de son départ. J'étais si fatiguée. Nous avions voyagé toute la journée et j'avais conduit presque tout le temps.

– Ne vous a-t-elle pas dit qu'elle connaissait quelqu'un par ici... en ville? demanda Mitch.

Prudence secoua la tête. Il insista. Les gens entendent parfois des choses et les oublient. Il faut leur rafraîchir un peu la mémoire. Mais, de toute façon, comment être sûr que celle-ci disait tout ce qu'elle savait?

Cependant, il se sentait désolé pour elle... elle paraissait si frêle et à bout de forces, comme si elle n'avait pas beaucoup mangé. Aussi ne put-il s'empêcher de lui dire :

– Vos cinq dollars ne vont pas durer longtemps, si vous avez besoin d'un peu d'argent...

– Oh! merci! s'exclama-t-elle en rougissant, et, Mitch Taylor comprit qu'il avait vu juste. Oh! merci! C'est vraiment très gentil à vous. J'en ai suffisamment pour l'instant, et ma sœur va certainement m'envoyer celui que je lui ai demandé par télégramme.

A la fin de l'après-midi, la police était en possession de la plupart des renseignements de base. Sur place, le médecin légiste établit que Bella Tansey avait été étranglée à l'aide d'une serviette ou d'un mouchoir, et à une heure peu éloignée de celle à laquelle elle avait quitté le motel. Le lieutenant était allé interroger Ed Hiller sans en tirer quoi que ce soit d'intéressant. Il prétendait n'avoir pas quitté le motel, mais personne ne pouvait confirmer ou infirmer ses dires.

Jub avait passé la voiture à l'aspirateur, pour en examiner la poussière au microscope, et pris des clichés de quoi remplir deux albums.

– La première nuit, elles se sont arrêtées à un United Motel et ont dîné au restaurant *Howard Johnson,* déclara-t-il. Pour déjeuner, elles ont probablement mangé des sandwiches dans la voiture, et pris de l'essence en Pennsylvanie et en Indiana. La voiture consomme beaucoup. Un chat gris a été, à un moment ou à un autre, sur le siège arrière. Les deux femmes conduisaient. Bella Tansey souffrait de maux d'oreille et achetait ses robes chez Saks, dans la Cinquième Avenue. Je pourrais vous dire encore beaucoup d'autres choses à son sujet, mais je veux être pendu si j'ai découvert un détail qui aidera l'enquête. Aucune trace dans la voiture en dehors de celles laissées par les deux femmes.

La police de New York, cependant, apporta une nouvelle sensationnelle : Bella Tansey avait retiré de la banque mille huit cents dollars en petites coupures. Elle avait été la femme de Clyde Warhouse dont elle était divorcée depuis deux ans. Elle se faisait appeler de son nom de jeune fille... Tansey.

– Warhouse! s'exclama le lieutenant.

Tout le monde connaissait ce nom. Il tenait une rubrique dans le journal local – il intitulait ça « Le coin de la Culture générale » – et y parlait d'expositions d'art, de concerts et de conférences. Quand il ne savait quoi écrire, il se lamentait sur l'architecture de la ville, qu'il trouvait trop archaïque.

– Voilà pourquoi il y avait un W sur le sac, dit Mitch. Bella Tansey Warhouse. Et Ed Hiller n'a pas menti au sujet du coup de téléphone. Elle a téléphoné dans le patelin... à son ex-mari.

Decker hocha la tête.

– Admettons qu'elle soit allée précipitamment le voir, peut-être parce qu'elle l'aimait encore, mais qu'ils se soient querellés : il perd la tête et l'étrangle... Mais pourquoi lui prendre sa galette? Elle devait avoir quelque chose comme dix-sept cents dollars avec elle. Pourquoi l'aurait-il volée?

– Pourquoi pas? fit Mitch. L'argent était là, pas vrai?

– Réfléchissons, dit Decker. Prudence dit que Bella a défait sa valise. S'était-elle préparée aussi pour se mettre au lit?

– Prudence ne sait pas. J'ai pris ce qu'elle m'a dit pour ce que ça vaut. Elle *suppose* seulement que Bella a défait cette valise... Elle ne peut pas se le rappeler. Admettons qu'elle ait été si fatiguée qu'elle soit allée se coucher tout de suite. Mais ne s'est-elle pas lavé le visage?

– Je suppose que Warhouse doit s'attendre à recevoir notre visite, dit Decker. Je vais chercher des renseignements sur lui pendant que vous allez là-bas. (La mâchoire du lieutenant se durcit.) Ramenez-le ici.

Mitch se redressa, lissa les revers de sa veste, et sortit. De la façon dont vous vous présentez devant un suspect dépend pour beaucoup la réussite ou l'échec d'une affaire.

***

Clyde Warhouse habitait une maison de briques rouges avec de hautes colonnes blanches sur le devant. Mitch le trouva dans son bureau. C'était un petit homme avec de grandes dents. Il ne souriait jamais vraiment mais tirait juste un peu ses lèvres en arrière, et on pouvait interpréter ça comme on voulait.

Il alla droit au but.

– Vous venez au sujet de mon ex-femme. J'ai entendu ça à la radio. J'aimerais bien pouvoir vous fournir quelques informations, mais c'est impossible. Ce n'est certainement pas la fin que je lui souhaitais.

– Quelle fin lui souhaitiez-vous alors? demanda Mitch.

– Aucune. (Les lèvres de Warhouse se retroussèrent.) Et de toute façon pas dans cette ville.

– Trêve de plaisanterie, fit Mitch. Vous allez venir avec moi. Vous vous en doutiez, je suppose?

Le type s'effondra presque d'un coup.

– Vous... voulez dire que vous m'arrêtez?

– Qu'en pensez-vous? dit Mitch. Nous savons qu'elle vous a téléphoné et que vous vous êtes rencontrés. Vous l'avez vue.

– Je ne l'ai pas vue! protesta Warhouse. Elle n'est pas venue!

Mitch ne sourcilla pas.

– Combien de temps l'avez-vous attendue?

– Près d'une heure. Peut-être plus.

– Où?

– Au coin de Whitman et Cooper.

Warhouse parut suffoquer, puis laissa tomber sa tête entre ses mains.

– Mon Dieu! dit-il.

Et ce fut tout ce que Mitch put en tirer jusqu'à ce qu'il fût amené dans le bureau de Decker, lequel continua l'interrogatoire.

Warhouse s'en tint à son premier aveu. Comprenant qu'il avait été roulé, il tenait bon maintenant et ne lâcherait pas un autre pouce de terrain. Il dit que Bella lui avait téléphoné vers minuit parce qu'elle voulait le voir. Il ne la savait pas dans la région et ne désirait pas la voir : elle ne l'intéressait plus, mais il ne pouvait refuser. Il s'en fut donc au rendez-vous, et attendit. Elle ne vint pas. Il rentra alors chez lui.

Ils continuèrent de le harceler. D'abord Mitch et Decker, puis Bankhart et Balenky, et ensuite de nouveau Decker et Mitch.

Entre-temps, ils consultaient Jub qui avait examiné la voiture de Warhouse, pour voir si la poussière et la boue étaient les mêmes que celles rapportées de French Woods, s'il y avait relevé des traces de lutte, ou bien seulement la présence de Bella... ou n'importe quoi d'autre. L'examen ne révéla rien. Warhouse montra les dents, mais se tut. Tard, ce soir-là, ils renoncèrent à l'interroger davantage, lui firent traverser la cour en direction de la prison où ils l'enfermèrent pour la nuit. Warhouse avait besoin de repos. La Brigade Criminelle aussi.

A sa conférence quotidienne, le lendemain matin, Decker était sombre.

– Nous avons une ex-femme qui téléphone à son ex-mari à minuit pour lui fixer un rendez-vous. Nous savons qu'il y est allé, et qu'elle n'y est jamais venue. Nous avons aussi un assassinat, et c'est tout.

– Le fric, dit Bankhart.

Decker hocha la tête.

– Quand nous aurons retrouvé ces dix-sept cents dollars, alors nous aurons peut-être un chef d'accusation. Quelque chose de concret, et nous chercherons dans ce sens. Mais supposons que nous aboutissions de nouveau à une impasse. Alors?

– Interrogeons encore une fois Ed Hiller, proposa Mitch.

Ce qu'ils firent. Ils interrogèrent aussi, et plus longuement, Warhouse. Et n'aboutirent cependant à rien. Ils examinèrent minutieusement les faits et gestes de l'ex-mari de Bella. Il gagnait bien sa vie, payait régulièrement ses factures, s'entendait parfaitement avec sa seconde épouse. Il aimait les femmes, qui le lui rendaient bien, et flirtait pas mal, bien qu'il ne fût mêlé à aucun scandale. Mais, pour Mitch, il avait flirté une fois de trop. Encore fallait-il le prouver.

Pendant un moment, ils concentrèrent leur attention sur *L'Auberge heureuse*. Mais les clients du motel restèrent introuvables parce qu'ils s'étaient inscrits sous de faux noms et de faux numéros de voitures. Ou bien alors ils prétendirent avoir dormi sans se rendre compte de ce qui se passait au dehors.

Et puis les habituels boniments arrivèrent... lettres de maniaques qu'il fallait bien vérifier. On avait vu l'assassin, entendu Bella crier au secours. Quelqu'un avait eu une vision. Un autre avait aperçu Warhouse attendant au coin de la rue, ce qui ne prouvait rien sinon qu'il était arrivé le premier au rendez-vous. Chaque renseignement était classé soit comme faux, soit comme utile. Les mille sept cents dollars restaient introuvables. Decker ne plaisantait plus. Mitch rentrait chez lui fatigué et de mauvaise humeur.

L'affaire était au point mort.

Et puis, un matin, Decker arriva en disant à Jub et à Mitch :

– Ma femme prétend que je me suis réveillé cette nuit et lui ai demandé un verre d'eau. Pourtant je ne m'en souviens pas.

– Ça prouve que vous aviez soif, remarqua Mitch.

– Vous ne comprenez pas? s'exclama Decker. On se réveille, on se rendort, et le matin, on a tout oublié. Eh bien, nous savons que Bella a fait sa valise. Elle se trouvait dans cette chambre de motel avec Prudence. Elle a dû faire du bruit, peut-être même parler. Je vous parie que Prudence s'est réveillée et ne s'en souvient plus. Elle possède la clé de l'affaire quelque part dans un coin de sa mémoire.

– Si c'est vrai, fit Jub, comment allez-vous l'en faire sortir?

– Je vais hypnotiser Prudence! répondit Decker, les yeux pleins de feu. Je vais demander à un psychiatre de l'interroger! Taylor, dites-lui de venir demain matin, afin que j'aie l'esprit clair, et elle aussi.

Mitch alla trouver Prudence et lui fit la commission. Mais, pour lui, le lieutenant se faisait beaucoup d'illusions. Il raconta à Amy l'idée saugrenue qu'avait eue Decker. Mais tout ce qu'elle dit fut que le lendemain étant jour de paie, il ne fallait pas oublier d'envoyer les cinquante dollars à sa sœur.

Ainsi Mitch se trouva absent quand Prudence se présenta à la Brigade. Il était à la poste avec ses cinquante dollars. Comme il aimait bien bavarder un peu, il se liait d'amitié avec des gens, faisait des connaissances... on ne sait jamais, on peut en avoir besoin... Il engagea donc la conversation avec le postier.

Celui-ci s'appelait Cornell. Il était fatigué. Mitch avait l'impression qu'il devait être né comme ça. D'ailleurs, un bureau de poste n'est-il pas un endroit qui vous vide de toute substance? Aucune gaieté, jamais d'événements intéressants, tous les employés se ressemblent (ou paraissent se ressembler); tous les timbres sont pareils (ou presque). Et quand il arrive par hasard quelque chose d'inhabituel, il n'y a qu'à regarder dans le livre des règlements et faire exactement ce qui est indiqué. Si vous ne trouvez rien, eh bien, c'est que la chose ne peut se faire. Vous renvoyez alors le client et retournez à votre vente de timbres.

A part ça, on n'y vend rien d'autre. On n'y traite aucune affaire. Si un de ces timbres est abîmé, il ne sera jamais soldé, il vaudra toujours ce qui est inscrit dessus ou bien alors rien du tout. Il n'y a pas de demi-mesure.

Et pourtant, cette poste allait peut-être fournir infiniment plus de renseignements que ce que Decker mijotait dans son bureau de la Brigade Criminelle. Mitch en tendant ces cinquante dollars pour le mandat dit :

– Ce n'est pas beaucoup. Quelle est la plus grosse somme d'argent que vous ayez eue entre les mains?

L'employé s'anima.

– Dix mille dollars. Il y a six ans.

– Je me moque d'il y a six ans. Cette semaine?

– Oh! cette semaine... Une dame avec dix-sept cents dollars. Ça a été le plus gros mandat.

Ça collait.

– Cette dame s'appelait sans doute Prudence Gilford? dit Mitch avec précaution.

– Non. Pasty Grant.

– P.G... les mêmes initiales, fit Mitch, sûr de lui. C'est la même fille. Et je parie qu'elle s'est envoyé ça à elle-même, poste restante, quelque part en Californie.

Cornell eut l'air de prendre Mitch pour une sorte de magicien.

– C'est exact, répondit-il. Comment le savez-vous?

– Moi? dit Mitch en réfléchissant que tout concordait parfaitement.

Prudence – ou quel que fût son nom – avait étranglé Bella pour la voler, puis fait la valise de sa victime, tiré celle-ci jusqu'à la voiture qu'elle avait emmenée dans les bois et abandonnée là. Et elle avait probablement dû faire tout le chemin à pied pour rentrer. Voilà pourquoi elle était si fatiguée.

– Moi? répéta Mitch comme sortant d'un nuage. C'est parce que je sais tout ça que je suis flic. Des idées... j'en ai des tas.

Il voyait déjà les yeux ronds que ferait le lieutenant Decker, expert en affaires criminelles...

Il marcha vers la cabine téléphonique, donna son numéro de plaque à l'employé de façon à n'avoir pas à payer la communication, et se fit passer le bureau de Decker.

Celui-ci décrocha.

– Taylor? Venez vite. La fille Gilford vient d'avouer.

– Elle a... *quoi?*

– Oui, oui, avoué. Pendant qu'elle était ici, la courroie de son sac s'est défaite et il est tombé. Tout le contenu s'est répandu sur le parquet... y compris le récépissé d'un mandat de dix-sept cents dollars. Nous l'avons prise sur le fait, et elle a avoué. Elle était au courant du coup de téléphone à Warhouse et s'est arrangée pour qu'on l'arrête.

Il y eut de la friture sur la ligne. La voix du lieutenant Decker devint lointaine.

– Taylor? Vous m'entendez? Est-ce que vous m'écoutez?

– Bien sûr, répondit Mitch. Mais, à quoi bon?

Et il raccrocha.

Ouais, Mitch Taylor, expert ès crimes...

*H as in homicide.*

D'après la traduction de Simone Millot-Jacquin.

# L'élu

par

RHYS DAVIES

CE soir-là, juste avant sept heures, à son retour, il trouva glissée sous la porte une lettre non timbrée portant la mention « Déposée à domicile ». De l'enveloppe épaisse, d'aspect luxueux, bordée de noir, se dégageait une odeur de poudre de riz moisie. Conserver précieusement de vieilles enveloppes de deuil désuètes, c'était bien dans la manière de Mme Vines, et si Rufus eut un pressentiment de désastre, celui-ci n'avait rien à voir avec la mort. Il fixa un instant la petite flaque de cire pourpre scellant le rabat. Au cours des deux dernières années, il avait reçu d'autres missives de Mme Vines, mais aucune n'avait fait l'objet de cette présentation cérémonieuse. A l'intérieur de l'enveloppe, la feuille de papier réglé, arrachée à quelque bloc très ordinaire, lui était plus familière. Il la lut avec application, s'astreignant à se concentrer, fronçant les sourcils et plissant le front. Il n'eut guère de peine à déchiffrer l'écriture, nette, fine, ourlée, tracée à l'encre verte, et s'il s'attarda sur certains mots, tels que « orale », « catégorie » et « sentimentale », tandis que ses lèvres charnues formaient machinalement les syllabes, ces pauses ne traduisaient qu'une légère incertitude quant à la signification des termes employés.

*Monsieur,*

*En réponse à la requête orale que vous m'avez faite hier, concernant la propriété de Brychan Cottage, j'ai décidé de ne pas vous accorder le renouvellement du bail, lequel vient à expiration le 30 juin prochain. Cela est définitif.*

*Pareil cottage ne saurait être habité par des êtres humains, que vous estimiez entrer dans cette catégorie ou non. Il offense ma vue, et j'ai l'intention, d'ici la fin de l'année, de le faire raser. Peu importe que vous désiriez vous marier et continuer à vivre dans ce cottage avec une petite pécore de la ville travaillant en usine; je n'en ai rien à faire, et que mon père, pour quelque absurde raison sentimentale, ait accordé à votre grand-père, pour la somme dérisoire d'une centaine de livres, un bail de soixante-quinze ans, je n'en ai rien à faire non plus. Votre déplorable famille n'a jamais été pour moi qu'une source de tracas constants sur mon domaine, et je ne tolérerai pas qu'un de ses membres l'infecte de sa présence plus longtemps qu'il n'est légalement nécessaire, ou qu'une piaillante gourgandine en pantalon, dansant pieds nus le jazz et la gigue, vienne fouler mon sol et le contaminer. Bien que vous vous soyez débarrassé de votre pestilentielle volaille après la mort de votre mère, le bruit de la motocyclette que vous avez alors achetée m'a encore plus indisposée que les caquetages et les cocoricos. Donc, disparaissez.*

*Bien à vous,*
*Audrey P. Vines.*

Il imaginait la main mouchetée de taches de rousseur et lourdement baguée se déplaçant d'un mot à l'autre avec une assurance excluant d'avance toute parade efficace de sa part. La teneur insultante de la lettre n'eut point pour conséquence immédiate de le mettre en rage; cela s'accordait trop avec le caractère et la réputation de Mme Vines, bien qu'il eût connu d'elle un comportement différent quand il était plus jeune, de l'enfance à l'adolescence. Mais que cette diabolique créature eût bel et bien le droit de l'expulser de la demeure dont il avait hérité, voilà qui réussissait enfin à pénétrer et à s'implanter dans son esprit. Il n'avait jamais cru qu'elle en viendrait là.

Pour un temps, le choc neutralisa quelque peu le sentiment de la catastrophe. Il alla se préparer du thé à la cuisine, comme il avait coutume de le faire dès son arrivée, sitôt revenu à moto de son travail en ville à l'usine. Tandis qu'il attendait que l'eau chantât dans la bouilloire posée sur le réchaud à pétrole, ses regards s'orientaient spontanément et furtivement vers la table. L'enveloppe bordée de noir lui faisait l'effet d'une apparition insolite dans un rêve prémonitoire. Contemplant d'un air vague, un peu égaré, les objets familiers qui l'entouraient, il lui semblait qu'un silence singulier envahissait cette cuisine qu'il avait connue toute sa vie. Il avait l'impression bizarre que la pièce le rejetait, le tenait à distance, comme si déjà il était un intrus.

Il eut un léger tressaillement et son visage se crispa lorsqu'il ramassa la lettre pour la fourrer dans une poche de sa veste en cuir. Puis, selon son habitude, quand la soirée était belle, il emporta une grande tasse de thé et alla s'installer sur un banc, sous le poirier qui couvrait de son ombre la porte d'entrée un peu disjointe du cottage, cette bâtisse du seizième siècle, crépie à la chaux, où il était né. La lumière de mai inondait le jardin bien fourni, chatoyant. Il se mit à relire la lettre, s'arrêta pour aller prendre dans le living-room un petit dictionnaire usagé, tout froissé, revint s'asseoir et rechercha un ou deux mots qui l'intriguaient encore. Enfin, tendant son épaisse mâchoire en avant dans son effort pour maintenir sa concentration, il relut la lettre d'un bout à l'autre.

« Cela est définitif »; cette phrase lui dansait dans la tête. Trois mots réduisaient à néant ses projets d'avenir. Dans son abattement et son désarroi, il ne lui venait pas à l'esprit que, s'il se trouvait en cette impasse, sa tendance naturelle à la temporisation et à l'esquive pouvait à cet égard avoir eu quelque importance. Jusqu'à la veille, il avait remis de jour en jour sa visite à l'acariâtre propriétaire de Plas Iolyn pour lui parler de cette affaire de bail, et pourtant sa mère, qui ne pouvait pas la voir en peinture, lui avait rappelé plusieurs fois, au cours de sa dernière maladie, la nécessité de cette démarche. Il s'était tout bonnement refusé à croire que Mme Vines le jetterait dehors lorsque surgirait une certaine date inscrite sur un vieux document jauni. Les ancêtres de sa mère avaient occupé Brychan Cottage durant des centaines d'années, bien longtemps avant que la famille de Mme Vines n'eût acheté Plas Iolyn.

Il tourna lentement la tête vers la gauche, comme sous une irrésistible contrainte. D'où il était assis, il pouvait voir, au-delà du jardin et des aulnes en bordure d'un fossé, se déployer une pente herbeuse, vaste et fruste, au centre de laquelle se dressait un grand cyprès dont les branches s'étalaient jusqu'au sol. Au sommet, surplombant la pente, un manoir rectangulaire en pierres roussâtres s'exposait à plein aux rayons du soleil déclinant. A cette heure-là, il lui arrivait de voir Mme Vines descendre la pente avec son bouledogue. Elle portait toujours un grand sac où elle puisait des morceaux de pain qu'elle distribuait aux oiseaux et aux canards sauvages de la rivière qui serpentait en bas. Ce sac en toile brodée lui était familier depuis l'enfance, mais il avait appris seulement ce dernier dimanche qu'elle y dissimulait des jumelles.

Ce soir, elle ne se montrait pas. Méditant sur ce qui s'était passé le dimanche, il n'arrivait pas à comprendre qu'une faute aussi infime de la part de sa jeune amie eût pu déclencher cette venimeuse hostilité révélée par la lettre. Dans la propriété proprement dite de Plas Iolyn, Gloria n'avait pénétré que de quelques mètres. Qu'une fille portât un pantalon ou marchât pieds nus sur de l'herbe, quel mal y avait-il à cela? Et si la fille qu'il courtisait poussait de petits cris tandis qu'il la poursuivait sur la berge de la rivière, et s'ils s'écroulaient à terre ensemble, l'un à l'autre emmêlés, encore une fois, où était le mal? Il n'y avait guère eu de désordre vestimentaire, et pas la moindre ébauche de déshabillage.

Il avait cru que ce dimanche serait un jour de gloire, le grand jour de sa vie. Il était allé chercher Gloria en ville pour la ramener sur sa moto dans l'après-midi. Elle venait au cottage pour la première fois, ce cottage dont il avait, à l'usine, vanté si souvent les charmes, à elle tout spécialement. Élevée dans une humble et banale maison de série sans jardin, elle avait contemplé, emplie d'exubérance et de ravissement, sa jolie demeure sur le domaine de Plas Iolyn, et au bout d'une demi-heure, alors qu'ils étaient assis sous ce même poirier, il lui avait demandé de l'épouser, et elle avait dit oui. Elle s'était livrée à un festival d'éclats de rire et de cris aigus, joyeux et mutins, dans le jardin auprès de la rivière, et elle avait fini par envoyer promener ses chaussures pour danser sur la berge tapissée d'herbe; elle n'avait que dix-huit ans. Puis, tandis qu'il était rentré faire chauffer de l'eau pour le thé, elle avait sauté par-dessus l'étroit fossé mitoyen et s'était mise à gambader, sans le savoir, sur les terres de Mme Vines – et peu après il l'avait vue se précipiter affolée dans le cottage, toute secouée et tremblant de peur. Une horrible femme, disait-elle, vêtue d'un vieux manteau de fourrure pelé, avait surgi, en vociférant, du feuillage d'un grand arbre sur la pente, des jumelles à la main et menaçant de lâcher sur elle un bouledogue. Gloria mit assez longtemps à s'apaiser, à se défaire de sa frayeur. Il lui parla des lubies et manies de Mme Vines, de ses agissements bizarres, de tout ce que sa mère lui avait raconté à son sujet. Mais, ni dimanche ni depuis, il n'avait fait aucune allusion au bail, bien que le souvenir de l'échéance lui eût traversé l'esprit lorsque Gloria avait accepté de l'épouser.

Dès dimanche, d'ailleurs, à plusieurs reprises, il s'était dit qu'il ferait bien d'aller jusqu'au manoir pour expliquer la présence de cette étrangère qui avait, en toute innocence, franchi le fossé. Mais trois jours passèrent avant qu'il ne fît cette visite. Il avait acheté en ville un blouson en daim de première qualité, et s'était fait rafraîchir les cheveux pendant l'heure du déjeuner. A son retour de l'usine, il avait même pris la peine de cueillir quelques primevères pour en offrir un bouquet à Mme Vines – et puis, tenaillé par la tentation de remettre encore une fois à plus tard sa démarche, il les avait oubliées quand il s'était enfin décidé à se faire violence et à enfourcher sa moto. Au fond, se disait-il, c'était de sa langue de vipère qu'il avait peur. Les récriminations féminines hystériques, il n'avait jamais pu s'y habituer et ne savait comment y faire front.

Mais lorsque à Plas Iolyn il avait fait son apparition à la porte de la cuisine, Mme Vines lui avait parue abordable, nullement prête à piquer une de ses fameuses crises, se contentant de dire « Eh! bien, jeune homme, qu'est-ce que vous voulez? » en lui désignant un petit banc placé le long du mur à côté du buffet et sur lequel, jeune garçon, il s'était fréquemment assis. Comme entrée en matière, il s'efforça de lui faire comprendre que la jeune fille qui s'était égarée sur ses terres par mégarde allait l'épouser. Mais Mme Vines, l'ignorant, s'adressa aux cinq chattes qui, une minute après son arrivée, avaient fait irruption l'une après l'autre dans la cuisine, dévalant de l'étage supérieur.

– Nous ne tolérerons pas qu'une de ces filles de fabrique, dévergondées, braillardes et jacassantes, ose mettre les pieds où que ce soit dans ma propriété, pas vrai, mes chéries? leur dit-elle.

Au bout d'un moment, il se résolut à entrer dans le vif du sujet.

– Je suis venu vous voir à propos du bail de Brychan Cottage. Ma mère m'en avait parlé. J'ai un papier qui porte une date.

Sur quoi, Mme Vines dit à l'une de ses chattes :

– Demain, Queenie, il faudra prendre une pilule!

Nouvelle pause, et nouvelle tentative :

– Ma fiancée aime beaucoup Brychan Cottage.

Mme Vines le fixa sans dire un mot pendant près d'une minute, puis déclara :

– Vous pouvez partir à présent. Je vous écrirai demain au sujet du bail.

Il avait quitté la cuisine avec une sensation d'oppression, presque d'étouffement, une boule dans la gorge, et il sut alors que ce qu'il ressentait à son égard, ce n'était pas de la peur. En fonçant à pleins gaz pour rentrer chez lui, il se prit toutefois à penser qu'il avait peut-être commis une lourde faute en cessant de se rendre à Plas Iolyn pour lui demander si elle désirait qu'il cueille pour elle des baies de genêt sur les pentes de Mynydd Baer, ou qu'il ramasse des champignons dans les champs de Caer

Tegid; avant d'aller travailler en usine, il ne manquait pas de le faire assez souvent. Était-ce pour cette raison qu'elle lui avait envoyé, peu après la mort de sa mère, une lettre insolente où elle se plaignait de la puanteur de la volaille et des cris du coq? Il l'avait trouvée comique, cette lettre, et l'avait montrée aux copains à l'usine. N'empêche, son instinct lui avait dicté de se débarrasser des volatiles.

Il se leva, s'arrachant à sa méditation sous le poirier. Cette étrange qualité de silence qu'il avait constatée dans la cuisine, il la retrouvait dans le jardin. Pas le moindre bruit, rien ne bougeait; pas un oiseau, pas même une feuille. Mais il entendait son cœur, qui battait fort. Il se mit à parcourir les sentiers, allant et venant sans but, nerveusement. La remarque de Mme Vines adressée à ses chattes (elle ne tolérerait pas qu'une personne étrangère mît les pieds dans « sa propriété ») prenait maintenant toute sa signification. Dans six mois environ, elle s'appliquerait à lui. Il s'arrêta pour arracher au poirier une petite branche fleurie, et il la contempla, songeur. Ce poirier, c'était le *sien!* Sa mère lui avait dit qu'on l'avait planté le jour de sa naissance. Certains étés, il portait tant de fruits qu'on vendait presque toute la récolte chez Harris, en ville, et l'argent perçu était toujours pour lui.

Il reprit sa marche, fouettant sa jambe avec la branche, dispersant les pétales. Son tumulte intérieur ne diminuait pas. Comme la cuisine, le jardin semblait déjà s'écarter de lui, se retrancher, le refuser. *Elle* y avait marché ce même jour, l'imprégnant de sa maléfique présence. Il lança rageusement la branche dans la direction de Plas Iolyn, vers la pente. Il ne se sentait pas d'humeur à rentrer. Il traversa un bosquet de saules pour aller s'étendre sur la berge et regarder s'écouler l'eau, claire, tranquille, placide. Il lui sembla voir apparaître dans les profondeurs le visage honni. Il jeta une pierre pour effacer l'image. En lui, la déprime, le malaise et la tension ne faisaient qu'augmenter. Il s'allongea sur le dos. Il transpirait; une de ses mains, machinalement, se crispa sur son sexe.

La voûte du ciel, sereine en cette soirée lumineuse, et le clapotis léger de l'eau l'apaisèrent quelque peu. En une bouffée de bon sens, un bref instant, il se dit même que la perte de Brychan Cottage ne serait pas si tragique après tout, qu'il n'en mourrait pas. Mais impossible d'oublier Mme Vines; elle l'obsédait. Il se creusait la tête pour trouver un moyen de l'amadouer: un acte à faire, un service à rendre. Naguère, jusqu'à ses dix-sept ans environ, elle lui demandait d'accomplir certains petits travaux : ramasser des branches mortes, incendier des nids de guêpes, retirer les rayons des ruches (en tenue spéciale, avec chapeau et voile). Mais que pouvait-il faire à présent? Depuis des années, elle vivait cloîtrée, ne voulant voir personne, coupée du monde.

Il n'arrivait pas à la chasser de sa pensée. Des souvenirs, à moitié enfouis, refaisaient surface. Quel n'avait pas été l'étonnement de sa mère, quand il lui rapporta qu'on l'avait emmené au premier, à Plas Iolyn, pour lui montrer six chatons qui venaient de naître ce jour-là! Il avait alors dans les douze ans. Peu après, Mme Vines vint le trouver sur cette berge, où il était assis en train de pêcher; elle désirait qu'il noie trois des chatons. Ayant installé dehors un baquet d'eau, près de la porte de la cuisine, elle demeura sur place, l'observant tandis qu'il maintenait sous l'eau avec un balai un sac de toile agité de soubresauts. Il s'agissait de trois mâles, disait-elle. Il dut creuser un trou à proximité des serres pour enterrer le sac.

Elle ne lui donnait jamais d'argent, seulement des cadeaux provenant de la maison – une vieille lanterne magique, des plaques en couleurs, des dominos, une boîte de crayons, même une maison de poupée. Toujours, elle le regardait fixement de ses larges yeux bruns, ne révélant rien. Un jour pourtant, elle lui demanda :

– Tu es un cancre à l'école?

Il répondit :

– Oui, le dernier de la classe.

Et pour la première fois il l'entendit rire sans retenue; elle paraissait très contente de lui.

Tout cela, il s'en souvenait, se passait à l'époque où les visiteurs avaient cessé de venir, où il ne restait plus un seul serviteur; sa mère disait que Mme Vines s'était rendue insupportable à tout le monde. Mais en ville, ceux qui avaient travaillé pour elle déclaraient que c'était une femme à certains points de vue remarquable, très calée; la preuve : ces majuscules qui suivaient son nom, initiales de ses diplômes. Dans toute controverse juridique au sujet de ses droits concernant le domaine, il était plus que probable qu'elle aurait le dessus.

D'autres choses lui revenaient par bribes – des choses qu'il avait apprises de vieilles gens qui avaient connu Mme Vines avant qu'elle ne s'isole totalement. Matthews, qui avait été gardien du domaine et aussi un ami du père de Rufus, disait qu'à un moment donné elle avait vécu parmi les sauvages d'Afrique, pour étudier leurs coutumes, avec son premier mari. Personne ne savait comment elle s'était débarrassée de ce mari-là; et en ce qui concernait le second, on était loin de tout savoir. Il arrivait à Mme Vines de disparaître de Plas Iolyn pendant des mois, mais après la mort de son père elle ne partit jamais de sa vieille demeure pour séjourner ailleurs. Toutefois, ce fut lorsqu'on ne vit plus son second mari à Plas Iolyn qu'elle s'y enferma, sauf qu'une fois par mois elle louait une Daimler pour aller en ville acheter, à ce qu'on disait, des caisses de vin chez Drapple et des produits pour la figure chez le pharmacien. Et puis même ces sorties-là cessèrent; tout était livré à Plas Iolyn par des camionnettes de fournisseurs ou par la poste.

Il ne voyait toujours pas comment fléchir Mme Vines; rien ne venait. Il se leva pour quitter la berge. La lumière diminuait, le coucher de soleil s'estompait, mais il pouvait encore distinguer nettement la façade du manoir, ses douze fenêtres nues, et le portique assez délabré de la grande entrée, qui ne servait à présent plus jamais. Mû par une impulsion soudaine, il partit vers l'étroit fossé, empli de mauvaises herbes, qui marquait la limite de Brychan Cottage. Mais il s'arrêta sur le bord. S'il allait la voir, il devait préparer ce qu'il avait à dire; pour cela, il fallait avoir la tête froide, et ce n'était pas le cas. D'ailleurs, se rendre au manoir de cette manière était interdit. Elle était peut-être postée derrière une de ses fenêtres, à l'observer avec ses jumelles.

Un bruit saccadé le tira un instant du tourment de l'indécision. A cinquante mètres au-delà de la berge opposée, l'omnibus de 19 h 40 approchait. En le voyant passer sur les étendues de plaine en friche, il se souvint du violent ressentiment de sa mère à l'égard de la famille de Plas Iolyn. Le sale tour qu'on leur avait joué, il n'en avait jamais été très affecté, n'y comprenant pas grand-chose, bien que sa mère n'eût pas manqué d'en parler maintes et maintes fois. Vers la fin du dix-neuvième siècle, son grand-père, qui ne savait ni lire ni écrire, s'était laissé persuader par le père de Mme Vines de lui vendre, à bas prix, non seulement Brychan Cottage, qui commençait à se délabrer, mais aussi, de l'autre côté de la rivière, plusieurs hectares de terres inexploitées dépendant du cottage. Afin de l'appâter, on lui offrait, pour une centaine de livres, un bail permettant de conserver pendant soixante-quinze ans le cottage et le terrain aboutissant à la rivière. Ils avaient ainsi pu remédier à la détérioration de la maison et mettre un peu d'argent de côté pour les mauvais jours. Mais moins de deux ans après cette transaction, on avait installé, sur cette longue bande de terres incultes de l'autre côté de la rivière, une voie ferrée de déviation menant à un port de l'ouest en plein développement. Ayant eu vent de ce projet et ayant agi en conséquence, le père de Mme Vines avait, semblait-il, retiré des droits de passage un profit considérable, s'attirant par là même une ineffaçable rancune. Il prétendait pour sa part (pur mensonge, déclarait la mère de Rufus) avoir seulement voulu prévenir l'éventuelle installation de bâtiments industriels, d'usines à gaz par exemple, qui auraient défiguré le paysage; quelques trains par jour (comprenant d'importants express et des trains de marchandises), ce n'était pas bien gênant.

Regardant, la rage au cœur, l'omnibus disparaître dans la brume du soir, Rufus se rappela cependant que son père disait que Mme Vines n'avait elle-même joué aucun rôle dans cette tortueuse affaire. Mais la fille n'avait-elle pas hérité la nature rapace de son père? Qu'elle eût l'intention de faire raser Brychan Cottage, il se refusait à le croire. Voulait-elle le rénover et le vendre ou le louer à un prix qu'elle savait très au-dessus de ses moyens? Elle était pourtant déjà fort riche, nul ne l'ignorait. Alors, désirait-elle simplement se débarrasser de lui, ne plus le voir, lui, le dernier membre de sa famille, et le dernier homme à être présent sur ses terres?

Il revint au cottage du pas rapide de qui va prendre une décision. Mais en entrant dans le living-room obscur, au plafond bas, voici qu'une paralysie de la volonté le menaça à nouveau. Il se mit à contempler autour de lui d'un air morne, un peu effaré, les meubles foncés par l'âge, la garniture de cuivre et d'acier de l'âtre béant, caverneux, les ornements, les gravures sombres représentant des montagnes, des châteaux, des cascades, comme s'il les voyait pour la première fois. Saisi d'une crainte superstitieuse, il se sentait incapable d'allumer la lampe à pétrole, de préparer un repas, de reprendre sa routine quotidienne. Il avait l'impression qu'une autre présence que la sienne hantait ces lieux, en prenait possession.

Il se secoua pour chasser cette espèce d'envoûtement. Dans le renfoncement de la fenêtre, à la lueur rougeoyante du soleil mourant, il relut la lettre une fois de plus, espérant encore y trouver quelque indice, un point faible à exploiter. Il ne semblait pas y en avoir. Mais il commençait à réaliser qu'une sorte de défi lui était lancé. Pour la première fois depuis la mort de ses parents, il devait affronter tout seul un événement d'importance. Il alluma la lampe, alla chercher une pochette rarement utilisée contenant des enveloppes et du papier de qualité, et s'assit. « *Chère Madame, Très surpris de recevoir votre lettre* »; il n'alla pas plus loin. Son instinct lui disait qu'il devait à tout prix amollir, voire enjôler Mme Vines. Oui, mais comment? Au bout d'une demi-heure de prostration, il monta l'escalier quatre à quatre, redescendit nu pour se laver à l'évier de la cuisine, puis retourna dans sa chambre pour frictionner ses raides cheveux noirs avec une huile parfumée, enfiler le pantalon neuf en coton et l'élégant blouson de daim vert qui lui avaient coûté plus d'une semaine de salaire.

Une fois Rufus rentré dans le cottage, Audrey Vines remit ses jumelles dans son grand sac bariolé, émergea des branches basses et denses du cyprès, et commença à remonter la pente, son vieux bouledogue apathique sur les talons. S'étant dissimulée sous l'épais feuillage trois minutes avant d'entendre, comme à l'accoutumée, aux approches de sept heures, le bruit de la motocyclette de Rufus, elle avait pendant près d'une heure étudié les expressions de son visage et suivi son errance à travers le jardin, puis sur la berge. Ayant pu l'observer avec une grande netteté, grâce à cette radieuse soirée, elle s'en trouvait particulièrement satisfaite. Elle savait que c'était un dictionnaire qu'il avait consulté sous le poirier, où il s'asseyait souvent pour boire du thé dans une grande tasse victorienne. Elle s'était réjouie de le voir lancer avec fureur une branche en direction du cyprès; et son désarroi, tandis qu'il arpentait les sentiers, l'avait comblée d'aise, tout comme son ahurissement hébété en lisant sa lettre à la phraséologie délibérément déroutante.

– Allez, viens, Mia. Sois gentille, ma petite chérie! Nous rentrons à présent.

La chienne corpulente et pataude, qui s'attardait à musarder, émit un petit grognement, cligna des yeux et la suivit cahin-caha en tentant de retrouver un soupçon de sa vivacité d'antan. Audrey Vines, elle, grimpait gaillardement, sans le moindre essoufflement, tout en examinant les alentours d'un regard perspicace. Elle sortait chaque soir non seulement pour nourrir les oiseaux, mais aussi pour inspecter avec soin son domaine avant de se retirer pour la nuit. Il y avait également le passage du train de 19 h 40 à voir; comme ses deux montres et toutes les pendules de la maison exigeaient d'être réparées ou réglées, cela permettait de vérifier l'heure exacte, bien qu'en fait elle ne s'en souciât guère, pas plus d'ailleurs que de nourrir les oiseaux.

Ce qui l'intéressait avant tout, au cours de ses longues journées, c'était d'arriver à apercevoir Rufus. Depuis quelques années, dissimulée en divers endroits judicieusement choisis, elle l'observait régulièrement avec ses puissantes jumelles Zeiss. Il ravivait son goût pour les études ethniques auxquelles elle s'était quelque peu livrée durant ses voyages d'autrefois en des contrées fort éloignées du pays de Galles, et elle consignait fréquemment ses observations dans un livre de comptes ménagers qu'elle gardait sous clef au fond d'une vieille écritoire portative. La mâchoire prognathe, le nez large, les cheveux noirs de gitan : autant de signes révélateurs, à ses yeux, de l'atavisme de ce jeune homme à la lourde charpente, mais somme toute assez bien bâti. Il possédait également cette fraîcheur primitive qui persiste souvent plusieurs années après l'adolescence chez des personnes au développement mental retardé. Mais ce témoin de la résurgence d'une race ancienne représentait aussi, jusqu'à un certain point, un triomphe sur la dégénérescence. Apparu fort tard, miraculeusement, dans la vie de sa mère (cette créature illettrée avait eu, beaucoup plus tôt, trois autres rejetons, tous morts en bas âge), cet enfant de la dernière heure, qui, à d'autres égards, laissait à désirer, s'était en revanche superbement épanoui sur le plan physique.

Sauf en ces occasions de naguère où, enfant puis adolescent, il venait à Plas Iolyn faire de menus travaux, ou bien des courses et de la cueillette, les déductions de Mme Vines reposaient entièrement sur ce que lui apprenaient les jumelles, moyen d'observation limité, certes, mais amplifiant les détails. Elle avait fini par connaître toutes ses habitudes et activités aux alentours du cottage. Elle ne s'estimait pleinement récompensée de sa vigilance que de temps à autre. Mais quand il lui arrivait de ne pas le voir, elle se sentait frustrée; la journée lui apparaissait fade. Tant qu'il faisait encore jour, le garçon ne se baignait jamais dans la rivière sans qu'elle le sût, bien que parfois, parmi les saules et les roseaux, il se révélât aussi difficile à repérer qu'une loutre. Et l'hiver, évidemment, il se montrait beaucoup moins souvent.

– Viens, ma chérie. Nous allons avoir un visiteur ce soir.

Mia, sa petite queue en point d'interrogation prise d'un frétillement inattendu, leva les yeux avec cet air vaguement dégoûté propre à sa race. Audrey Vines allait atteindre la terrasse à balustrade longeant la façade. Elle s'arrêta auprès d'un cadran solaire à moitié brisé pour scruter une fois encore le paysage qui l'entourait : les collines tranquilles et les bois obscurs dans le lointain, la rivière silencieuse et la plaine désertique en contrebas; puis son regard s'attarda un peu sur les vieux arbres vénérables ombrageant son domaine. Bien que la soirée fût douce et sans vent, elle portait un long manteau de fourrure traînant et malmené (de l'hermine d'été) et un opulent chapeau de velours, d'une nuance tabac blond, fermement fixé par des épingles plantées dans un amas de foisonnante chevelure (qu'elle teignait elle-même en auburn, et assez mal). Tout cela, joint à ses joues plâtrées de poudre bistre, à ses yeux abondamment soulignés de mascara, lui donnait l'aspect d'une femme irrécusablement et même outrageusement féminine, comme l'on peut en voir sur une photo fin de siècle en sépia, une femme immobilisée dans un passé mort à jamais. Mais, à la voir progresser vers la terrasse latérale, rien n'indiquait, dans sa démarche ou son maintien, des forces déclinantes. Femme de loisir ignorant les impératifs du temps qui passe, elle paraissait simplement en paisible harmonie avec la lente descente du jour vers les teintes du crépuscule.

Ce calme apparent était trompeur. Il y avait toujours une lueur de vigilance aiguë dans le regard, et les jumelles ne servaient pas seulement à l'étude attentive de Rufus. M^me^ Vines se tenait constamment à l'affût des intrus, braconniers ou vagabonds, quoiqu'ils fussent rares. Lorsque, peut-être trois ou quatre fois par an, elle découvrait un coupable égaré, sa tranquille dignité disparaissait de but en blanc; elle fonçait aussitôt, forçant l'allure, et sa voix de gorge, un peu éraillée, claquait alors comme un fouet. Les fournisseurs, qui se présentaient pourtant en toute légitimité à la porte de la cuisine, évitaient de la regarder en face, et C. W. Powell, son avoué, admis seulement dans la cuisine, savait très exactement où il devait s'arrêter, nettement en retrait de la familiarité, lors de leurs entrevues trimestrielles à Plas Iolyn. Tout au fond de ces yeux largement espacés, comme dissociés, se dressait un refus de fer interdisant toute approche amicale et détendue. Seuls ses animaux savaient trouver un point tendre et franchir cette barrière.

– Pauvre Mia! Demain, nous ne resterons pas dehors aussi longtemps, c'est promis! Allez, viens.

Elles étaient parvenues à la terrasse latérale dépourvue de balustrade.

– Nous allons nous offrir une fleur ce soir, ma douce, murmura-t-elle. Et puis nous rentrerons.

Elle traversa la cour pavée située sur l'arrière du manoir. En bordure des serres délaissées, où des pots de fleurs retournés et des outils de jardin abandonnés gisaient sous un fouillis de plantes croissant en désordre jusqu'à la toiture crevée, il y avait une unique rangée de primevères, et plusieurs rosiers, impeccablement taillés, généreusement garnis de boutons. Dans tout le domaine de Plas Iolyn, c'était là le seul témoignage de sa passion presque défunte pour l'horticulture. Une rose d'un blanc très pur, précoce messagère d'une belle abondance pour l'été, commençait de s'ouvrir en cette clémente journée; elle l'avait remarquée en sortant. Elle la cueillit, éclaboussant son poignet de quelques gouttes de pluie, dues à une averse matinale et qui parsemaient encore cette pimpante première venue; souriante, elle en huma le parfum discret. Brandissant la fleur comme un trophée, elle s'achemina vers l'entrée de la cuisine en conservant la même allure paisible. Rien ne pressait; elle avait tout son temps.

La cuisine spacieuse commençait à s'assombrir. Mais, pour ses quelques activités, elle se contenterait de la lumière entrant par la haute fenêtre en saillie, dépourvue de rideau, qui donnait sur la cour et la plate-bande fleurie où, depuis bien longtemps déjà, se trouvait enterrée la mère bien-aimée de Mia. Les bougies, elle les allumait seulement lorsque cela devenait absolument nécessaire. Elle alla farfouiller au sein d'un méli-mélo d'objets divers dans l'une des deux petites offices flanquant la cuisine, et en revint avec un vase d'argent en forme de cône inversé.

Il y eut comme un crépitement de petits pas précipités au-delà d'une porte donnant sur un escalier sans tapis, et cinq chattes, venant du salon situé au premier, déboulèrent dans la cuisine. Toutes rousses et tigrées, presque identiques d'aspect, elles évoluèrent en miaulant, la queue en l'air, autour de leur maîtresse.

– Mais oui, mais oui, mes chéries. Ça va venir, vos soucoupes.

Fredonnant en sourdine, elle s'approcha de l'évier en pierre, taché, noirci.

Un énorme fourneau de cuisine, inutilisé, datant d'Édouard VII, occupait un renfoncement doté d'une cheminée; devant lui s'alignaient trois réchauds à pétrole, transportables, supportant respectivement une poêle à frire recouverte, une cocotte en fonte et une bouilloire. Une abondante vaisselle en porcelaine, de belle facture, et toute une variété de boîtes, dont de nombreuses conserves, s'entassaient sur les étagères d'un immense buffet encastré dans le mur du fond. Au centre de la cuisine s'étalait une longue table encore plus encombrée. On y voyait une demi-douzaine de sacs en papier ventrus, pleins à ras bord, des boîtes à biscuits, des piles d'assiettes et de soucoupes non lavées, deux séries complètes du *Geographical Magazine,* un crâne de mouton, un monceau d'épluchures, un vieux moulin à café en bois, plusieurs vieilles boîtes de chocolats enrubannées et bourrées de lettres, et une écritoire de voyage en bois de rose. A l'extrémité proche des réchauds, sous un lourd candélabre à trois branches, en argent (du Sheffield), orné de feuilles de vigne et de raisins sculptés, était disposée une nappe brodée de belle qualité et d'une honorable fraîcheur, garnie d'un couvert d'argent, d'un nécessaire pour l'assaisonnement, également en argent, d'un verre à vin en cristal et d'une serviette de table damassée soigneusement pliée. Devant tout cela, à ce bout de la table : une chaise de boudoir en bois doré.

Quand on tournait le robinet d'eau froide à l'évier, une vibration saccadée se faisait entendre au loin dans la maison, suivie d'une espèce de gémissement, puis d'une sorte de hoquet – ensemble sonore que Mme Vines trouvait fort agréable, de bonne compagnie pour ainsi dire, créant une ambiance. Elle continua de fredonner en plaçant la rose dans le vase, qu'elle déposa sous les branches du beau candélabre. Elle se recula pour admirer l'effet produit, retira de ses cheveux une paire de longues épingles à tête de jais, et ôta son fastueux chapeau de velours.

– C'est un pauvre imbécile, ce rustaud, pas vrai, Queenie? (L'aînée des chattes, sa favorite, venait de bondir sur la table.) S'imaginer qu'il allait pouvoir fourrer là-bas dans son lit cette bécasse, pour qu'ils se multiplient comme des lapins!

Après avoir haché des tranches froides prises dans la poêle, elle donna une soucoupe de foie à chacune des chattes. Queenie fut servie la première. Le bouledogue attendait sa ration de morceaux de bœuf en provenance de la cocotte; ceux-ci obtenus, elle se mit à les contempler un moment d'un air morose, comme si elle les comptait. Audrey Vines s'octroya enfin la portion de foie qui restait, coupa une tranche de pain dans une miche sur le buffet et alla chercher une demi-bouteille de champagne dans un vaste coffre en chêne placé entre les deux offices. Elle enleva son manteau de fourrure avant de s'installer sur la frêle chaise de boudoir et déplia sa serviette.

Il y avait chaque jour toute une série de ces maigres repas, le dernier juste après le passage de l'express de 23 h 15, en route pour le port de l'ouest. Pour l'heure, ses dents robustes, en parfait état, mastiquaient avec une minutie fastidieuse mais aussi une discrétion de bon ton; on percevait à peine le mouvement des mâchoires. La lumière bleuâtre filtrant au travers de la fenêtre encrassée faiblissait de plus en plus, mais elle n'allumait toujours pas les trois bougies. Son casse-croûte terminé, ayant bu la dernière goutte de champagne accompagnée d'un biscuit à la cuiller, elle demeura assise à la table; sa robe d'intérieur en mousseline de soie beige, un peu souillée de pétrole, prenait dans la pénombre un aspect fantomatique.

Elle devenait une ombre figée. On eût pu croire qu'elle se plongeait dans une méditation profonde et coutumière, ou se livrait à quelque pratique religieuse. Mia, tache immobile elle aussi, reposait, profondément endormie, près de la chaise dorée, sur une natte en fibre de cocotier. Immédiatement après la dernière bouchée, les cinq chattes s'en étaient retournées, la queue basse, au premier, l'une après l'autre, comme pour observer une impérative étiquette tacite, ou bien comme des orphelines pansues et repues s'alignant en file indienne. Dans le salon, chacune disposait d'un berceau en acajou, construit conformément aux directives de leur maîtresse par un vieil artisan qui avait dans le temps occupé un emploi à Plas Iolyn.

Mme Vines s'arracha un instant à sa rêverie pour émettre quelques paroles, mais son murmure ne troublait guère le silence. Tournant la tête vers Mia, machinalement, par habitude, sans vraiment s'adresser à la chienne, elle s'interrogeait :

– Était-ce en janvier dernier que la rivière a gelé pendant quinze jours?... Non, pas l'hiver dernier. Mais il y avait de violents coups de vent, non? Et des trombes d'eau... Quel hiver était-ce donc, où j'ai dû brûler des chaises pour nous chauffer? Cet imbécile de droguiste ne venait pas. Et puis les bougies et les allumettes ont manqué, et j'ai utilisé l'électricité. Une des filles de Queenie est morte cet hiver-là. C'est l'année où il est allé travailler en usine.

Dans l'écoulement du temps, depuis une époque déjà lointaine, le calendrier avait cessé de jouer un rôle dans sa vie; douze ans ou un an, c'était presque du pareil au même. Depuis un certain temps, toutefois, elle se sentait obsédée par la crainte d'un autre hiver rigoureux. Les hivers lui semblaient devenus plus froids et plus longs. Les printemps se faisaient attendre, retardant le moment où son enfant de la nature redevenait durablement visible, affairé sous les arbres en fleurs ou s'ébattant dans la rivière. Ses apparitions renouvelées lui apportaient un regain d'intérêt pour les choses de ce monde; en regard, les intrus sur son domaine, l'arrivée des fournisseurs ou les visites de son avoué n'avaient plus guère d'importance ou d'attrait.

Elle retomba dans le silence. La cuisine était presque invisible lorsque, soudain en alerte, elle tourna la tête vers le rectangle indigo de la fenêtre. Elle percevait au loin les pulsations d'un moteur. Le bruit augmenta, et, après une série de pétarades et de vrombissements heurtés, prit un rythme soutenu. Elle se leva pour chercher à tâtons sur la table une boîte d'allumettes. Mais le bruit se mit à décroître, et sa main demeura en suspens au-dessus de la boîte. Le son s'estompa et s'évanouit.

Elle se rassit.

– Pas maintenant, ma chérie! dit-elle à la chienne somnolente qui s'agitait faiblement. Plus tard, plus tard.

Le rayon du phare balaya les hautes grilles à l'entrée de Plas Iolyn, mais Rufus ne leur accorda pas même un regard. Elles étaient grandes ouvertes et, il le savait, resteraient ainsi toute la nuit. Il y avait beau temps que cela ne l'intriguait plus. Certains disaient que Mme Vines voulait attirer des inconnus sur son domaine, à seule fin de pouvoir jouir de leur déconvenue lorsque, pris au piège, ils se feraient pincer; mais d'autres gens de la ville pensaient que les grilles demeuraient ouvertes depuis des années parce qu'elle espérait toujours que son second mari reviendrait.

En roulant à pleins gaz, sa Riley atteignait la ville en moins de dix minutes. La route sombre était déserte. Pas un cottage, aucune maison, sur environ huit kilomètres. A proximité de la route, on ne trouvait qu'une seule ferme, à l'abandon, mais sur le long versant de vallée montant en pente douce vers la chaîne de montagnes, quelques familles pratiquaient encore modestement l'élevage du mouton. Rufus les connaissait toutes. Son père avait travaillé dans une des fermes avant le déclin de la prospérité agricole. Aux abords de la ville, qui était à cheval sur une hauteur, il put apercevoir l'horloge illuminée de la tour de l'hôtel de ville. Il était neuf heures et demie. Il ne ralentit pas. Évitant le centre-ville, il dépassa à vive allure un marché aux bestiaux tombé en désuétude, une fabrique de confiserie récemment construite, un temple dissident du dix-neuvième siècle, devenu dépôt de meubles, puis une série de cottages, vestiges de l'époque où l'abondance de bon lait, ainsi que de belle et résistante flanelle tissée dans les filatures au bord de la rivière, rendait la ville florissante. Plus loin, contournant la ville par le bas, il déboucha dans une zone peuplée de petites demeures accolées, dont les façades s'alignaient le long de trottoirs étroits.

Dans les rues éclairées au gaz on ne voyait pas une âme. Il s'arrêta devant un de ces alignements de maisons et alla aussitôt tourner le bouton de cuivre d'une porte sans prendre la peine de frapper. La porte ouvrait directement sur un living-room, bien qu'une tenture légère, barrant la vue, donnât l'illusion d'un petit hall d'entrée où un tronçon de tuyau d'écoulement, renversé et repeint, servait de porte-parapluies. Au-delà du rideau, on entendait des voix. Mais dans la pièce obscure, il ne trouva que le frère de Gloria, un garçon de douze ans à lunettes, douillettement installé dans un fauteuil bien rembourré, en train de regarder la télévision. Il leva vivement la tête vers l'intrus, faisant miroiter ses verres.

– Partie au cinéma avec M'man (le gosse, visiblement dérangé, reporta immédiatement son attention sur le feuilleton). Rentrera après dix heures, pas avant.

Rufus s'assit derrière le gamin et fixa l'écran d'un regard aveugle, absent. Il se sentait soudain soulagé. Il savait maintenant qu'il ne désirait pas montrer la lettre à Gloria ce soir, ou lui dire quoi que ce fût à propos du bail. D'ailleurs, il ne fallait pas qu'elle lise ces grossières et malveillantes insanités à son sujet. Il se demandait pourquoi il était venu là en toute hâte, sans réfléchir. Pourquoi n'était-il pas allé à Plas Iolyn? Mme Vines pourrait faiblir après tout. Il n'aurait alors plus du tout besoin de mettre Gloria au courant. S'il lui parlait de la lettre de ce soir, il aurait l'air d'un tricheur et d'un lâche. Elle lui demanderait pourquoi il ne lui avait pas parlé du bail plus tôt.

Il commençait à transpirer. Il faisait chaud, et l'on manquait d'air dans cette petite pièce encombrée. Les deux sœurs mariées de Gloria habitaient de modestes maisons exactement pareilles à celle-ci, et c'était la vue de Brychan Cottage et de son jardin, dimanche dernier, qui l'avait persuadée de l'épouser; voici qu'il en devenait certain. Avant dimanche, elle l'avait toujours un peu traité par-dessous la jambe, faisant la moue s'il parlait d'avenir avec trop d'insistance. Certes, elle pouvait rire, pouffer, se livrer à une débauche de petits cris joyeux, mais elle était aussi prompte à se renfrogner, en fronçant son petit nez, et à se dégager vivement pour s'enfuir, indignée, lorsqu'un gars se permettait de menues privautés dans la salle des loisirs de l'usine.

Le tourment et l'angoisse le reprenaient. Cette pièce, au lieu de rapprocher Gloria de lui, semblait la rendre plus lointaine, presque hors de portée. Il la voyait en train de courir; cette vision l'obsédait. Elle n'arrêtait pas de crier en courant. Ce cri aigu et continu qu'elle poussait! En fait, cela ne lui avait jamais plu et lui donnait un peu la chair de poule, bien qu'un copain, à l'usine, lui eût dit que des piailleries de ce genre montraient simplement qu'une fille était vierge, et qu'ensuite ça leur passait. Pourquoi donc les entendait-il maintenant? Il se souvint alors qu'une des aménités de Mme Vines faisait précisément allusion à ces cris.

Il sortit une cigarette; en l'allumant, ses doigts tremblaient. Il demeura assis un petit moment, ressassant ses pensées, se disant qu'il aurait dû aller à Plas Iolyn, pour supplier, implorer, promettre n'importe quoi pourvu qu'il pût conserver le cottage. Il viendrait travailler sur le domaine le soir et pendant le week-end, gratuitement; les tâches à accomplir, et qui s'imposaient, ne manquaient pas. Il offrirait aussi de payer un fort loyer. Mais, en fin de compte, il se dit qu'il serait bon d'avoir l'avis de quelqu'un ayant bien connu Mme Vines. Il jeta un coup d'œil à sa montre et se leva.

– Dis à Gloria que j'avais pensé qu'elle aimerait faire un tour à moto. Je ne reviendrai pas ce soir.

– Bah, vous la verrez demain à l'usine, fit remarquer judicieusement le gamin.

Il ne lui fallut qu'une minute pour parvenir au centre-ville. Après avoir garé sa moto derrière l'hôtel de ville, Rufus traversa la place du marché, silencieuse et vide, pour entrer dans une vieille taverne, aux poutres apparentes, qui en occupait l'un des angles. Il s'était rappelé qu'Evan Matthews s'y arrêtait souvent en se rendant à son travail de nuit au réservoir. Ils y buvaient parfois un verre ensemble, sur le pouce.

Le jeudi soir, dans les débits de boisson, le commerce était calme; pour l'instant, il n'y avait que cinq clients dans le bar principal, à l'ambiance détendue. Au lieu de sa bière habituelle, il commanda un double whisky et demanda à Gwynneth, la barmaid, accorte et plus que mûre, si Evan Matthews était passé. Elle lui répondit que s'il devait venir, ce serait à peu près vers cette heure-là. Rufus emporta son verre pour s'installer à une table près du « coin du feu », au demeurant sans feu. Il ne connaissait pas les deux hommes qui jouaient aux fléchettes. Assis à une table, un voyageur de commerce à l'air anglais, coiffé d'un melon, griffonnait dans un calepin. Le conseiller Liew Prince, debout au comptoir, parlait à Gwynneth en gallois, et, assise à une table qui lui faisait face, la dénommée Joanie lisait le journal local.

Contemplant son whisky sans eau, Rufus hésitait, se demandant s'il ne ferait pas mieux de filer chez Evan, dans Mostyn Street. Non, il prolongerait un peu son attente. Il avait besoin de réfléchir encore. Quelle aide Evan pouvait-il bien lui apporter, finalement? Un verre ou deux – voilà ce qu'il lui fallait pour le moment. Son verre vide à la main, il leva les yeux. Joanie posait son journal. Une fleur bleue ornait son chapeau de feutre blanc; une cerise luisait dans son verre.

Fasciné, comme soulagé, y trouvant un certain apaisement, il la regarda mordre la cerise, l'arracher de son bâtonnet, la mastiquer et la savourer avec une satisfaction tranquille. Il lui donnait dans les trente-cinq ans. C'était une habituée du samedi soir, mais il l'avait vu rôder ailleurs d'autres nuits, et, d'ordinaire, elle ne manquait pas de compagnie. Sur elle, il ne connaissait guère que les racontars et plaisanteries dont elle était l'objet à l'usine. On lui avait dit qu'elle était venue de Bristol, avec un homme qui passait pour être son mari, et qui au bout de quelques mois, alors qu'ils travaillaient tous les deux à la biscuiterie locale, avait disparu.

Joanie lui décocha un regard, et reprit son journal. Attendait-elle quelqu'un? Il se posait la question. Si Evan ne venait pas, pourrait-il l'aborder, lui parler de ses ennuis, lui demander le meilleur moyen de manier une vieille toquée acariâtre, pleine aux as et pourtant rapace? Elle lui paraissait avoir de l'expérience, et du cœur aussi; une femme de bonne composition, nature, sans complexes. Il pourrait lui montrer la lettre; pratiquement nouvelle venue en ville, elle ne devait pas savoir qui était Mme Vines.

Il se leva pour aller chercher un autre double whisky, mais ne put se résoudre à faire halte à la table de Joanie, ni même à risquer un petit salut au passage. Il resta au comptoir pour boire son second verre, et il s'y trouvait encore quand Evan entra. Rufus lui offrit une chope de bière, prit lui-même un whisky simple, et entraîna Evan vers la table du coin du feu; oubliée, Joanie.

– J'ai reçu un sacré choc ce soir en rentrant chez moi.

Il sortit d'une poche de son blouson l'enveloppe bordée de noir.

Evan Matthews lut la lettre. Homme sec, musclé, bien conservé, il approchait des soixante ans et en paraissait cinquante; quand Mme Vines l'avait engagé comme gardien du domaine et pour veiller sur son cheptel, il avait moins de quarante ans. Il rendit la lettre, avec un sourire en coin, et dit :

– Elle te tient bien, elle te possède jusqu'à la gauche, hein, mon gars! J'avais prévenu ton père, je le lui avais dit qu'elle ferait ça quand le bail finirait.

– Mais pour quelle raison? Brychan Cottage n'est pas indigne d'être habité, comme elle dit – un peu de carie sèche dans le plancher, rien de plus. Je ne lui ai jamais fait aucun mal.

– Aucun mal, sauf que tu es à présent un homme.

Rufus fronça les sourcils, tâchant de comprendre et n'y parvenant pas.

– Dans le temps, elle m'aimait bien. Elle me faisait des cadeaux. C'est encore plus d'argent qu'elle veut?

– Non, pas de l'argent. Audrey P. Vines n'était pas chiche; elle les lâchait assez facilement – ça, faut reconnaître. Non, elle nous hait tous autant que nous sommes, c'est tout.

– Les hommes, vous voulez dire?

– Ouais, toute la bande, nous tous; on est une engeance qui lui tape sur le système (ses yeux s'allumaient; les souvenirs affluaient). Elle m'a cinglé la tête, à m'en fêler le crâne, avec une cravache qu'elle avait toujours à la main en ce temps-là. J'avais travaillé dur pendant cinq ans à Plas Iolyn lorsqu'elle m'est tombée dessus.

– Cinglé la tête... fêlé le crâne? répéta Rufus, éberlué, déboussolé, abasourdi.

– Ouais, jusqu'au sang; pas de main morte. J'en ai touché un mot à ton père. Il disait que je devais la poursuivre pour voies de fait. Mais quand elle a agi ainsi, en un sens elle me faisait pitié, et elle le savait. Ça l'a rendue encore plus furieuse.

– Qu'aviez-vous fait?

– On était dans l'étable. Elle avait un beau troupeau à ce moment-là. Une vache qui était en train de vêler en a crevé, la pauvre, et elle m'a aussitôt rendu responsable de sa mort – elle s'est mise à brailler que je m'y étais mal pris pour tirer le veau, ce que j'avais été obligé de faire. Mais c'est pas vraiment *ça* qui l'a fait exploser (il secouait la tête). Elle en a profité. C'était un faux prétexte pour me flanquer trois ou quatre coups de cravache à toute volée. Moi, j'ai pas réagi; je suis resté à la regarder sans bouger. Je voyais bien qu'elle aurait voulu que je la frappe à mon tour, que ça se termine par une belle bagarre et un beau carambolage. Évidemment, j'étais beaucoup plus jeune alors, et elle aussi! Je me suis contenté de dire . « Va falloir qu'on se sépare, vous et moi, madame Vines. » Elle a retroussé sa lèvre supérieure, par hargne ou par dépit – je la vois encore –, et elle est sortie de l'étable sans un mot. Je me suis taillé le jour même. Tout comme son second mari, qui l'avait laissée en plan deux ans avant – celui qui jouait du violon.

Il y eut une petite pause; Rufus se sentait un peu perdu.

– Vous voulez dire..., bredouilla-t-il. Vous voulez dire qu'elle et vous, vous aviez été...?

Evan s'esclaffa.

– Hé là, j'ai pas dit ça!

– Mais qu'est-ce qu'elle *a*, cette femme? s'écria Rufus.

L'agressivité de Mme Vines à son égard demeurait un mystère; il n'y voyait guère plus clair.

– Y a des femmes qui sont prises par le démon de la royauté, dit Evan. Elles se fourrent dans la tête qu'elles dominent le monde, qu'il est à leurs pieds. Ceux qui avaient connu le père de la petite Audrey disaient qu'il l'avait terriblement gâtée, littéralement pourrie, parce que sa mère était morte jeune. Il n'avait qu'un seul enfant. Ils voyageaient beaucoup ensemble quand elle était môme, au diable, dans des contrées sauvages, et par la suite elle a toujours gardé un penchant pour les endroits où l'on ne trouve pas un seul chrétien baptisé. J'ai entendu dire que son premier mari s'est suicidé au Nigeria, mais personne ne sait au juste ce qui s'est passé. S'il a fait quelque chose sans sa permission, il a été bon pour les crocodiles.

Il prit le verre vide de Rufus et repoussa sa chaise.

– J'ai déjà pris deux doubles et un simple, et je n'ai pas encore dîné, protesta Rufus.

Mais Evan alla chercher un whisky simple et le plaça devant lui. Rufus, buté, revenant à son obsession, demanda :

– Qu'est-ce qu'il faut que je fasse? Qu'est-ce qui serait le mieux?

Evan eut l'expression gentiment amusée d'un homme qui sait par expérience que le jeune mâle aux prises avec les femmes doit avoir sa bonne ration d'ennuis.

– Va la voir. C'est ce qu'elle veut. Je la connais, notre Audrey.

Observant du coin de l'œil le fils de son vieil ami, ce garçon à la cervelle assez peu agile, lent à comprendre et à se décider, il insista :

– Vas-y ce soir.

– C'est bien tard pour y aller maintenant, grommela Rufus.

Mais après avoir un peu ruminé, il ajouta :

– Elle se couche tard. J'ai vu de la lumière à la fenêtre de sa cuisine, du haut de la montée, en revenant à moto, les soirs où je suis sorti avec Gloria.

– Si tu veux garder Brychan Cottage, mon gars, *agis.* La nuit c'est mieux que le jour pour la voir. Elle aura bu un verre ou deux. On y envoie régulièrement des bouteilles, là-bas, de chez Jack Drapple.

– Vous voulez dire, lui passer de la pommade et la main dans le dos? demanda Rufus, ébauchant une grimace, mi-figue mi-raisin.

– Non, pas ça, pas du tout. Ce qu'il faut, c'est lui donner ce qu'elle veut, ce qu'elle cherche.

Evan réfléchit une seconde et ajouta pour être un peu plus clair :

– Quand elle se mettra à t'asticoter, à te prendre à partie et à déclencher le tir – et elle n'y manquera pas, à en juger par cette lettre – eh bien! riposte, carrément. Attaque-la, *elle;* sers-lui son paquet. Ça m'étonnerait fort que cela ne te vaille pas de la considération de sa part. Elle et moi, dans l'étable, c'était différent. Moi, je voulais rien d'elle; j'avais rien à obtenir. Emploie même la manière forte avec elle, si tu peux.

Rufus secoua lentement la tête.

– Elle a dit dans la lettre que c'était définitif.

– Rien n'est définitif avec les femmes, mon gars. Surtout ce qu'elles écrivent. Elles envoient des lettres comme ça pour amener un type à sortir de ses gonds. Nous voir rester bien tranquillement dans notre coin, elles le supportent pas longtemps.

Evan finit sa bière. Il était temps pour lui de se rendre à son travail de surveillance au nouveau réservoir, là-haut à Mynydd Baer, le mont qui dominait la ville.

– Brychan Cottage m'appartient! Pas à cette saleté de vieille sorcière!

Rufus venait d'abattre son poing sur la table avec fracas. Les joueurs de fléchettes se retournèrent; Joanie abaissa son journal; cessant de griffonner, le voyageur de commerce leva les yeux, ôta son melon et le posa sur la table; Gwynneth eut une fausse toux et frappa sur le comptoir avec un pot d'étain en signe d'avertissement.

– Avec *elle,* oui, dit Evan, tâche de gueuler comme ça – et pas besoin de surveiller ton langage; elle sera pas contre – mais ici, mets la pédale douce. Et ne prends plus de whisky.

– Je bougerai pas d'un pouce de Brychan Cottage, voilà ce que je lui dirai! proclama Rufus. Son père a escroqué mon grand-père avec cette histoire de chemin de fer – il s'en est fourré plein les poches. Elle essaiera pas de me forcer à partir; elle osera pas. Ça ferait un tel scandale qu'elle se coulerait aux yeux de tout le monde en ville.

– Le scandale ou le qu'en-dira-t-on, elle s'en moque éperdument, Audrey Vines, dit Evan en boutonnant son mackintosh noir. Je me suis laissé dire qu'elle mettait son second mari plus bas que terre et le traitait d'une façon révoltante devant des domestiques, et des visiteurs qui venaient encore à Plas Iolyn à l'époque. M. Oswald, on l'appelait. Une goutte de sang nègre, un peu enfant de la savane sur les bords; il avait essayé de gagner sa vie en jouant du violon. (Evan semblait prendre un certain plaisir, un peu pervers, à cette évocation.) Plus jeune qu'Audrey Vines.

Un après-midi, à Plas Iolyn, elle l'a surpris avec une bonniche dans la chambre de celle-ci sous les combles, et elle les a bouclés là-dedans pendant vingt-quatre heures. (Evan sortit de sa poche un bonnet de laine blanche à gland, réservé au trajet à moto dans la montagne.) Si tu vas la voir ce soir, dis-lui bien des choses de ma part. Fais un saut demain à Mostyn Street pour me raconter comment tu t'en es tiré.

– Qu'est-ce qui s'est passé quand ils ont pu sortir de la chambre?

– La fille s'est fait vider en moins de deux, évidemment. Mary, la femme de charge, m'a dit qu'un jour ou deux après, Mme Vines rejouait du piano dans son salon, M. Oswald grattant son violon à côté d'elle, comme si de rien n'était. Ils jouaient de longs duos à peu près tous les soirs, et les visiteurs devaient rester assis à les écouter. N'empêche que, quelques semaines plus tard, M. Oswald s'est carapaté, en pleine nuit. Certains prétendent qu'il est toujours enfermé quelque part à Plas Iolyn; c'est de la foutaise (clin d'œil à Rufus).

– J'ai entendu dire qu'elle espérait son retour et ne fermait jamais les grilles pour lui montrer qu'elle était prête à lui ouvrir les bras, dit Rufus, revenant sur le sujet pour retarder un peu le départ d'Evan, comme s'il avait peur de rester seul.

– Après toutes ces années? Les gens aiment souvent croire que les femmes, l'amour les hante, leur porte au cerveau. Mais c'est vrai que lorsqu'elles se braquent sur un homme et qu'il les laisse choir en jouant la fille de l'air, elles peuvent tourner à l'aigre. Et quand ça leur arrive, il en faut pas beaucoup pour qu'elles se détraquent complètement. (Il se leva.) Mais depuis que M. Oswald a pris la poudre d'escampette et qu'elle s'est barricadée à Plas Iolyn, faut dire qu'elle a plus causé d'embêtements à personne; on peut pas lui enlever ça, à la chère Audrey. Pour autant que je sache, j'ai été le seul homme à recevoir sa cravache en pleine fiole! (Il vida d'un coup sec le fond de son verre.) Note bien, je ne dis pas que ça lui déplairait qu'il revienne, M. Oswald, même après toutes ces années. Belle occasion pour trouver le moyen de l'achever. Au bout du compte, l'un dans l'autre, cela vaudrait peut-être mieux que tu le perdes, Brychan Cottage, conclut-il en tapotant l'épaule de Rufus.

Se renfrognant, serrant les mâchoires, Rufus prit un air de résolution farouche.

– J'ai dit à Gloria que nous y demeurerions pour toujours. Je vais aller à Plas Iolyn ce soir.

Une minute après le départ d'Evan, Rufus se leva brusquement d'un bond, en gardant mal son équilibre, ébranlant la table et faisant un peu danser les verres; mais il sut gagner le comptoir sans tituber. Il but un autre whisky, acheta un flacon qu'il glissa sous son blouson cintré à la taille, et quitta le bar avec un air fier, presque de défi.

Elle sortit de sa chambre au-dessus de la cuisine nettement plus tard que de coutume pour aller préparer son dernier repas de la journée. Portant un bougeoir en verre de Venise et en forme de nénuphar, elle n'utilisa pas le petit escalier adjacent mais suivit un couloir, puis tourna pour en emprunter un autre qui débouchait dans le salon. Comme toutes celles de la maison, les portes devant lesquelles elle passait étaient grandes ouverte; une statuette en bronze représentant un hussard à cheval empêchait la porte de sa chambre de battre ou de claquer par des nuits de grand vent.

Elle avait changé de robe et refait son maquillage à la lueur de la bougie, devenue un trognon dégoulinant dont la cire s'étalait et durcissait dans le délicat bougeoir. Sa robe du soir en popeline mauve à larges volants n'avait pas entièrement perdu sa raideur et demeurait un peu craquante. Sur sa gorge marbrée, un rubis en pendentif luisait d'un vif éclat. Rouge à joues, fard brillant pour les lèvres et mascara avaient été appliqués d'une main plus que généreuse, ainsi que le coûteux parfum qui laissait de puissants effluves dans son sillage. Elle se parait ainsi de temps à autre – parfois lorsqu'elle projetait de veiller fort avant dans la nuit pour rédiger des lettres savamment élaborées, et toujours pour l'arrivée trimestrielle de son avoué, qu'elle accueillait le soir dans la cuisine où elle offrait du potage et du crabe en boîte.

Elle ne manquait jamais de visiter le salon du premier vers onze heures pour souhaiter une bonne nuit à ses chattes. La chienne, au courant de cette coutume, avait précédé sa maîtresse en cette occasion et observait tour à tour les occupantes des cinq petits berceaux bas, disposés en demi-cercle devant la cheminée austère, un peu lugubre, en pierre grise. La chère Queenie choyée reposait profondément endormie sur son coussin fourré de duvet; les autres, ayant entendu leur maîtresse approcher, s'étaient dressées sur leur séant et après s'être étirées se léchaient avec satisfaction. Une clarté bleuâtre venant des étoiles entrait par les quatre hautes fenêtres, aux rideaux de satin totalement écartés de part et d'autre; leurs plis groupés, lourds de crasse, paraissaient rigides comme du marbre. Dame sereine, évoluant dans ses riches atours avec une assurance féodale sous l'éclairage paisible et discret de la bougie associée aux étoiles, Mme Vines passa d'un berceau à l'autre, distribuant caresses et mots câlins. Mia contemplait tout cela, digne et détachée; son mufle aplati exprimait même une tolérance débonnaire.

– Queenie, Queenie, tu ne veux pas me dire bonsoir? Il y aura du poisson demain, de chez Bowen! Le poisson du vendredi! Des soles, ma chérie! *Du poisson, du bon poisson!*

Queenie refusa de se laisser tirer de son douillet sommeil. Ces petites cérémonies accomplies, Audrey Vines, bougeoir en main, entama une lente descente du grand escalier, suivie de Mia qui progressait à pas presque précautionneux. Au fond du hall revêtu de boiseries, elle s'engagea dans un passage voûté, surplombé à l'entrée par un masque rituel bantou, aux zébrures orange et pourpre estompées par la poussière. Au bout du passage, une porte matelassée était maintenue ouverte par une jarre emplie de pommes de terre et d'oignons. Dans la cuisine, Mme Vines alluma le candélabre à trois branches à l'aide de son bougeoir rose et blanc, dont elle souffla ensuite le bout de chandelle rabougri.

C'était l'heure qu'elle aimait le mieux. Ce dernier petit repas, elle le préparait vraiment tout à loisir, en prenant encore plus son temps que lors des quatre ou cinq qui le précédaient. Pour cette fois, elle ouvrit une boîte de sardines, coupa en tranches une tomate et un œuf dur, et alla chercher dans l'une des petites offices un bocal d'olives, une bouteille de mayonnaise et un triangle de crème de gruyère enveloppé de papier d'argent. Tandis qu'elle beurrait des tranches de pain, elle entendit le roulement saccadé du dernier train s'évanouir peu à peu dans le lointain, laissant s'installer à nouveau le calme profond de cette nuit sans vent. Elle disposa en rond, sur une assiette de porcelaine, une demi-douzaine de biscuits à la cuiller, alla prendre dans le coffre une demi-bouteille de champagne, hésita une seconde, puis décida de lui substituer une bouteille entière.

Mia s'était absorbée dans un examen prolongé de sa natte multicolore, la reniflant et la grattant, comme si elle la découvrait pour la première fois. Remarquant que sa maîtresse s'était assise, elle installa sa lourde masse sur la natte et, s'armant de patience, s'assoupit; bientôt, elle recevrait sa ration coutumière : deux biscuits trempés dans le champagne. Quand les pulsations d'un moteur se firent entendre au dehors, la chienne n'y prêta aucune attention, pas même quand le bruit s'amplifia.

– Notre visiteur, ma douce. Je t'avais dit qu'il viendrait.

Audrey Vines, remettant à plus tard le régal que lui promettait sa marque favorite de sardines, mangea une tranche d'œuf dur agrémentée d'une giclée de mayonnaise, et s'essuya les lèvres.

– N'aboie pas, surtout! fit-elle, sévère. Il y a déjà suffisamment de bruit comme ça.

Peu à peu sensibilisée par ce bruit qui augmentait, Mia s'était dressée, languissamment, sur ses pattes arquées. Une lumière balaya la fenêtre. Le vrombissement cessa brusquement. Au moment où des pas s'approchèrent, Audrey Vines prenait une tranche de pain; Mia, agitant faiblement son ébauche de queue, trottina pesamment vers la porte. Une petite cloche, pendant à l'intérieur, se mit à tinter.

– Ouvrez, ouvrez! cria Mme Vines de la table, d'une voix gutturale, mais égale et soutenue. Ouvrez et entrez!

Rufus s'immobilisa sur le seuil, raide et tendu. Se montrant de profil, il lança un regard oblique vers cette femme éclairée par des bougies et assise tout au bout de la table.

– J'ai vu de la lumière à votre fenêtre, dit-il.

La chienne, après avoir reniflé les chaussures et levé les yeux pour transmettre brièvement son approbation, s'en retourna à sa carpette.

– Dieu merci, je ne vais plus entendre longtemps le bruit de cette maudite motocyclette sur mes terres. Fermez la porte, jeune homme, et asseyez-vous là.

Il ferma la porte et marcha vers le siège indiqué par Mme Vines. Placée contre le mur entre le buffet et la porte intérieure, c'était la même fruste banquette sur laquelle il prenait place autrefois lors de visites plus agréables. Une fois assis, il se contraignit à tourner tranquillement la tête; son regard remonta lentement le long de la grande table encombrée, parvint à la femme en robe du soir, s'arrêta un peu sur l'unique bijou rouge ornant la gorge nue, et se fixa enfin sur le visage abondamment fardé.

Audrey Vines poursuivait paisiblement son repas. Le silence se prolongeait. On aurait pu croire qu'il n'y avait pas de visiteur. Rufus la regarda choisir, apparemment après mûre réflexion, une tranche de tomate et une olive, et dégager minutieusement de son enveloppe argentée la portion de fromage. Ses deux bagues serties de diamants étincelaient à la lueur des bougies. Il ne l'avait jamais surprise en train de manger, la voir se livrer à cette activité normale le fascinait et le rassurait à la fois.

– Je suis venu au sujet de la lettre.

Ayant proféré ces fortes paroles, il se redressa, pour prendre le maintien digne d'un homme qui vient se plaindre à juste titre. Mais Mme Vines ne semblait pas avoir entendu. Elle saupoudra le fromage de poivre et de sel, le coupa en menus morceaux, puis soumit à un examen attentif et rêveur les sardines encore intactes dans leur boîte, tandis que le visiteur négligé se morfondait à l'observer en silence. Elle laissa s'écouler trois ou quatre minutes avant de parler.

– Vous rendez-vous compte que je pourrais porter plainte et demander à la police d'intervenir, quand vous vous permettez de vous baigner complètement nu dans la rivière sur mon domaine?

Cela le poussa à raidir un peu plus son attitude.

– Il n'y a personne pour me voir.

Elle tourna la tête pour lui décocher, par-dessous ses paupières, un regard appuyé et faussement perplexe.

– Alors, comment se fait-il que je le sache? Me compteriez-vous pour personne?

Sans qu'il y eût la moindre malveillance dans le ton, elle enchaîna :

– Vous êtes presque aussi velu qu'un gorille. Peut-être estimez-vous être de la sorte suffisamment couvert? Mais vos organes sont particulièrement prononcés, d'une exceptionnelle ampleur, ajouta-t-elle posément, aussi imperturbable et pondérée dans son expression qu'un président de tribunal.

– En général, on ne se promène pas avec des jumelles pour épier les autres.

Il n'avait pu retenir cette cinglante réplique; la colère montait en lui.

– Impudente défense de la part du baigneur poilu! lâcha-t-elle, s'adressant à la chienne.

Mia, qui attendait toujours patiemment ses biscuits, cligna des yeux, et Audrey Vines, tendant la main pour s'emparer de la boîte de sardines, déclara :

– Du train, les voyageurs peuvent vous voir.

– Je connais les heures des trains.

– Vous vous êtes baigné comme cela tout l'été. Vous allez de Brychan Cottage à la rivière, entièrement déshabillé. Vous ne faisiez pas cela du vivant de vos parents.

– Vous ne m'avez pas envoyé de lettre à ce sujet.

– J'ai déposé une lettre à Brychan Cottage aujourd'hui. Et *celle-là*, elle tient compte de tout.

Le silence s'installa de nouveau. Ayant besoin de rassembler ses esprits, il se contentait de l'observer en train d'extraire, de ses ongles pointus, avec un soin extrême, une sardine de la boîte. Le poisson ne se rompit point. Elle le tint en l'air par la queue pour laisser l'huile s'égoutter dans la boîte, et, avec une sorte de majesté, après avoir renversé la tête, elle éleva la main au-dessus de son visage, puis l'abaissa lentement pour introduire la sardine dans sa bouche. Les lèvres rouge corail se refermèrent en douceur sur le corps à demi englouti et l'aspirèrent voluptueusement. Suivit une séance de mastication prolongée; elle faisait durer le plaisir. Prélevant un autre poisson, elle répéta sa performance, totalement absorbée par ce rituel de dégustation; son visage reflétait le délice éprouvé.

Elle s'emparait d'une troisième sardine au moment où Rufus se décida à parler.

– Je veux continuer d'habiter à Brychan Cottage, dit-il d'une voix un peu pâteuse et bredouillante.

Après une légère pause, il poursuivit :

– Ma famille a toujours vécu à Brychan Cottage. (La sardine avait disparu, engouffrée.) Il nous a appartenu des centaines d'années avant que votre famille n'arrive à Plas Iolyn.

– Vous avez bu, dit Audrey Vines en contemplant d'un air pensif les assiettes à moitié vides devant elle.

Son intonation n'avait rien de réprobateur, était même presque amicale. Rufus ne répliqua pas.

Après avoir absorbé une tranche entière de pain, pour neutraliser le goût de la sardine, elle se saisit de la bouteille de champagne. Défaire le fil de fer entortillé autour du bouchon prit un long moment. Ses mains œuvraient avec délicatesse à la lueur douce et jaune des bougies; au sein du profond silence emplissant la pièce, celui d'une nuit calme à la campagne, elle offrait presque, en cet instant, l'image d'une femme toute simple, paisiblement assise après un repas tout simple lui aussi, une fleur de son jardin ornant sa table et sa chienne fidèle reposant à ses pieds.

Rufus fit une nouvelle tentative et répéta :

– Ma famille a toujours vécu à Brychan Cottage.

A quoi Audrey Vines rétorqua :

– Votre déplorable mère a permis à un énergumène de prendre une photographie de Brychan Cottage. J'avais envoyé promener cet individu lorsqu'il s'était présenté ici. La photographie a paru dans un ridicule guide touristique. Votre mère savait que je n'approuverais pas que l'on attire ainsi, d'une façon aussi criante, l'attention sur mon domaine. Mon avoué m'a montré l'ouvrage en question.

Bien incapable de répondre à cette attaque, il se lança tête baissée dans un plaidoyer pour sa cause.

– Ce cottage, j'en ai pris soin. Il n'est pas sale. Je pourrais faire mettre de nouvelles lattes de parquet en bas et changer la porte d'entrée. Je sais faire la cuisine et je m'entends au nettoyage. Le jardin est bien entretenu. J'ai l'intention de planter d'autres arbres fruitiers en bordure des sentiers, et...

Elle l'interrompit :

– Pourquoi vos parents vous ont-ils appelé Rufus? Vos cheveux sont noirs comme la nuit, bien que votre teint soit pâle... et que votre visage évoque assez la face de la lune. (Voici que le bouchon était débarrassé de son fil de fer.) Je me demande si vous êtes né velu?

Décontenancé, ne sachant que dire, il garda le silence. Elle entreprit de dégager le bouchon, feignant une fois de plus d'ignorer sa présence. Il sursauta quand le bouchon fut projeté dans sa direction. Tandis que le liquide écumant giclait et se déposait délicatement en pétillant dans son verre de cristal, elle parut esquisser un sourire. Elle but une gorgée, puis une autre, et parla, mais à la chienne, qui manifestait sa convoitise par un filet de bave.

– Dans une seconde, les biscuits. Comme elle est gentille ma petite Mia, si sage et silencieuse! Dommage que *lui*, il ne soit pas comme toi, ma chérie.

– J'ai un flacon de whisky sur moi. Je peux en prendre?

La requête avait jailli brusquement, comme une bouffée de désespoir incontrôlé.

– Vous pouvez.

L'observant à son tour, elle le regarda extraire le flacon plat du blouson, dévisser le bouchon et introduire le goulot dans sa bouche. Elle but de nouveau à petites gorgées. Tout à son propre besoin de boire, Rufus attendit à peine avant de reporter le goulot à ses lèvres. Il avait absorbé à peu près la moitié du whisky, et tenait le flacon entre ses genoux, prêt à resservir, lorsque son regard croisa celui de Mme Vines, lointaine à son bout de table. Elle détourna les yeux, contractant les paupières. Mais Rufus reprenait confiance.

– Je veux habiter à Brychan Cottage toute ma vie, répéta-t-il.

– Vous désirez habiter à Brychan Cottage. *Moi*, je désire le faire raser. (Elle se versa un second verre.) Et voilà, jeune homme!

Elle plongea un biscuit à la cuiller dans le champagne et le tendit à Mia.

– Ma mère m'avait dit, dans le temps, que le cottage et la terre nous appartenaient pour toujours. Votre père nous a escroqués, il nous a...

Réalisant qu'il gaffait, il s'interrompit, avec une grimace de dégoût, furieux contre lui-même.

– Mia, ma chérie, comme tu l'aimes ta goutte de champagne!

Elle trempa un autre biscuit; on eût pu croire que, l'esprit ailleurs, soudain tolérante, elle laissait courtoisement passer la gaffe.

– Pourtant, ce n'est pas bon pour tes rhumatismes! Oh, la gloutonne!

Il prit une autre lampée de whisky – plus petite. (Il était à Plas Iolyn; il ne devait pas l'oublier; il fallait qu'il se surveille; pas question d'être ivre, voire éméché.)

Appuyant son dos contre le mur, il se mit à contempler, avec quelque effarement, l'amoncellement d'objets hétéroclites sur la table, et se risqua à demander :

– Pour... pour quelle raison avez-vous ce crâne? C'est celui d'un mouton, non?

– Ce crâne? Je le garde parce qu'il témoigne par ses contours de la pureté de la race et que, en conséquence, il est beau. Ces moutons-là ne sont pas dégénérés, comme tant de leurs soi-disant maîtres. Pour les moutons, pas de système d'éducation obligatoire, pas d'État providence, pas de sollicitude sociale émolliente.

Le visage de Rufus ne reflétait guère qu'une hébétude respectueuse, celle d'un être fruste écoutant un exposé académique dépassant sa compréhension. Elle poursuivit :

– La brebis qui habitait ce crâne a été dévorée vivante par les asticots. Je l'ai trouvée dans une haie au bas de Mynydd Baer.

Elle finit son second verre et s'en versa un troisième.

Par mesure d'accompagnement, par sociabilité pour ainsi dire, Rufus s'accorda une autre rasade de whisky. Encore sous le coup de sa gaffe, il n'osait revenir immédiatement sur l'épineuse question du cottage. Mais il était prêt à rester sur sa banquette pendant des heures; elle semblait s'accommoder de sa visite. A présent, sa gêne enfuie, il ne la quittait plus du regard; le moindre de ses mouvements, jusqu'au plus anodin, retenait son attention. Il la vit s'emparer d'une boîte à biscuits fantaisie et paraître s'absorber dans l'examen minutieux des roses blanches, sur fond bleu et luisant, ornant les côtés. Il attendait. Le silence devenait tolérable, et même s'accordait bien à l'heure tardive, à cette demeure, au mystère de Mme Vines.

Audrey Vines posa la boîte sans l'ouvrir et déplaça lentement son index le long de la nappe, comme une femme préoccupée par un problème et cherchant une solution satisfaisante.

– Si les clauses du bail ne vous satisfont pas, dit-elle enfin, je vous engage à consulter un avocat, un homme de loi. Daniel Lewis, je crois, s'occupe volontiers de menus cas de ce genre. Vous trouverez son bureau derrière la mairie. Vous vous êtes révélé remarquablement inconséquent et négligent en cette affaire... Non, *pas* remarquablement (elle s'était tournée vers Mia), étant donné ce qu'il est! Il devrait vivre dans un arbre.

– Je ne veux pas voir un avocat.

Après une légère pause, il grommela, un peu boudeur :

– Est-ce que... est-ce qu'on ne peut pas régler ça entre nous?

Elle leva les yeux. A nouveau, leurs regards se croisèrent. Elle détourna le sien et, distraitement, écarta un plat sur la table; sur sa gorge, le rubis lançait de petits éclairs. Mais Rufus continuait de la fixer fiévreusement, dans une intense attente. Au bout d'un moment, il renversa la tête, enfonça le goulot dans sa bouche et le retira aussitôt, l'air effaré; le flacon était vide.

Audrey Vines, elle, but un peu plus de champagne. Puis, lâchant les mots d'une traite, elle demanda :

– Que seriez-vous disposé à payer pour le loyer de Brychan Cottage?

Rufus ouvrit la bouche, frappé de stupeur. Avait-il donc raison, Evan Matthews, en disant que rien n'était définitif avec les femmes? Il posa le flacon, sur la banquette, et avança le premier chiffre qui lui vint à l'esprit.

– Une livre par semaine?

Audrey Vines se mit à rire; d'un rire de gorge un peu étouffé, rauque, heurté, discordant. Après avoir redressé une bougie qui penchait, elle parla, avec la vigueur incisive d'une femme d'affaires alerte, vive, avertie, s'adressant à un client pas très finaud.

– De toute évidence, vous n'y connaissez rien en matière de valeurs foncières, jeune homme. Mon domaine est l'un des plus attrayants de la région. N'importe quel Londonien désireux de passer ses week-ends à la campagne paierait dix livres par semaine pour mon cottage, sans compter les droits de pêche.

Voilà qu'il devenait « mon cottage ». Rufus passa la main dans sa noire chevelure moite de sueur et marmonna :

– Pour vous, ce serait mieux d'avoir pour voisin un homme que vous connaissez.

– Pour une livre? J'avoue ne pas voir en quoi cela me serait profitable.

– Trente shillings, alors? Je ne gagne en tout et pour tout que neuf livres par semaine à l'usine Nelson.

En toute candeur, il précisa :

– Ma formation n'est pas encore assez poussée pour qu'on me mette aux machines, voyez-vous! On m'a laissé à l'emballage avec les débutants.

– Cela, je le crois sans peine. Néanmoins, vous pouvez vous permettre d'acheter une motocyclette et des flacons de whisky. (Elle fit cliqueter deux assiettes, lâchant l'une sur l'autre.) Mon cottage, je le prêterais pour rien à un homme qui y serait à sa place et qui me conviendrait. Désirez-vous des sardines avec votre whisky?

Cette brusque proposition le désarçonna une fois de plus. Il baissa la tête, le visage crispé, les cuisses écartées, étreignant ses genoux et s'abîmant dans le silence. Quand il releva la tête, il vit qu'elle braquait sur lui ses yeux soulignés au crayon noir, avec effort, semblait-il, comme si leur vue s'était brouillée. Mais il ne put soutenir en cet instant son regard et concentra le sien sur les flammes des trois bougies, à gauche de sa tête.

– Eh bien! des sardines ou pas?

– Non, répondit-il, d'une voix presque inaudible.

– Moulez-moi du café, alors, fit-elle sèchement, montrant du doigt, sur la table, la boîte en bois surmontée d'une manivelle. Il y a des grains dedans. Mettez un peu d'eau dans la bouilloire, là, sur un de ces réchauds. Les allumettes sont ici. La cafetière, sur le buffet.

Elle tamponna ses lèvres avec sa serviette, jeta un coup d'œil à la marque qu'elles laissaient, et remplit à nouveau son verre.

Rufus se sentait désormais dans l'incapacité de réagir en quelque façon à ces changements d'humeur. Il demeurait immobile et muet. La réalité s'estompait, les contours de la cuisine perdaient de leur consistance, les objets sur la table devenaient lointains, sans substance. Le visage de cette femme l'accaparait, retenait seul son regard. Mais Audrey Vines ne semblait pas prêter attention à cette semi-paralysie, laissant à cet être lent, au cerveau si peu agile, le temps d'obéir à ses ordres. Elle prodigua quelques paroles câlines à Mia, se pencha pour saisir une boîte laquée et y prit une cigarette rose. Elle s'était levée pour allumer à la flamme d'une bougie sa cigarette à bout doré, lorsqu'il finit par dire :

– Brychan Cottage a toujours appartenu à ma famille.

– Il ne sait dire que ça! confia-t-elle à Mia et, poussant un soupir, elle se rassit.

Elle fumait, méditative et tranquille; on eût vraiment dit qu'elle attendait que le café fût servi, comme si elle retrouvait par la force de l'illusion les privilèges de son lointain passé, où tout le monde s'empressait à satisfaire ses moindres exigences.

– Mais enfin, que voulez-vous?

La voix venait des profondeurs de la poitrine; les paroles sortaient, nettes, égales et graves, révélant sous la retenue un impérieux besoin de savoir.

La propriétaire de Plas Iolyn demeura une bonne minute sans répondre. Son regard s'était fixé sur la fleur aux pétales serrés, toute belle dans son vase d'argent. Et voici que son visage devenait le théâtre d'une étrange transformation. La dureté des contours s'atténuait, la peau paraissait prendre un aspect lisse et satiné, l'ossature saillante semblait se revêtir d'une chair tendre et délicate, aux teintes pastel; le visage d'une jeune fille, d'abord en filigrane, affleurait à la surface. Une apparition, peut-être échappée de son rêve intérieur et qui la hantait, venait prendre fugitivement possession de sa personne.

– Je veux le calme et la paix, murmura-t-elle.

Il se courba un peu, tendant la tête en avant, fasciné par cette extraordinaire métamorphose. Cela tenait de l'hallucination, tout comme cette impression de voir se dissoudre dans l'irréel cette pièce pourtant si concrète. Ses sourcils se rejoignirent presque dans son effort pour se concentrer, pour trouver les mots exacts; se redressant lentement, il s'adossa au mur et demanda :

– Vous voulez que je reste célibataire? Et alors je pourrai garder Brychan Cottage?

En une soudaine et totale perte de contrôle, le visage se convulsa, tordu par la colère, devenant un chaotique amas de chair contorsionnée. Les yeux flamboyèrent, hagards, presque aveuglés par la fureur. Elle jeta la cigarette par terre et hurla :

– Vous vous imaginiez que j'allais permettre à cette petite pourriture de vivre là-bas? De brailler, piailler et couiner sur mon domaine, comme une prostituée!

– Gloria n'est pas une prostituée, dit-il, avec la même égalité de ton, nette et simple.

– Gloria! Grand Dieu, *Gloria!* Quelle idiotie! Jusqu'où la bêtise peut-elle bien aller? Pourquoi pas Cléopâtre? Ce qui peut vous arriver, à vous et à cette créature de malheur, je m'en soucie comme d'une guigne, fourrez-vous ça dans la tête, dans votre stupide caboche. Le cottage, vous ne l'aurez *pas*. Je le réduirai en cendres plutôt que de vous voir dedans avec cette graine de catin! (Ses mains se livrèrent à un simulacre de rangement, rassemblant avec une aveugle incohérence assiettes, couteaux et fourchettes.) L'abruti, venir ici! Pauvre benêt! Dès l'automne, il n'en restera pas une pierre, de ce cottage. Pas une pierre, vous entendez!

Son déchaînement démentiel atteignait un tel degré de haine à l'état pur que celle-ci ne semblait même plus le concerner. Elle était près de perdre toute trace de lucidité; le regard égaré, n'arrivant pas à se fixer, elle percevait seulement une silhouette confuse qui se déplaçait au fond de la pièce, au-delà de la zone éclairée par les bougies.

– Le 30 juin, vous entendez? Ou bien je ferai venir la police pour qu'elle vous flanque dehors!

Il s'arrêta une seconde à l'autre bout de la table, près de la porte, et détourna la tête. Quatre ou cinq pas, et c'était l'échappée dans la nuit. Mais il progressa dans sa direction, avançant, eût-on dit, avec une sorte de timidité déférente, la tête encore à demi détournée, une main glissant le long de la table. Il s'arrêta une nouvelle fois, saisit le moulin à café, lui accorda un vague coup d'œil, et le jeta négligemment sur la table. L'objet, déséquilibré, tomba sur le dallage de pierre avec fracas.

Elle prit conscience de sa présence soudain proche, mais sa véhémence hystérique n'en fut pas diminuée.

– Ramassez ça! cria-t-elle tout aussi fort. Vous l'avez cassé, pauvre empoté. Ramassez-le!

Il ne se baissa pas. Il tourna la tête, lentement, mais son regard incertain ne s'arrêta pas sur elle; il s'orienta vers la fenêtre nue ouvrant sur les espaces de la nuit.

– *Ramassez-le!*

La montée du cri dans l'aigu était telle qu'elle supprima tout ce qui pouvait subsister en lui d'hésitation, et sa marche vers elle prit un caractère inexorable.

Elle demeura assise, strictement immobile, jusqu'à ce qu'il fût tout près d'elle. Il se pencha pour la regarder. Curieusement, dans ce dos courbé, dans ces épaules qui se voûtaient, quelque chose semblait évoquer l'obéissance. Elle bougea la main droite pour étreindre avec force la frange de la nappe. Elle ne tenta pas de parler, c'était inutile; le visage franchement exposé qui se tendait vers lui avait son propre langage, qui suffisait bien. Traversant la surface laquée des yeux, du fond d'une insondable misère, montaient une supplique, une invite et un défi. Il était l'élu. Lui seul détenait le pouvoir de la délivrance. Il le vit, et dans cet instant de mutuelle découverte et peut-être de tacite entente il empoigna le lourd candélabre, le brandit bien haut. Et de haut en bas le mouvement fut si rapide, si violent, que les trois flammes s'éteignirent. Il y eut un tintamarre d'objets que la nappe, tirée par une main crispée, avait fait choir. Accroupi près de la chaise tombée, Rufus se releva et déposa le candélabre; la chienne le suivit en gémissant dans l'obscurité jusqu'à la porte, comme pour supplier ce visiteur bienvenu de ne pas s'en aller.

Il laissa la moto près de la grille du jardin, derrière Brychan Cottage, longea une clôture en osier, et, près de la rivière, franchit le fossé pour pénétrer dans le domaine de Plas Iolyn. Il parvint bientôt en un point où, bien avant sa naissance, on avait élargi et approfondi la rivière de manière à former un large bassin ornemental. Un pavillon d'été en plein délabrement le surplombait, rendu impénétrable par l'envahissement des plantes grimpantes; sur le devant, deux urnes de pierre encadraient une courte volée de marches masquées par les mauvaises herbes. L'eau sage et douce, aussi bleue dans la journée que la distante chaîne de montagnes où se trouvait la source, s'écoulait là en un flux nonchalant. Il s'était parfois baigné dans ce bassin interdit, tard dans la nuit. Au bas de Brychan Cottage, la rivière ne se prêtait pas aussi bien à la nage; on y était beaucoup moins à l'aise.

Il se dévêtit sans hâte, et d'une brusque détente, bondissant haut, il effectua un plongeon acrobatique. Il nagea sous l'eau, refit surface, et s'immergea de nouveau, procédant à une ablution complète, purifiante. Parvenu près de la berge, il se mit debout, entouré d'eau miroitante à hauteur de la poitrine, laissant ses bras se délasser au sein des herbes aquatiques, et il contempla un long moment l'immense étendue du ciel étoilé, tournant le dos au manoir dont la silhouette obscure, en haut de la pente, dominait le bassin.

Élément parmi d'autres, il témoignait de l'anonyme liberté de la nuit. Par cette baignade, il accomplissait un acte de conquête et de maîtrise. La rivière était sienne; retournant à ses profondeurs, il se fondit en elle, fit corps avec elle. Il se laissa porter par le courant et, lorsque l'eau devint très peu profonde, il s'assit, appuya négligemment sa main gauche déployée sur les cailloux du fond, comme une divinité des eaux se dressant hors de l'onde, en quête de ce que la nuit pouvait offrir. Il resta ainsi sans bouger durant plusieurs minutes. Il eut l'impression que l'eau souple glissant sur ses reins devenait nettement plus froide et que, en même temps, son cerveau devenait plus clair; le tumulte en lui s'apaisait. Lentement, il tourna la tête vers le manoir.

Il revoyait son visage en cette dernière seconde avant que ne s'évanouisse la lueur vacillante des bougies; il savait maintenant pourquoi elle avait tenu à le tourmenter. Son arrivée, elle l'avait attendue, et espérée, longtemps. Oui, il le savait; cela s'incrustait, s'ancrait dans son esprit et prenait valeur de certitude. Et par-delà l'étonnement qu'il éprouvait devant le choix qu'elle avait fait, cette certitude venait atténuer la terreur qui menaçait de le submerger. Plus loin, dans un sens ou dans l'autre, son esprit ne voulait pas aller; il se refusait à penser à cette femme gisant là-haut, seule dans le noir. Il savait qu'elle était morte. Il se leva soudain, prit pied sur la berge et se dirigea vers l'endroit où il avait posé ses vêtements.

Ses mouvements devenaient prompts, nets, assurés, ceux d'un homme ayant un but précis, agissant par automatisme et réduisant sa mémoire au strict nécessaire, laissant le reste dans l'ombre. Il ne rentra à Brychan Cottage que pour se sécher et s'habiller. Quand il arriva en ville, tous les réverbères, dans les rues désertes, étaient éteints. La moto violait allègrement la règle du silence, protectrice du repos, ancienne règle, un peu en désuétude, mais encore rigoureusement respectée en ces lieux. Il ne fit pas le long détour qu'il avait accompli plus tôt cette nuit-là, mais fonça en plein centre et traversa à toute allure la place du marché. Derrière la mairie médiévale descendait une rue jalonnée de quelques établissements municipaux et de vieilles maisons, à garniture et armature de bois, où se traitaient diverses affaires d'ordre judiciaire. Au bas de la rue brillait une lanterne bleue, se détachant nettement au-dessus du porche d'un bâtiment de pierre; il n'eut qu'à pousser la porte massive, en dessous, pour qu'elle s'ouvre.

A l'intérieur, un officier de police, chauve, assis à un bureau, leva les yeux, un peu surpris de voir surgir ce visiteur en cette nuit si paisible, et, comme le jeune homme demeurait silencieux, il demanda :

– Eh bien! que peut-on faire pour vous?

*The chosen one.*
Traduction de Philippe Kellerson.

# La chambre oblongue

par

EDWARD D. HOCH

AU départ, c'était à Fletcher de s'occuper de cette affaire, mais le capitaine Leopold roulait avec lui au moment où l'appel parvint à la voiture. Une affaire apparemment sans problème, réglée d'avance; on avait trouvé le seul suspect valable en train de monter la garde, littéralement, auprès de sa victime. Comme la journée s'annonçait plutôt terne, Leopold estima qu'une petite randonnée du côté de l'université constituerait une agréable diversion.

Là, le long de la rivière, les teintes d'octobre s'emparaient des arbres; quelques amas de feuilles mortes brûlaient dans le parc, dégageant de la fumée qui venait, par endroits, voiler un peu la vue sur la route. Il faisait un temps radieux, particulièrement chaud et ensoleillé pour la saison. Drôle de jour pour un meurtre saugrenu.

Ils tournèrent dans une rue étroite bordée par les diverses maisons des étudiants et menant à la tour de la bibliothèque.

– L'université n'a guère changé, lâcha Leopold. Quelques bâtiments neufs pour héberger ces jeunes gens, et un nouveau stade. C'est à peu près tout.

– Il ne s'est rien passé de grave ici depuis cette affaire de bombe voici quatre ou cinq ans, dit Fletcher. Mais celle-ci paraît beaucoup plus simple. Le type est déjà alpagué. Il a poignardé son compagnon de chambre et puis il est resté planté là, tranquillement, à côté du cadavre.

Leopold ne dit rien. Ils venaient de stopper devant un des nouveaux immeubles-dortoirs, imposants, tout en brique et en ciment, qui se dressaient vers le ciel, assez analogues à ces hautes bâtisses de standing moyen pour grands ensembles. Une nuée d'étudiants grouillait alentour. Leopold épingla son insigne et fonça aussitôt pour pénétrer dans le bâtiment.

La chambre était au quatrième étage, avec vue sur la rivière. Elle semblait strictement pareille à toutes les autres – une pièce oblongue, encaissée, un peu déprimante, avec lits-placards, bureaux jumelés, penderies, et, tout au bout, faisant face à la porte, une grande fenêtre panoramique. Le médecin légiste était déjà là, penché sur le corps; il se redressa quand Leopold et Fletcher entrèrent.

– Ça y est, nous sommes prêts; on peut l'enlever. Vous êtes d'accord, capitaine?

– Les photos sont prises? Alors pour moi c'est parfait. Fletcher, voyez ce que vous pouvez trouver. Qu'est-ce qui l'a tué, docteur?

– Deux coups de couteau. Je pratiquerai l'autopsie, mais il n'y a guère de doute.

– Mort depuis quand?

– Un jour, disons.

– Un jour!

Posant des questions à la ronde, Fletcher avait pris des notes.

– Les gars du coin nous ont mâché la besogne, chef. Le mort s'appelle Ralph Rollings, étudiant de deuxième année. Son compagnon de chambre reconnaît qu'il est resté ici une vingtaine d'heures auprès du corps avant qu'on les découvre. Il s'appelle Tom McBern. On le détient dans la chambre à côté.

Leopold hocha la tête et passa par la porte de communication. Tom McBern était grand, mince, brun, fin de traits, un peu ombrageux mais non dépourvu d'un certain charme juvénile.

– On l'a averti de ses droits? demanda Leopold au policier de garde.

– Oui, monsieur.

– Bien.

Leopold s'assit sur le lit face à McBern.

– Qu'avez-vous à dire, mon petit?

Le jeune homme leva les yeux, de profonds yeux bruns, et regarda franchement Leopold.

– Rien, monsieur. Je crois que je voudrais un avocat.

– C'est votre droit, bien entendu. Vous ne désirez pas faire une déclaration pour expliquer comment votre camarade a trouvé la mort, ou pourquoi vous êtes resté enfermé avec lui pendant plusieurs heures sans la signaler?

– Non, monsieur.

Il se détourna et regarda par la fenêtre, l'œil vague.

– Vous comprenez bien qu'on va devoir vous garder comme

suspect et que vous ne manquerez pas d'être inculpé d'homicide.

Le garçon ne dit plus rien. Leopold n'insista pas et le laissa avec le policier pour aller retrouver Fletcher. On recouvrait le corps; Fletcher le regarda partir sur une civière.

– Il ne veut pas parler. Désire un avocat. Où en sommes-nous?

Le sergent Fletcher haussa les épaules.

– Tout ce qu'il nous faut, c'est le mobile. Ils étaient probablement après la même fille ou quelque chose de ce genre.

– Voyez ça.

Ils allèrent parler au garçon qui occupait la chambre adjacente et avait découvert le drame. Il s'appelait Bill Smith; un beau gaillard bien découplé, taillé en athlète, aux cheveux blond pâle.

– Alors, racontez-nous ça, Bill, dit Leopold.

– Il n'y a pas grand-chose à dire. J'ai un peu connu Ralph et Tom au cours de ma première année, mais jamais vraiment bien. Ils demeuraient trop collés ensemble, faisaient bande à part. Cette année, on m'a donné la chambre à côté de la leur, mais la porte de communication restait constamment verrouillée. Toujours est-il que, hier, aucun d'eux ne s'est montré aux cours. Quand je suis revenu en fin d'après-midi, j'ai frappé à la porte et j'ai demandé si quelque chose n'allait pas. Tom m'a crié qu'ils étaient mal fichus. Il ne voulait pas ouvrir la porte. Je suis allé dans ma chambre sans plus guère y penser. Et puis, ce matin, j'ai frappé pour savoir comment ils se sentaient. La voix de Tom m'a paru si... si étrange.

– Et votre camarade de chambre à vous, où était-il pendant tout ce temps-là?

– Il est absent. Son père est mort et il est parti chez lui pour l'enterrement.

Smith paraissait nerveux; ses mains déchiquetaient machinalement un morceau de papier. Leopold lui offrit une cigarette et il la prit.

– Bon, enfin, comme il ne voulait toujours pas ouvrir la porte, j'ai commencé à m'inquiéter sérieusement et je lui ai dit que j'allais demander qu'on intervienne. Alors il a ouvert – et j'ai vu Ralph étendu sur le lit, tout plein de sang... et mort.

Leopold hocha la tête et alla se poster près de la fenêtre. De là il pouvait voir, alignés tout au long de la rivière, les arbres s'embraser d'or, d'ambre et d'écarlate sous le soleil d'octobre.

– La veille, vous aviez entendu quelque chose? Des éclats de voix, une querelle?

– Non. Rien. Rien du tout.
– Dans le passé, à un moment quelconque, avaient-ils eu un différend à propos de je ne sais quoi?
– Pas que je sache. S'ils ne s'entendaient pas, on ne voit pas pourquoi ils auraient demandé à partager de nouveau la même chambre cette année.
– Et du côté filles? demanda Leopold.
– Ils en voyaient tous les deux de temps à autre, oui, je crois.
– Pas une en particulier? Une qui les attirait tous les deux?
– Non.
Bill Smith avait peut-être attendu une seconde de trop pour répondre.
– Vous êtes sûr?
– Je vous ai dit que je ne les connaissais pas très bien.
– Il s'agit d'un meurtre, Bill. Pas d'un incident de bal ou quelque chose dans ce goût-là.
– Tom l'a tué. Qu'est-ce qu'il vous faut de plus?
– Comment s'appelle-t-elle, Bill?
Bill écrasa sa cigarette et détourna les yeux. Il hésita un peu, mais finit par dire :
– Stella Banting. Elle est en troisième année.
– Lequel avait ses faveurs?
– Je ne sais pas. Elle les a fréquentés tous les deux. Je crois qu'elle est sortie un peu avec Ralph l'année dernière aux environs de Noël, mais dernièrement je l'ai vue avec Tom.
– Elle est plus âgée qu'eux?
– Non. Vingt ans tous les trois. Simplement, elle a un an d'avance.
– Bon, dit Leopold. Le sergent Fletcher aura d'autres questions à vous poser.
Il sortit dans le couloir avec Fletcher.
– Cette affaire est à vous, sergent. Il est temps que je vous passe les rênes.
– Merci pour le coup de main, chef.
– Laissez-le consulter un avocat et puis voyez ce qu'il peut avoir à raconter. S'il persiste à ne pas vouloir faire de déclaration, bouclez-le comme suspect. On pourra obtenir la mise en accusation; ça ne fait guère de doute.
– Vous allez parler à cette fille?
Leopold sourit.
– Ça se pourrait bien. Smith m'a eu l'air un peu gêné, réticent,

à son sujet. Il pourrait y avoir un mobile de ce côté-là. Dès que le médecin légiste aura cerné l'heure de la mort de façon un peu plus précise, faites-le-moi savoir.

– Bien, chef.

Leopold descendit par les escaliers, lentement, se frayant le passage; étudiants, universitaires et membres du personnel fourmillaient encore un peu partout. Dehors, il ôta et rangea son insigne. L'air était vif et frais. Il se mit à déambuler à travers le campus en se dirigeant vers les locaux de l'administration.

Stella Banting habitait dans le foyer principal des étudiantes, un grand bâtiment de brique rouge, orné de colonnes et couvert de lierre. Mais au moment où le capitaine Leopold l'aborda, elle revenait du drugstore avec une cartouche de cigarettes et une bouteille de shampooing. Stella était une grande jeune fille aux contours fermes, aux lignes un peu anguleuses, et son visage aurait pu être beau pour peu qu'il lui arrivât de sourire.

– Stella Banting?

– Oui?

– Je suis le capitaine Leopold. Je voudrais m'entretenir avec vous au sujet de ce drame qui s'est passé là-bas chez les garçons. J'imagine que vous êtes au courant?

Elle cligna des yeux, battit des cils, et dit :

– Oui. Je suis au courant.

– Pouvons-nous aller quelque part où parler tranquillement?

– Je vais aller déposer ça et puis nous pourrons marcher un peu si vous le voulez bien. Je n'ai pas envie de parler avec vous à l'intérieur.

Elle était en bermudas et portait un sweat-shirt épais, moulant; en marchant à côté d'elle, Leopold se sentait rajeuni. Si seulement elle daignait sourire de temps à autre – mais pour sourire, évidemment, ce n'était peut-être pas le bon jour. Ils s'éloignèrent de la zone dense du campus en direction du stade; tout d'abord sans rien dire. Il finit par rompre le silence en remarquant :

– Vous n'êtes pas allée là-bas.

– J'aurais dû?

– J'ai cru comprendre que vous les avez fréquentés tous les deux – qu'à Noël dernier vous sortiez avec celui qui est mort, et avec Tom McBern plus récemment.

– Un peu, pas beaucoup. Ralph n'était pas du tout le genre d'homme qu'on parvient à connaître vraiment bien.

– Et Tom, lui?

– C'était un gentil garçon.
– *C'était?*
– C'est difficile à expliquer. Ralph avait un effet sur les gens, sur tous ceux qui l'approchaient. Quand j'ai senti que ça m'arrivait à moi, j'ai rompu.
– Quel genre d'effet?
– Il avait un pouvoir – un pouvoir singulier, qu'on ne s'attend pas à trouver chez un gars de vingt ans.
– A vous entendre, on dirait que vous en avez connu des tas.
– Effectivement. C'est ma troisième année à l'université. J'ai pas mal mûri, j'ai pris de la graine, durant tout ce temps-là. En tout cas, je le pense.
– Et Tom McBern, parlez-moi de lui.
– Je suis un peu sortie avec lui ces temps-ci, rien que pour vérifier par moi-même à quel point les choses avaient empiré. Il vivait pour Ralph, exclusivement, pour personne d'autre.
– Homosexuel? lâcha Leopold.
– Non, je ne pense pas que c'était quelque chose d'aussi net que ça, d'aussi tranché. Il s'agissait plus d'un rapport de professeur à élève, de guide à disciple.
– De maître à esclave?
Elle tourna la tête et lui sourit.
– Dites donc, vous m'avez l'air braqué sur les orgies nocturnes, non?
– Après tout, le garçon est mort, en fin de compte.
– Oui. Oui, il est mort...
Baissant les yeux, elle se mit à lancer machinalement, par-ci par-là, de petits coups de pied dans les feuilles mortes qui jonchaient le sol.
– Mais vous voyez ce que je veux dire? Ralph était toujours le guide, le maître infaillible – presque le messie –, pour Tom.
– Alors pourquoi l'aurait-il tué?
– Eh! oui, c'est bien ça justement – il ne l'aurait pas tué, il n'aurait pas pu! Je ne sais pas ce qui s'est passé dans cette chambre, mais que Tom McBern en vienne à tuer Ralph, je n'arrive pas à l'imaginer.
– Il y a peut-être une possibilité, Miss Banting. Ne se pourrait-il pas, mettons, que Ralph Rollings ait fait une remarque extrêmement désobligeante à votre égard? Quelque chose ayant trait à l'époque où il sortait avec vous?
– Je n'ai jamais couché avec Ralph, si c'est cela que vous essayez de savoir. Avec aucun des deux, d'ailleurs.
– Ce n'est pas ce que j'ai voulu dire.

– Tout s'est passé exactement comme je vous l'ai raconté. En fait, Ralph m'inspirait de la peur plutôt qu'autre chose. Je ne voulais pas qu'il exerce sur moi ce genre d'emprise.

Ils se trouvaient toujours en plein campus, au milieu du quadrilatère, encore assez loin du terrain de sport, mais il sentit que leur promenade touchait à son terme.

– Je vous remercie pour votre concours, Miss Banting. Il se pourrait que je fasse encore appel à vous.

Il s'inclina et fit demi-tour pour s'en retourner vers le quartier des étudiants, sachant qu'elle allait le regarder s'éloigner sans le quitter des yeux jusqu'à ce qu'il disparaisse.

Le sergent Fletcher trouva Leopold à son bureau de bonne heure le lendemain matin, en train de lire les rapports sur les divers incidents de la nuit.

– Vous ne dormez donc jamais, chef? dit-il, en tirant à lui le fauteuil de cuir usagé destiné à d'éventuels visiteurs, du reste assez peu fréquents.

– J'aurai bien assez le temps de dormir quand je serai mort. Quoi de neuf pour McBern?

– Son avocat dit qu'il refuse toujours de faire une déclaration mais l'espoir de la défense, semble-t-il, est de pouvoir plaider non coupable pour cause d'aliénation mentale.

– Que dit le médecin légiste?

Fletcher consulta une feuille tapée à la machine.

– Deux coups de couteau, tous deux dans la région du cœur. Il était apparemment étendu sur le lit quand il les a reçus.

– Combien de temps avant qu'on le trouve?

– Il avait pris son petit déjeuner à peu près une heure avant de mourir, dans ces eaux-là, et d'après les diverses réponses à nos questions cela situerait le moment de la mort aux environs de dix heures. Comme nous savons que McBern se trouvait dans la chambre la veille au soir quand Smith lui a parlé à travers la porte, on peut estimer qu'il est resté seul auprès du cadavre pendant vingt-deux heures approximativement.

Leopold regardait par la fenêtre, l'œil fixe; il comparait mentalement la grisaille automnale de la ville avec les couleurs qui l'avaient frappé la veille à la campagne. Tout meurt, bien sûr, seulement la mort survient un peu plus tôt en ville, et elle est un peu plus morne et misérable.

– Quoi d'autre? demanda-t-il à Fletcher, parce qu'il y avait sûrement quelque chose d'autre, cela se sentait.

– Dans un des tiroirs du bureau, dit Fletcher, exhibant une petite enveloppe gonflée, future pièce à conviction. Six morceaux de sucre, imbibés de LSD.

– Bon, dit Fletcher, baissant les yeux pour contempler cette trouvaille. J'imagine que ce n'est pas tellement inhabituel dans les campus par les temps qui courent. Il y a des exemples de meurtres commis sous l'influence du LSD?

– Un cas quelque part dans l'Ouest. Et un autre en Angleterre, je crois.

– Peut-on obtenir une condamnation, avec ça, ou bien cela va-t-il servir d'argument de base pour plaider l'aliénation mentale?

– Je vérifierai, chef.

– Une chose encore – faites venir ici ce garçon, Smith. J'aimerais lui parler de nouveau.

Resté seul, Leopold se sentit profondément déprimé. Cette affaire le tracassait, le mettait mal à l'aise. McBern avait passé vingt-deux heures à côté du cadavre de Rollings. Pour s'imposer cette épreuve et tenir le coup aussi longtemps, il fallait avoir le cerveau dérangé. C'était un cinglé et un tueur, un point c'est tout; apparemment, il n'y avait qu'à tirer un trait.

Quand Fletcher introduisit Bill Smith dans le bureau, Leopold était revenu à la fenêtre, où il ne regardait rien de précis. Il se retourna et indiqua une chaise au jeune homme.

– J'ai quelques autres questions à vous poser, Bill.

– Oui?

– Parlez-moi du LSD.

– Quoi?

Leopold s'approcha et s'assit sur le bord du bureau.

– N'allez pas prétendre que vous n'en avez jamais entendu parler. Rollings et McBern en avaient dans leur chambre.

Bill Smith détourna les yeux.

– Je ne savais pas. Il y avait vaguement des rumeurs.

– Rien d'autre? Pas de bruit de l'autre côté de cette porte de communication?

– Du bruit, si. Parfois c'était...

Leopold attendait qu'il continue, mais comme rien ne venait, il se pencha pour dire :

– Nous enquêtons sur un meurtre, Bill; sur un assassinat.

– Rollings... il méritait de mourir, c'est tout. C'était l'être le plus malfaisant que j'aie jamais connu. Les choses qu'il faisait à ce pauvre Tom...

– Stella Banting dit que Tom était presque en adoration devant lui.

– C'est vrai, et c'est ce qui rendait tout ça encore plus terrible.

Leopold reprit place dans son fauteuil, s'appuya au dossier et alluma une cigarette.

– S'ils étaient tous les deux bourrés de LSD, à peu près n'importe qui pouvait entrer dans cette chambre et poignarder Ralph.

Mais Bill Smith secoua la tête.

– J'en doute. Ils n'auraient pas osé déverrouiller la porte pendant qu'ils planaient. Et d'ailleurs, de toute façon, Tom l'aurait protégé; il lui aurait fait un rempart de son corps, quitte à y laisser sa peau.

– Et pourtant il nous faut croire que Tom l'a tué? Qu'il l'a poignardé à mort et puis a passé une journée entière tout seul avec le cadavre, le jour et la nuit? A quoi faire Bill? A faire quoi?

– Je ne sais pas.

– Pensez-vous que Tom McBern soit fou?

– Non, pas vraiment. Pas légalement. (Bill fit dévier son regard, qui devint lointain.) Mais il était envoûté par Rollings; ça allait très bien. Un jour, alors que nous étions encore un peu liés d'amitié, il m'a dit que pour Rollings il ferait n'importe quoi – jusqu'à remettre sa vie entre ses mains. Et une fois, c'est bien ce qu'il a fait. C'était pendant le week-end du printemps; tout le monde avait beaucoup bu. Tom est resté suspendu dans le vide, à la fenêtre, la tête en bas, tandis que Rollings le tenait par les chevilles. C'est vous dire à quel point il avait confiance en lui.

– Je pense qu'il va falloir que je parle à Tom McBern encore une fois, dit Leopold. Sur les lieux du crime.

Fletcher amena Tom McBern au campus menottes aux mains; le capitaine Leopold les attendait dans la chambre oblongue au quatrième étage.

– Très bien, Fletcher, dit Leopold. Vous pouvez nous laisser. Attendez-moi dehors.

McBern avait perdu beaucoup de son calme de façade et de son expression fermée; Leopold nota que ses yeux étaient bordés de rouge et que ses lèvres tremblaient légèrement lorsqu'il parla.

– Qu'est-ce... qu'est-ce que vous voulez me demander?

– Pas mal de choses, mon petit. J'ai toutes sortes de questions à vous poser.

Leopold poussa un soupir et offrit une cigarette au jeune homme.

– Vous preniez du LSD, vous et Rollings, n'est-ce pas?

– On en prenait, oui.

– Pourquoi? Pour avoir des sensations rares, excitantes, pour planer?

– Non, pas pour ça. Pour Ralph et moi, vous ne comprenez pas.

– Je comprends que vous l'avez tué. Qu'y a-t-il de plus à comprendre? Vous l'avez poignardé à mort ici même, là, sur ce lit.

Tom McBern prit une profonde inspiration.

– On ne prenait pas du LSD pour planer, répéta-t-il. C'était plus pour augmenter l'intensité de l'expérience religieuse – une sorte de participation mystique qui donne tout son sens à la vie.

Leopold le fixa en fronçant les sourcils.

– Je ne suis qu'un policier, mon petit. Jusqu'à hier vous m'étiez totalement étrangers, de parfaits inconnus, vous et Rollings, et j'imagine qu'à présent il restera toujours pour moi un inconnu, inconnaissable. C'est un des ennuis, dans mon métier. Je ne rencontre les gens que lorsqu'il est trop tard, lorsque le mal – il désignait de la main le lit vide – est déjà fait. Mais je veux savoir ce qui s'est passé dans cette chambre entre vous deux. Je ne veux pas entendre des considérations sur le mysticisme ou l'expérience religieuse. Ce qui est arrivé, voilà ce que je veux entendre; je veux savoir pourquoi vous l'avez tué et pourquoi vous êtes resté assis là pendant vingt-deux heures auprès du cadavre.

Le regard de Tom se mit à errer sur les murs, des murs qu'il voyait peut-être pour la mille et unième fois.

– Vous n'avez pas été amené à vous interroger sur cette chambre? Sur sa forme? Cela n'évoque rien pour vous? Ralph disait qu'elle lui faisait penser à une histoire de Poe, « La Caisse oblongue ». Vous vous souvenez de cette histoire? La caisse se trouvait à bord d'un bateau, et bien sûr elle contenait un cadavre. Comme le cercueil de Queequeg qui a surgi de la mer pour sauver Ismaël.

– Et cette chambre était le cercueil de Ralph? demanda doucement Leopold.

– Oui. (McBern contemplait ses poignets cerclés de menottes.) Sa tombe.

– Vous l'avez tué, n'est-ce pas?

– Oui.

Leopold détourna les yeux, pensif.

– Que désirez-vous? Voir votre avocat?

– Non. Rien.

– Mon Dieu! Vingt-deux heures!

– Je... je...
– Je sais ce que vous faisiez. Mais ça je ne pense pas que vous le disiez jamais à un juge et un jury.
– A vous je le dirai, parce que peut-être vous pourrez comprendre.
Et il se mit à parler d'une voix lente et calme, et Leopold écouta, parce que écouter, cela faisait partie de son métier.

Vers le soir, une fois Tom McBern ramené à sa cellule, Fletcher, se retrouvant seul avec Leopold, lui dit :
– J'ai appelé le District Attorney, chef. Qu'allez-vous lui raconter?
– Les faits, je suppose. McBern signera une confession exposant exactement ce qui s'est passé. Le reste, ça ne nous concerne plus.
– Vous voulez bien m'en parler un peu, chef?
– Je ne pense pas avoir envie d'en parler à quiconque. Mais il le faut, j'imagine. Ce qui m'a mis sur la voie, c'est de l'entendre parler d'expérience religieuse, de cercueils qui surgissent de l'océan, et tout ça. Vous savez qu'aux yeux de Rollings, leur chambre représentait une sorte de tombe?
– C'en a été une pour lui.
– J'aurais bien voulu le connaître, Fletcher. Si seulement j'avais pu le connaître à temps.
– Qu'auriez-vous fait?
– Peut-être écouté seulement, et essayé de le comprendre.
– McBern a reconnu l'avoir tué?
Leopold hocha la tête.
– Il semblerait que Rollings le lui ait demandé, et Tom McBern avait en lui une confiance aveugle, absolue; une foi plus forte que tout.
– Rollings a demandé à être poignardé en plein cœur?
– Oui.
– Alors pourquoi McBern est-il resté auprès du corps aussi longtemps? Tout un jour et toute une nuit?
– Il attendait, dit Leopold d'une voix douce, le regard perdu. Il attendait que Rollings ressuscite d'entre les morts.

*The oblong room.*
Traduction de Philippe Kellerson.

# L'homme qui dupa le monde

par

WARNER LAW

LORSQUE mon grand-oncle, Frank M. Law, eut trépassé chez moi, voici quelques mois, je découvris qu'il avait laissé un manuscrit. Il s'agissait d'un compte rendu autobiographique, où, avec un cynisme sans complexe, une sorte d'effronterie ingénue, il faisait des révélations à bien des égards aussi pénibles que choquantes. J'ai longtemps hésité, longtemps pesé le pour et le contre, avant de me résoudre à le faire publier; un certain nombre de musées et de collectionneurs vont avoir en effet la douloureuse surprise d'apprendre qu'ils sont en possession de quelques œuvres d'art dépourvues de toute valeur.

Il me paraît utile d'éclairer un peu votre lanterne avant que vous preniez la peine de le lire. J'écris pour la télévision et j'habite avec mon épouse, Maria, ainsi que nos deux enfants, dans une vieille maison, plutôt spacieuse, haut perchée sur une colline de Hollywood. Melissa a onze ans; elle est jolie, vive, brillante. Peter a six ans; ce qui sous-entend qu'on est souvent obligé de hurler devant une porte fermée : « Peter, qu'est-ce que tu fabriques, arrête immédiatement! »; afin d'éviter neuf fois sur dix un irréparable désastre.

Depuis aussi longtemps que je me souvienne, nous tous, membres de la branche américaine de la famille Law, recevions des cartes d'anniversaire expédiées d'un peu partout dans le monde par notre oncle anglais, Frank. Mais ce parent demeurait nimbé d'un halo de mystère; chaque fois que je me permettais, de ma prime jeunesse à l'adolescence et même au-delà, de poser une question à son sujet, on me priait de ne pas insister. Je savais seulement qu'il était le demi-frère de mon grand-père – le fils que mon arrière-grand-père avait eu de sa seconde épouse.

Quand j'eus atteint ma vingt-cinquième année, j'osai déclarer à mon grand-père que je m'estimais suffisamment âgé pour connaître la vérité sur ce personnage. Mon grand-père balança un instant, poussa un soupir et finit par dire :

– Très bien. Frank est un être dissolu, un chenapan et un pochard. Il a hérité de sa mère une fortune fort appréciable, mais il a eu vite fait de la dilapider dans la débauche, la fréquentation de femmes légères et l'abus de l'alcool, pour lequel il a toujours eu le plus déplorable penchant. Il a complètement gâché son existence en menant une vie de bâton de chaise.

– Vous avez parfois de ses nouvelles?

– Oui. Une fois par an il m'écrit des mensonges sur ses activités du moment. Frank a toujours souffert d'une pitoyable tendance à s'illusionner et à se masquer la vérité en ce qui le concerne.

– Il lui arrive de demander de l'argent?

– Non. Tout ce qu'il désire, c'est obtenir des informations détaillées sur cette branche-ci de la famille. Pourquoi, je n'en sais rien.

Le 13 décembre 1966, je me trouvais dans notre living-room en train de regarder la télévision lorsqu'on sonna à la porte d'entrée. Maria alla ouvrir. Glissant un coup d'œil par-dessus le poste, je vis sur le seuil un homme misérablement vêtu, l'air terriblement vieux, tout encombré de bagages et de paquets. Il avait un long nez surplombant une moustache blanche. De taille moyenne, maigre, décharné, il haletait, à bout de souffle. Nous sommes à quelque cinq kilomètres de l'arrêt de car le plus proche, et il avait dû gravir à pied toute la colline.

– Vous désirez? dit Maria. Que puis-je faire pour vous?

– Se pourrait-il que cette demeure soit celle d'un certain Warner Law?

– Oui, c'est exact.

– Se pourrait-il qu'il soit chez lui, et en état de me recevoir?

– Puis-je demander de la part de qui?

– Je suis son grand-oncle, Frank, et je viens ici pour y mourir.

Même si j'étais en mesure d'écrire encore pendant cinquante ans, jamais je ne pourrais trouver mieux comme entrée en matière. Naturellement, je me levai pour aller à la porte et le prier d'entrer.

– Vous êtes mon petit-neveu, Warner?

– Je le suis. Et vous êtes le bienvenu chez moi.

Je présentai Maria. Melissa survint, sortant de la cuisine, et je la présentai aussi.

– Mazette, la jolie petite dame que voilà!

Puis à moi, *sotto voce* :

– Vous n'auriez point par hasard une petite goutte de remontant pour un vieil homme assoiffé?

Nous disposons en haut de la maison d'une chambre en excédent que nous nous appliquâmes à rendre confortable pour oncle Frank. Plus tard dans l'après-midi, une fois qu'il eut défait ses affaires et se fut installé, et après qu'il eut ingurgité trois whiskies, je dis :

– Vous nous avez déclaré venir ici pour mourir. Vous êtes malade?

– Non, mais n'empêche, je vais mourir. Si vous m'autorisez à rester ici pendant quelques semaines – je n'ai pas d'autre endroit où aller, je dois vous le dire en toute franchise – je ne tarderai pas à vous quitter pour l'au-delà, pour le Grand Ailleurs. C'était rudement bon, même pour le peu qu'il y en avait, ajouta-t-il en me tendant son verre vide.

Je lui servis une nouvelle ration et lui demandai comment il en était arrivé à venir chez moi.

– Eh bien! dit-il, lorsque dans les Iles Vierges un médecin m'a déclaré que mon existence allait bientôt prendre fin, j'ai décidé de me rendre aux États-Unis pour y mourir chez votre tante Clara, à Chicago. Vous la connaissez?

Certes, je la connaissais. C'était une veuve austère ayant nettement dépassé la soixantaine et qui devait essentiellement sa notoriété à sa fabuleuse collection de porcelaines. Tous les murs de sa demeure étaient recouverts d'assiettes, tapissés de porcelaine en quelque sorte. De plus, au sous-sol, se trouvait une grande réserve où plats, assiettes, tasses et soucoupes s'empilaient sur des étagères depuis le plancher jusqu'au plafond, de part et d'autre de la pièce. Tante Clara m'a dit un jour qu'elle possédait dix services complets, absolument parfaits et dignes de figurer dans un musée.

– Elle m'a hébergé pendant une semaine, poursuivit oncle Frank; puis il marqua une légère pause... Malheureusement, il y a eu un petit incident.

– Ne me dites pas que vous avez cassé une de ses assiettes.

– Ma foi, en un certain sens, si. Mais ce n'était pas du tout de ma faute. Cette fichue échelle branle, comprenez-vous.

– Quelle échelle?

– Celle de la réserve. Un jour que Clara était sortie, j'ai trouvé une demi-douzaine d'assiettes dans son évier. J'ai pensé que je pourrais les ranger pour lui être agréable. Mais je n'arrivais pas à trouver où je devais les mettre. Soudain, j'ai compris. Elles devaient aller dans la réserve!

– Ne me dites pas que vous les avez laissé tomber.

– Ma foi, en un certain sens, si. Je les ai portées en bas, comprenez-vous, mais, sur les étagères inférieures, je n'arrivais pas à trouver les assiettes qui allaient avec. J'ai donc grimpé sur l'échelle, les six assiettes à la main. Quand je suis parvenu en face de l'étagère du haut, cette satanée échelle s'est mise à branler et à glisser dangereusement sur le côté. Afin de m'épargner une sale chute, j'ai dû lâcher les six assiettes pour m'agripper à l'étagère. Malheureusement, cette foutue étagère n'avait pas été convenablement fixée au mur, si bien qu'elle est tombée avec moi. Cette avalanche d'assiettes aurait pu me tuer, vous savez? Fort heureusement, je m'en suis tiré sans dommage.

– Qu'a dit tante Clara?

– J'ai jugé préférable de faire mes paquets et partir avant son retour. Toutefois, je lui ai laissé un mot d'explication, où je lui conseillais d'acheter une nouvelle échelle.

J'eus la fugitive vision de tante Clara gisant à l'hôpital avec une bonne dose de sédatif.

– Alors je suis allé trouver son fils, Hugh, à Tucson. Il m'a déclaré avoir reçu des nouvelles de sa mère et m'a abreuvé des plus abominables insultes, avant de me claquer la porte au nez. Je me suis donc rendu chez votre cousin issu de germain, John, à Sacramento. Il m'a dit n'avoir pas de place pour moi, m'a suggéré de m'adresser à vous et m'a donné de quoi payer le trajet en autocar. (Il me tendit son verre.) Excellent, ce whisky.

***

Un beau jour, vers les trois heures du matin, Maria et moi fûmes réveillés par des sons rauques et tonitruants provenant du living-room. Je me levai et allai jeter un coup d'œil par-dessus la rampe de l'escalier. Oncle Frank était en train de danser et de chanter à tue-tête « It's a long way to Tippera-ry-y! » Il tenait un verre à la main et exécutait un pas de danse tel qu'on en peut voir dans une revue anglaise de music-hall. « It's a long way to go! » Je réalisai soudain qu'il était nu comme un ver. « It's a long, long way to Tippera-ry-y! » Entièrement dévêtu, le bougre.

J'allai me recoucher sans lui révéler ma présence.

Somerset Maugham a écrit un jour : « Si les gens n'étaient pas pleins de contradictions, la vie ne serait pas supportable. » Les attitudes morales d'oncle Frank étaient sans aucun doute contradictoires, comme en témoignaient d'une part sa propension à danser tout nu, et d'autre part son aversion pour les femmes nues dans les œuvres d'art. Mes murs sont ornés de quelques nus, et ils l'offusquaient au plus haut point.

– Des femmes nues! se prenait-il à marmonner. Saleté d'ordure! Qu'est-ce qui vous prend d'avoir ça sur vos murs, et de le donner en spectacle à des enfants innocents? Devriez avoir honte. Saleté d'ordure!

Il arriva que cet à peine croyable reliquat de puritanisme victorien fut à l'origine d'une fracassante et pénible scène. A l'école, Melissa avait réalisé une copie au crayon de la *Naissance de Vénus* de Botticelli. On y voit l'une des mains de Vénus venant masquer la région pubienne, tandis que l'autre fait une tentative pour dissimuler un tant soit peu la poitrine. Melissa exhiba son croquis à la ronde, et nous lui fîmes tous part de notre admiration, y compris Peter, mon fils, qui jouait comme à l'accoutumée avec ses petites autos, assis auprès du feu.

Sur ce, oncle Frank dégringola l'escalier cahin-caha, passablement éméché. Melissa alla vers lui, toute fière, pour présenter son œuvre. A peine y eut-il jeté un œil qu'il éclata.

– Une femme nue! Saleté d'ordure! (Tourné vers Maria et moi, il fulminait; ses yeux lançaient des éclairs.) Qui est-ce qui lui apprend à faire ce genre d'abomination?

D'un geste brusque et rageur, il jeta le dessin dans la cheminée, où il disparut dans une gerbe de flammes. Melissa poussa un hurlement et grimpa l'escalier quatre à quatre, secouée de sanglots.

– Saleté d'ordure! Saleté d'ordure! se mit à brailler Peter, son sens poétique manifestement stimulé par le rythme de la formule. Une femme nue! (Il martelait le parquet avec ses autos pour accompagner le refrain en cadence.) Saleté d'ordure! Une femme nue!

– La ferme! lui intimai-je.

Puis, hargneusement, à l'oncle Frank :

– Vous ne pourriez pas apprendre à vous contrôler un peu, non?

Il prit un air profondément abattu, tout penaud.

– Je suis désolé. Vraiment désolé. Mais vous n'aurez plus à me supporter bien longtemps. Je partirai pour le Grand Ailleurs plus tôt que vous ne pensez.

Oncle Frank nous avait déjà dit cela tant de fois que Maria et moi, de toute façon assez montés contre lui, ne nous montrâmes guère compatissants.

Nous l'avons toujours regretté. Le lendemain matin, oncle Frank n'ayant pas fait son apparition, Maria monta voir s'il allait bien. Il était mort dans son lit, mais avec un sourire heureux sur le visage.

Nous convoquâmes notre médecin, et une heure plus tard oncle Frank avait disparu de la maison. Les gosses, par chance, se trouvaient tous les deux à l'école.

Plutôt tristement – car en dépit de tout le vieil homme nous était devenu cher – nous avons fait le tri de ses affaires, sans rien y découvrir d'intéressant jusqu'au moment où nous sommes tombés sur son manuscrit. Il l'avait gribouillé, de son écriture ténue et tarabiscotée, tout au long de nombreuses années et aussi bien sur du papier à lettre d'hôtels qu'au dos d'enveloppes. Classer, ajuster et déchiffrer tout cela fut loin d'être une entreprise aisée, mais à la longue nous avons fini par obtenir une transcription fidèle tapée à la machine.

Je l'ai dit, c'est à bien des égards un document plein d'effronterie et susceptible de provoquer un certain scandale. Pour une bonne part, il semble à première vue incroyable, mais je me suis donné beaucoup de peine pour vérifier les faits relatés, et chaque fois que j'ai pu disposer d'une autre source d'information, sûre celle-là, j'ai vérifié qu'ils étaient exacts.

J'interromprai le récit de temps à autre, en faisant précéder mon intervention de la mention NOTE. A part cela, le manuscrit est ici reproduit tel que nous l'avons trouvé.

***

Comme elle est présente à ma mémoire, ma première rencontre avec W. Somerset Maugham! Je m'en souviens dans tous ses détails. C'était en 1908, par une nuit d'hiver à Londres. J'avais alors vingt-huit ans. Ma mère m'avait laissé un modeste héritage, que j'étais en passe, avouons-le, de dilapider assez rapidement. Mais je ne me souciais guère du lendemain et m'adonnais au plaisir, me délectant des mets les plus raffinés, dégustant les vins les plus fins et savourant la compagnie de délicieuses dames pleines d'agrément.

Ce soir-là, j'avais emmené deux exquises jeunes personnes, dont les noms étaient respectivement Flossie et Bessie, voir une représentation de la charmante comédie de Maugham, *Mrs. Dot.* Après le spectacle, nous traversâmes la rue pour entrer au *Lierre,* luxueux établissement où étincelaient le cristal et l'argenterie.

Ce fut seulement lorsque j'eus commandé la troisième bouteille de champagne que j'aperçus W. Somerset Maugham, assis à une table proche au milieu d'un groupe de dames élégamment vêtues et de messieurs tirés à quatre épingles.

*NOTE : Maugham avait trente-quatre ans à l'époque. Il avait déjà écrit huit romans, quatre pièces à succès, et un bon nombre de nouvelles.*

Je décidai immédiatement d'aller lui présenter mes respects et le complimenter pour son excellente pièce. Je me levai donc et me rendis à sa table. Le champagne aidant, mon équilibre était un peu instable, mais mon esprit demeurait parfaitement clair.

Au moment où j'atteignis sa table, Maugham était en train de conter une anecdote d'un bel humour, particulièrement piquante. Il dut sentir mon souffle sur sa nuque, car il se tourna brusquement sur sa chaise pour lever les yeux vers moi. C'était un homme plutôt petit, aux paupières lourdes et aux grandes oreilles, affligé d'un léger bégaiement, d'une élocution passablement hachée.

– Puis-je... euh... vous être utile en quoi que ce soit?

– Somerset, je tenais simplement à vous dire que votre pièce ce soir était aux petits oignons, de première bourre!

*NOTE : S'il y avait une chose qui ne manquait pas d'indisposer Maugham au dernier degré, c'était bien qu'on l'appellât « Somerset ».*

– C'est... c'est très aimable à vous. Je... j'apprécie que vous ayez pris la peine de... de venir me le dire.

Il me gratifia d'un petit sourire accompagné d'une inclination de la tête – invitation manifeste à me joindre à leur aimable cercle. J'empoignai une chaise à une table voisine et la balançai presto à proximité de celle de Maugham.

De leur banquette, Flossie et Bessie m'adressaient force gestes et signes. Je n'y accordai aucune attention.

– Je vous en prie, poursuivez votre anecdote, Somerset.

La dame assise à côté de Somerset se tourna vers moi, toute souriante. Ce n'était autre que la grande actrice, Mrs. Patrick Campbell.

– J'ai bien peur que nous ne vous retenions et privions ces dames de votre présence...

– Aucune importance, chère madame. Ce n'est pas tous les jours qu'il m'arrive d'avoir la chance de pouvoir bavarder un peu avec ce cher Somerset.

J'administrai à ce dernier quelques gentilles tapes sur l'épaule et rapprochai encore ma chaise de la sienne en lui décochant un sourire où je mis toute la cordialité du monde.

Sous l'effet d'un léger excédent de pétillant breuvage, Flossie était encline à devenir par trop facétieuse. Au milieu d'un gargouillis de petits rires, voilà qu'elle sortit du seau à glace la troisième bouteille de champagne, pas encore débouchée, puis la fit rouler sur le plancher dans ma direction. Je la vis venir, toute bringuebalante, mais à vive allure. Le maître d'hôtel la vit aussi et se précipita, mais trop tard. La glace n'ayant pas encore eu le temps de faire convenablement son œuvre de réfrigération, la pression interne était devenue telle que le bouchon sauta, en dépit de sa carapace de fil de fer, le champagne se déversa généreusement sur les pieds et la somptueuse robe de satin rouge de Mrs. Patrick Campbell, devant laquelle la bouteille avait décidé de s'immobiliser. Prompt à lui porter secours, je saisis la bouteille à terre pour la détourner de sa personne, mais ce faisant, par malheur, et tout à fait par inadvertance, je la braquai sur Maugham, dont la figure fut littéralement oblitérée, ensevelie sous une cataracte de champagne.

Navré de cet incident, j'entrepris d'éponger et de frotter son visage avec une serviette. Curieusement, il opposa une forte résistance à cette action, pourtant issue de la meilleure intention, et se dressa en émettant de véhémentes protestations.

Mrs. Campbell se leva à son tour pour m'infliger une violente bourrade en vociférant « Arrêtez donc, triste ivrogne! » Sous la poussée, je perdis mon équilibre; à la recherche d'un point d'appui pour éviter de tomber, j'agrippai un coin de la nappe, mais hélas je ne réussis qu'à l'entraîner dans ma chute, faisant valser verres, argenterie et candélabres, tandis que les dames attablées poussaient des cris aigus. A l'extrémité de la table, devant Maugham, se trouvait, empli de café fumant, un récipient en argent qui s'empressa de basculer pour répandre son contenu sur le pantalon du dramaturge, lequel se mit à hurler au moment même où je m'écroulais contre lui. Sa chaise s'effondra, et je me retrouvai plus ou moins vautré sur Maugham, étalé par terre les quatre fers en l'air.

Miraculeusement indemne, je fus remis sur pied par le maître d'hôtel, cependant qu'un garçon aidait Maugham à se relever. Le maître d'hôtel, bien à tort et très déraisonnablement, se montra fort irrité contre moi, ne comprenant pas, bien entendu, que rien dans tout cela, absolument rien, n'avait été de ma faute.

– Je dois vous prier de partir, monsieur. Immédiatement!

– Pas avant d'avoir présenté mes excuses à mon ami Somerset.

Enfin d'aplomb sur ses pieds, les yeux furibonds sous des sourcils où explosaient encore quelques bulles de champagne, Somerset Maugham se mit à m'invectiver avec la dernière violence.

– Le diable vous emporte, monsieur! La peste soit de vous, malotru!

C'en était trop. Je n'admets pas qu'on m'insulte. Tout homme doué d'un jugement sain et d'un tempérament normal aurait immédiatement compris que je n'étais pas à blâmer le moins du monde pour cette série de regrettables incidents. La seule explication possible de son injustifiable grossièreté à mon égard me parut évidente : Maugham n'était tout simplement pas un gentleman.

Je me raidis et le toisai de haut.

– Je doute fort, lui dis-je d'un ton glacial, qu'il m'arrive jamais de vous adresser à nouveau la parole.

Sur quoi, ayant remis ce malappris à sa place, je tournai les talons et quittai les lieux, Flossie et Bessie dans mon sillage.

Le hasard voulut que, au cours de la semaine suivante, je tombe par deux fois sur Maugham dans les rues de Londres. La première fois, ce fut à Piccadilly Circus. En tournant au coin d'une rue y débouchant, je heurtai de plein fouet, bien malgré moi, un individu qui stationnait là, juste à l'angle, raide comme un piquet. Il tenait à la main une sorte de dossier plein de papiers qu'il dût lâcher, sous l'effet du choc. Comme il faisait grand vent ce jour-là, les papiers s'envolèrent et s'égaillèrent à travers la place. Maugham traduisit son mécontentement par une manière de rugissement, puis me reconnut.

– J'aurais dû m'en douter, maugréa-t-il; et de plonger tête baissée au milieu de la circulation, où il se démena comme un beau diable pour tenter de récupérer ses papiers éparpillés.

Notre deuxième rencontre eut lieu quelques jours plus tard, dans Bond Street. Nous nous aperçûmes tous les deux en même temps, mais, faisant comme s'il ne m'avait pas vu, il s'immobilisa et feignit de s'intéresser aux articles pour fumeurs exposés par un marchand de tabac. Désireux de m'excuser pour être entré en collision avec sa personne, je continuai d'avancer vers lui. Me voyant venir, il se détourna, faisant carrément face à la vitrine. A cet instant précis, un gentleman me dépassa, se précipita sur Maugham et, la mine toute réjouie, lui tapa sur l'épaule. Maugham ne daigna pas tourner la tête, mais je l'entendis proférer, apparemment à l'adresse de la vitrine :

– Je n'ai pas le moindre désir de vous parler, monsieur. Et je vous saurai gré de rester, dorénavant, hors de ma vue comme de mon existence.

Le gentleman devint pourpre de fureur.

– Très bien, Willie. Allez au diable!

Il fit demi-tour et repartit à toute allure, me croisant à nouveau, cette fois en sens inverse. Maugham pivota sur lui-même, me vit, puis aperçut son ami dévalant la rue à grandes enjambées. Quelque peu alarmé, Maugham entreprit aussitôt de courir après lui.

– Je suis absolument désolé, Somerset, commençai-je en lui barrant le passage, mais...

– Oh, ça va, taisez-vous! jappa Maugham en me contournant pour essayer de rejoindre son ami à la course.

Je poursuivis mon chemin jusqu'à ma banque, où le directeur m'informa que les fonds provenant de mon héritage étaient épuisés. Cela me parut inexplicable, étant donné que cinq cents livres venaient d'être créditées à mon compte. Le directeur m'expliqua que j'avais vendu un certain nombre d'obligations, que ces cinq cents livres représentaient des coupons échus depuis la vente et que l'acheteur ne tarderait donc guère à les réclamer, ce qui me laisserait sans un shilling.

Le climat anglais ne m'avait à vrai dire jamais convenu. J'avais lu bien des choses sur des régions aux cieux plus cléments, en particulier sur les îles des mers du Sud, où bananiers et arbres à pain vous permettaient de subsister rien qu'en tendant le bras pour cueillir leurs fruits. Je retirai les cinq cents livres, pris un billet pour l'Australie, retins une place à bord d'un bateau en partance et quittai Londres.

Je n'avais pas voulu déranger le directeur de la banque pour lui apprendre mon départ. C'était un homme surchargé de travail, ayant un tas de problèmes épineux à résoudre; je ne désirais pas lui causer un souci supplémentaire.

Tandis que, dans le brouillard, mon bateau se frayait péniblement un chemin vers l'embouchure de la Tamise, je fis à Londres des adieux émus. Quand le navire eut atteint la mer, je me dis que, en tout cas, je n'aurais désormais plus jamais à rencontrer cet odieux Maugham. Hélas, je me trompais lourdement.

Je m'installai à Tahiti, endroit délicieux, luxuriant, alors à l'abri de la pollution touristique. Avec le restant de mon capital, j'achetai une automobile et fis le taxi (il y en avait très peu dans l'île). Cette occupation, plus celle qui consistait à surveiller et entretenir la chaudière au sous-sol de la brasserie locale, me permit de gagner convenablement ma vie. J'étais parfaitement heureux, gai et content.

Jusqu'à l'horrible jour – en 1916 – où j'appris que venait d'arriver dans l'île, eh! oui, W. Somerset Maugham lui-même, accompagné de son secrétaire, un certain Gerald Haxton. Je pris immédiatement la résolution d'éviter Maugham, de fuir sa présence. Je m'étais laissé pousser une barbe fournie, huit années s'étaient écoulées depuis notre dernier « tête-à-tête », et je savais qu'il ne me reconnaîtrait pas. Néanmoins, je ne voulais pas être à nouveau victime de son exécrable caractère.

Le sort me fut contraire. Un jour qu'il faisait particulièrement lourd et chaud, je dormais dans mon taxi, lorsqu'un bras passé par la portière vint m'arracher au sommeil. C'était Haxton, flanqué d'un Maugham tout fringant dans un costume de toile blanche.

Haxton était un jeune énergumène aux airs supérieurs et condescendants.

– Dites-moi, mon brave homme. Ce véhicule est-il à louer?

– Non.

– Écoutez, mon bon ami, insista Haxton, nous avons absolument besoin d'une voiture. Si vous connaissez la maison Anani à Mataiea et pouvez nous y conduire, vous aurez dix francs pour la peine.

J'avais suffisamment dormi et me trouvais plutôt démuni.

– Mettons vingt. Ça fait loin.

– Va pour vingt, dit Maugham.

Ils montèrent à l'arrière. Durant le trajet, Maugham me déclara qu'il était venu à Tahiti pour effectuer des recherches concernant le peintre Paul Gauguin. Connaissais-je quelque chose à son sujet?

Je savais effectivement certaines petites choses sur ce peintre français ivrogne et ses peintures. Des femmes nues pour la plupart. Lorsque, engagé à la brasserie de Papeete pour travailler dans la chaufferie, j'y étais entré pour la première fois, il y avait là dix tableaux de Gauguin posés près du coffre à charbon et recouverts d'une épaisse couche de poussière. Par temps humide, quand le feu prenait mal, il m'était arrivé de fourrer l'un d'eux dans la chaudière pour activer la combustion. Grand amateur de bière, Gauguin avait paraît-il contracté de substantielles dettes envers la brasserie, mais au lieu de les régler en espèces il avait envoyé quelques-unes de ses épouvantables peintures. Pris de fureur, l'homme qui possédait alors la brasserie avait flanqué au rebut dans la chaufferie ces toiles qui ne valaient pas un clou. Il en restait encore cinq, mais je me gardai bien de mettre au courant l'éminent M. Maugham. Peut-être avaient-elles pris un peu de valeur à présent. La brasserie ayant depuis lors changé par deux fois de propriétaire, j'étais seul à savoir que cinq de ces peintures se trouvaient encore là. Étant donné que j'en avais brûlé un certain nombre et pouvais brûler le reste sans que personne le sache ou s'en soucie, elles étaient pratiquement à moi, et je pouvais en faire ce que bon me semblait.

Je répondis à Maugham que je ne savais strictement rien concernant Gauguin. Nous atteignîmes finalement la maison Anani, en pleine brousse. Nous descendîmes tous les trois et entrâmes, accueillis par le propriétaire, un vieux Tahitien édenté au nez plat. Maugham s'entretint avec lui en français, langue dont j'avais assimilé quelques bribes à Tahiti. Maugham disait être venu acheter une porte. J'appris que le dénommé Gauguin, tombé malade à la maison Anani, s'était trouvé à court de toiles pour y commettre ses forfaits picturaux.

*NOTE : Parfaitement exact. Convalescent, Gauguin, s'apercevant qu'il ne lui restait rien d'autre sur quoi peindre, se servit des panneaux vitrés de trois portes donnant sur la pièce principale de la maison Anani, laquelle, pour une demeure tahitienne, était relativement moderne.*

Il avait donc réalisé quelques exécrables compositions sur trois portes vitrées. Sur deux d'entre elles, presque toute la peinture était partie, grattée, sans doute par les ongles de moutards innocemment avisés. Mais la troisième se trouvait en bon état. Maugham l'acheta pour deux cents francs, équivalant alors à environ quatre livres, ou vingt dollars.

Maugham me demanda si je voulais bien prendre la peine d'aller puiser dans ma boîte à outils de quoi sortir la porte de ses gonds. Je me mis au travail.

– Attention! Attention! s'exclamait sans arrêt Maugham, tandis que je dévissais les charnières.

– Je *fais* attention!

J'ôtai la dernière vis, mais les petites plaques métalliques adhéraient encore à la porte. L'ayant dégagée d'une brusque secousse, elle m'échappa des mains et tomba, mais Haxton réussit à la stopper en pleine chute.

– Maladroit, empoté! proféra Maugham, en piquant une de ses crises.

– Y a rien de cassé, monsieur Maugham.

Lentement, très, très lentement, parcourant à peu près trois centimètres à la seconde, nous transportâmes la porte jusqu'à mon auto. Le seul endroit où la caser, c'était à l'avant, à côté du volant. Mais pas moyen de la faire entrer là : elle était trop haute. Les deux tiers de la porte consistaient en six vitres peintes, où l'on voyait la répugnante représentation d'une femme nue tenant à la main le fruit d'un arbre à pain. Le tiers du bas était en bois.

– Ne serait-il pas possible de trouver une scie à bois? s'enquit Maugham.

– Oui, nous pourrions alors sectionner la partie inférieure en bois, opina Haxton, rayonnant comme s'il venait d'inventer le moteur à combustion interne ou de nous révéler une grande vérité cachée.

Je connaissais une « chefesse » indigène habitant à quelques centaines de mètres et possédant une scie à bois. Nous nous enfonçâmes donc dans la végétation touffue, portant toujours le précieux objet à deux cents francs. On eût pu croire qu'il s'agissait de la Joconde! Nous finîmes quand même par arriver. J'empruntai la scie et entrepris d'enlever le tiers inférieur de la porte. Penchés sur moi, Maugham et Haxton m'invitaient par des gloussements à procéder avec la plus extrême circonspection, comme si j'amputais une jambe et que le patient risquait une hémorragie mortelle.

Quand j'eus terminé, Maugham et Haxton tinrent à se passer de mon concours pour ramener jusqu'à la voiture la partie vitrée de la porte. Ils montèrent à l'arrière et, décidés à ne pas s'en dessaisir, couchèrent leur relique en travers de leurs cuisses. Nous démarrâmes, et les deux lascars m'enjoignirent de conduire avec précaution, ce que je fis dans toute la mesure du possible, car la route, des plus rudimentaires, était truffée de trous ainsi que de souches d'arbres et de blocs de pierre à moitié enfouis. Derrière mon dos, j'entendis le dialogue suivant :

MAUGHAM : Vous rendez-vous compte, Gerald, que nous sommes tombés sur un inappréciable trésor?

HAXTON : Absolument, c'est unique au monde! Un Gauguin sur verre! Ça doit valoir une sacrée fortune!

MAUGHAM : Je le ferai encastrer dans la fenêtre située au nord de mon bureau.

HAXTON : Oh! rien que d'y penser, j'en défaille presque de joie!

La fastidieuse randonnée continua. Au bout d'un certain temps, j'éprouvai l'impérieux besoin de me rafraîchir le gosier. Je m'arrêtai donc devant un modeste troquet de village et fis savoir à mes passagers que je désirais m'administrer une petite goutte de cognac. Ils s'efforcèrent, avec une pénible insistance, de me persuader d'attendre que la porte fût arrivée à bon port. Je leur dis ce qu'ils pouvaient en faire, de leur porte, pris les clés de la voiture et pénétrai dans le boui-boui.

*NOTE : Le récit de Maugham lui-même, concernant la découverte de la porte Anani, vient corroborer tout cela; seulement, il ne mentionne pas le nom de la personne qui le conduisit à la maison Anani et l'en ramena.*

Une demi-heure plus tard, lesté d'une légère dose de cognac et me sentant tout ragaillardi, je sortis du troquet et me dirigeai vers mon taxi, où les deux compères se trouvaient toujours assis, agrippés à leur porte. Le soir tombait; je n'aperçus pas sur la route une grosse pierre, la heurtai du pied et basculai par-dessus. Il avait plu et je m'écroulai face contre terre dans la boue, ce qui n'améliora guère mon humeur.

– Bon sang! entendis-je s'écrier Maugham. Ce type est complètement ivre!

C'était complètement inexact.

– Je vous ai entendu! clamai-je, indigné, en ouvrant ma portière. Laissez-moi vous dire que je ne suis pas plus ivre qu'un chameau!

Et de m'installer au volant.

– Je vous en supplie, dit Maugham. Allez lentement.

Je commençais à en avoir par-dessus la tête de ces deux snobs et de leurs grands airs. Conduisant sans crainte ni complexe, je me mis à chanter :

– *Mets tes soucis dans ton barda!*

On roulait gentiment à cinquante-cinq de moyenne. Il faisait presque nuit à présent; je n'avais pas de phares, mais je connaissais la route.

– *Et puis souris, mon gars!*

Nous heurtâmes un gros bloc qu'on venait manifestement de placer là, tout exprès, et l'auto faillit capoter.

– Dieu vous confonde, ralentissez donc! brailla Maugham, dans tous ses états.

Je l'ai déjà dit, je ne tolère pas qu'on m'injurie. Je montai à soixante-cinq. Plus ils m'invectivaient, plus j'accélérais. Nous plongions gaillardement dans des trous et rebondissions allègrement sur des branches mortes. Une fois même, nous allâmes jusqu'à dépouiller un arbre d'un partie de son écorce.

– *Faut pas s'en faire, on s'en fout!*

Je m'en tamponnais éperdument, de leur fichue porte.

– *Ça n'en vaut jamais l' coup!*

Quand nous eûmes enfin atteint Papeete, ma mauvaise humeur s'était calmée et nous nous immobilisâmes devant leur hôtel. Contournant la voiture, j'allai ouvrir la portière du côté de Maugham. Pâle et tremblant, il faisait triste figure, et Haxton aussi. Ni l'un ni l'autre ne se trouvant en état de la porter, j'enlevai donc la porte des mains de Maugham.

– Non! N'y touchez pas!

Mais je gravissais déjà les marches menant au perron de l'hôtel.

*NOTE : Oh, non!*

J'ignorais que la direction de l'hôtel avait fait remplacer par des neuves les vieilles marches à moitié pourries. Or, au lieu de quatre marches, comme auparavant, il y en avait maintenant cinq. En conséquence – et je n'y étais pour rien – mon pied cogna contre la marche du haut et je m'affalai de tout mon long sur le perron, la porte sous moi. Naturellement, elle se brisa en mille morceaux, mais le grave de l'affaire fut qu'une multitude d'éclats de verre m'entaillèrent les mains et le visage. Levant la tête, je vis Maugham et Haxton penchés sur moi, les yeux exorbités.

Maugham haletait, près de suffoquer.

– Misérable abruti! me lanca-t-il dans une espèce de murmure venimeux. Minable poivrot! Savez-vous bien ce que vous avez fait?

Et là-dessus, piquant une de ses crises, il m'expédia une série de violents coups de pied au bas du dos, en vociférant :

– La peste soit de vous! Le diable vous emporte!

Qu'un homme se permette de m'abreuver d'injures et me botter l'arrière-train, alors que je baigne dans mon sang, voilà qui est proprement inadmissible. D'autant que j'avais uniquement voulu lui venir en aide. Je pris la ferme résolution de rendre à Maugham la monnaie de sa pièce et de lui infliger une leçon qu'il n'oublierait pas de sitôt.

J'avais entendu dire que Gauguin se trouvait souvent si démuni qu'il lui fallait alors peindre ses horreurs sur la toile empruntée à des sacs de pommes de terre. Je fis donc main basse sur un certain nombre de sacs, puis confectionnai des châssis en bois analogues à ceux des vrais Gauguin qui se trouvaient toujours dans la chaufferie. Je tendis dessus d'amples morceaux de sac, que je fixai solidement avec des clous rouillés. Je finis par obtenir ainsi cinq toiles vierges, mais pas encore prêtes à l'emploi.

Je n'étais pas particulièrement pressé, car Sa Grandeur Maugham resterait forcément à Tahiti jusqu'à l'arrivée du prochain paquebot. Je ficelai mes toiles ensemble pour en faire un paquet, que je lestai et emmenai en canot dans la lagune par une douce nuit embaumée. J'attachai le paquet avec une corde à une bouée fixe de navigation, laissai les toiles s'enfoncer dans l'eau et regagnai le rivage.

Cela fait, je sortis les cinq Gauguin de la chaufferie pour les examiner au soleil, sur la plage, près de la cabane où j'habitais. Ils étaient restés près du coffre à charbon au moins depuis 1903, année de la mort du peintre. J'enlevai le gros de la poussière de charbon avec une brosse, doucement, soigneusement, puis nettoyai les tableaux plus à fond avec de l'eau froide et des éponges. Cette opération terminée, ils paraissaient avoir été peints la veille. Tahiti est humide et la moisissure y est répandue, mais ces peintures, ayant séjourné dans un endroit sec et à l'abri de la lumière, étaient parfaitement conservées.

Je dois signaler ici que, dans mon jeune âge, à mon école du Yorkshire, je m'étais révélé remarquablement doué pour le dessin. Ma mère m'avait envoyé développer ce don chez un artiste local qui donnait des leçons de peinture, jusqu'au jour où un regrettable accident était venu mettre fin à mes leçons en même temps qu'à la demeure du peintre. Personne ne m'avait prévenu que la térébenthine était inflammable.

Ayant ainsi eu la chance d'être sérieusement initié à l'art pictural et profondément imprégné de ses principes de base, je trouvais que les peintures de Gauguin mariaient la laideur à l'inexpérience. D'abord, il ne savait pas dessiner. Il peignait d'une façon plate, sans se soucier de la perspective et sans le moindre raffinement dans le détail. En outre, il n'hésitait pas à se servir de couleurs absolument ridicules. Ses oranges étaient souvent bleues, ses noix de coco orangées et ses chevaux verts.

Qui plus est, ces Gauguin-là montraient tous les cinq des femmes nues. Néanmoins, surmontant ma répulsion, je résolus de les copier. Je me rendis à la seule boutique de Papeete où l'on pouvait trouver des fournitures pour artistes et m'y procurai tubes de peinture, pinceaux, palette, ainsi que de l'enduit d'apprêt.

J'entrepris ensuite de copier les tableaux, d'abord sur du papier, puis sur du carton, enfin sur du bois. Je travaillai d'arrache-pied. Après dix jours d'efforts tenaces, le style Gauguin n'eut plus guère de secrets pour moi et je m'estimai prêt. Au cœur de la nuit, je gagnai la bouée et récupérai mes cinq toiles. Le tissu avait joliment rétréci; tendu et resserré à souhait. Le lendemain matin, je les lavai à l'eau douce et les mis à sécher au soleil. Deux jours plus tard, je les badigeonnai à l'enduit d'apprêt, afin d'éviter qu'elles ne boivent la peinture.

Je m'attaquai alors au problème du vieillissement des toiles. J'en ignorais la technique et personne en ces lieux ne pouvait me renseigner; aussi improvisai-je. Je les frottai avec du sable, versai dessus du café froid, puis un peu de bière; après quoi je les frottai avec de la cendre et les passai à l'eau. A l'issue de ces divers traitements, elles me parurent convenir parfaitement à mon propos.

Vint le moment de peindre sur ces toiles, d'y reproduire les cinq originaux. Je le fis avec le plus grand soin. La tâche ne s'avéra pas aussi aisée que je l'avais imaginé. Mais enfin, après deux semaines de labeur acharné, j'avais obtenu cinq Gauguin semi-authentiques. Certes, ils n'auraient pas trompé un véritable expert, mais ils étaient très susceptibles d'abuser une personne aveuglée par la convoitise.

La peinture étant fraîche et pouvant se sentir, j'emportai de nouveau les toiles dans la lagune et les y laissai tremper sous la bouée. Au bout de trois jours, je les rapportai jusqu'à la plage et les exposai au soleil; un jour du côté face, puis un jour du côté pile. Sur quoi, je les saupoudrai de vieux café moulu, que j'enlevai avec un chiffon un peu rêche. Je les frottai ensuite avec de la graisse de porc rance, que j'éliminai avec de la poudre à récurer. C'est alors seulement, que je les plaçai dans la chaufferie, où je les saupoudrai de poussière de charbon. Je les y laissai une bonne semaine.

Finalement, ayant sélectionné la meilleure de mes œuvres, je l'enveloppai dans un journal et l'emportai à l'hôtel où séjournaient Maugham et Haxton. Ils se trouvaient dans la galerie, occupés à boire du punch au rhum.

Je parie que le lecteur s'imagine que j'avais l'intention de faire passer mes copies pour des originaux et de les vendre à Maugham. Pas du tout. Mon plan de vengeance était bien plus ingénieux.

Je ne doutais pas une seule seconde que Maugham prendrait mes copies pour des Gauguin authentiques. Cela se passait en 1916, treize ans seulement après la mort de Gauguin. Au cours de son existence, il avait vendu très peu de toiles. Par un fonctionnaire français qui utilisait souvent mon taxi, je savais que les œuvres de Gauguin commençaient maintenant à changer de main, à Paris et à Londres, mais pour des prix relativement bas. C'est pourquoi tout faussaire eût à cette époque perdu son temps en peignant des Gauguin.

De plus, Maugham n'avait aucune raison de soupçonner que je pusse avoir le moindre talent dans ce domaine, ni le moindre penchant pour ce genre d'entreprise. C'est donc en toute confiance – mais sans m'attendre, bien sûr, à un accueil chaleureux – que je m'avançais dans la galerie vers ces deux personnages.

A ma vue – nos chemins ne s'étaient pas croisés depuis ce terrible jour où j'avais subi ses injures et ses coups de pied – Maugham tressaillit, ébaucha comme une grimace de souffrance et détourna son regard.

– Veuillez m'excuser, monsieur Maugham...

– Filez donc, ce sera plus sage, me conseilla Haxton.

– Je voudrais vous dire, monsieur Maugham, combien je suis désolé au sujet de cette porte.

– Je... je préférerais ne... ne pas en parler, bredouilla Maugham, orientant vers le lointain un regard tragique.

Bravement, je ne bougeai pas d'un pouce et exhibai mon paquet.

– J'ai cru comprendre, monsieur, que les œuvres de ce Paul Gauguin vous intéressent?

Maugham tourna vers moi son visage avec lenteur.

– Qu'est-ce que vous avez là?

– Tout ce que je puis vous dire, monsieur, c'est que c'est une peinture signée « P.G.O. » Je l'ai trouvée dans la chaufferie de la brasserie où je travaille. (C'était la pure vérité. Certes, je l'y avais mise. Mais après l'y avoir mise, je l'avais de nouveau trouvée là.) Daigneriez-vous y jeter un coup d'œil?

Maugham était un comédien consommé. Il haussa les épaules.

– Pourquoi pas?

Rien ne trahissait son émoi, sauf que les doigts étreignant son verre devenaient blancs.

J'arrachai le journal et leur mit la toile sous le nez, en plein soleil. Leurs yeux s'écarquillèrent, mais ils ne dirent mot. La contemplant à mon tour, d'un œil neuf pour ainsi dire, je dus reconnaître que l'effet produit était fort convaincant.

– M'a l'air un tant soit peu poussiéreuse, dis-je en saisissant sur la table une serviette que j'humectai dans un verre d'eau; après quoi, j'entrepris de frotter mon chef-d'œuvre avec vigueur.

– Arrêtez! glapit Maugham. Que faites-vous là!

Au souvenir de toutes les épreuves déjà endurées par cette brave toile, je trouvai son inquiétude fort savoureuse.

Haxton effleura le bras de Maugham et ils échangèrent discrètement des sourires complices.

– Asseyez-vous donc, mon bon ami. Prenez un verre avec nous.

Je m'assis, et un verre bien garni fut bientôt devant moi.

– Comment cette... cette peinture... est-elle venue en votre possession? (Maugham prenait un ton neutre mais s'avérait incapable de détacher son regard de la toile.) A qui... euh... appartient-elle?

– A moi, monsieur.

Je lui relatai ma découverte des dix toiles dans la chaufferie, huit ans auparavant, et lui appris comment elles y étaient parvenues.

– Il y en a *dix*? demanda Haxton, les yeux comme des soucoupes.

– Seulement cinq, à présent. Les autres, je les ai brûlées, pour activer le feu dans la chaudière.

– Quoi? Vous avait fait *quoi*? croassa Maugham, dont les doigts blanchirent plus que jamais. Oh, Dieu!

– Ces cinq-là, intervint Haxton. Vous envisageriez de les vendre?

– Ma foi, pourquoi pas? Je me suis laissé dire qu'elles doivent avoir pas mal de valeur.

– Oh, non! Oh, non! fit Haxton avec une moue dissuasive. Pas du tout. D'ailleurs, il pourrait bien s'agir de faux.

On ne pouvait dire que ce Haxton brillait par la subtilité. Si des Gauguin étaient sans valeur, qui donc eut pris la peine d'en réaliser des copies? Mais je décidai d'abonder dans son sens.

– En effet, ce n'est pas à exclure, monsieur. J'avais envisagé cette possibilité. Ces faussaires, à ce qu'on dit, sont extrêmement habiles. Supposons que l'un d'eux, un maître dans sa partie, soit venu à Tahiti, voici environ dix ans, dans le seul but de fabriquer sur place des faux Gauguin... Certes, à l'époque, les Gauguin n'avaient pas la moindre valeur, mais ce faussaire avait un flair remarquable qui lui permit de pressentir qu'ils en acquerraient. Il exécuta donc une dizaine de faux Gauguin. Désireux de visiter quelques-unes des îles alentour pendant qu'il se trouvait dans la région, mais jugeant plus prudent de ne pas emporter les faux Gauguin avec lui, il les cacha dans un endroit sec – la chaufferie de la brasserie – en se proposant de les y « découvrir » à son retour. Hélas, pris dans un typhon, le bateau qui faisait la navette entre les îles s'engloutit avec tous ses passagers. Et c'est ainsi que les faux restèrent dans leur cachette, amassant de la poussière, jusqu'au jour où le hasard me les fit trouver.

J'eus grand-peine à conserver mon sérieux en contant cette histoire farfelue, mais enfin j'y parvins.

– Je vous l'accorde, enchaînai-je, imaginer pareil concours de circonstances, c'est aller un peu loin, mais, pour expliquer la présence de copies dans la chaufferie, j'avoue ne pas trouver mieux.

– Ma foi, ça serait une explication possible, estima Haxton.

– On a vu des choses plus étranges, commenta Maugham. (Je pouvais presque entendre fonctionner les rouages de son industrieux cerveau.) N'empêche, il m'intéresserait de voir les autres peintures. Même si ce sont des faux, elles pourraient avoir quelque valeur... à titre de curiosités.

– Suivez-moi, messieurs.

Me levant, je me dirigeai vers la sortie, et ils m'emboîtèrent le pas. Ils ne se doutaient guère de ce que je leur réservais, ces charognards!

Ils me suivirent comme un seul homme et descendirent derrière moi l'étroit escalier menant à la chaufferie. Il y faisait sombre, une fenêtre haut située n'y laissant pénétrer qu'une très faible quantité de lumière. La chaudière ronflait au centre du local. Tout autour, gisaient des caisses pleines de bouteilles de bière vides. Sous la fenêtre, il y avait un banc où je les invitai à s'asseoir.

Sur une étagère, j'avais placé à l'avance une bouteille de cognac. Elle était remplie d'eau, mais la bouteille était brune.

– Voyons voir, marmonnai-je en furetant un peu partout dans la pénombre, où ces peintures peuvent-elles bien être? Excusez-moi, messieurs (je venais de trouver, comme par hasard, la bouteille de cognac). J'éprouve le besoin de m'humecter un peu le gosier (portant la bouteille à mes lèvres, j'ingurgitai quelques généreuses lampées). Où diable sont-elles donc? (Je poursuivis mon inspection.) Dieu du ciel! J'ai bien peur que le jeune indigène qui m'assiste ne les ait brûlées! Ce serait vraiment navrant! (Je perçus, provenant du banc, comme des hoquets d'angoisse.) Quoique, après tout, si ce sont des faux, comme vous semblez le supposer, cela n'ait pas tellement d'importance. (Je m'octroyai une nouvelle ration de cognac.) Non, attendez. Peut-être sont-elles par là-bas. (Elles y étaient; je les extirpai de leur recoin ténébreux.) Oui! Les voilà! (Je les jetai sur le sol.) Misère! Qu'est-ce qu'elles ont pris comme poussière! (M'emparant d'un balai plutôt rêche, je me mis à les étriller gaillardement.)

– Ne faites pas ça! s'écria Maugham, éperdu.

Je cessai aussitôt, pris un chiffon, essuyai le plus gros de la poussière et leur portai les quatre tableaux.

– Voici, messieurs. Examinez-les tout à loisir.

Je fis volte-face pour aller m'expédier encore quelques rasades de « cognac », copieuses et sonores, tout en les observant du coin de l'œil, en train de scruter mes œuvres l'une après l'autre.

Tout cela avait pris suffisamment de temps pour que le cognac fût censé avoir de l'effet. J'avançai donc vers eux d'un pas mal assuré, tanguant légèrement.

– Alors, messieurs? Ce sont des faux, ou pas?

Maugham et Haxton échangèrent un furtif regard.

– Que ce soient des faux, je le crains fort, mon bon ami, dit Haxton.

– Et à votre avis, monsieur Maugham?

Le romancier hésita.

– C'est difficile à dire, lâcha-t-il enfin. (Soyons équitable : ce n'était pas un menteur éhonté comme Haxton.) Je serais toutefois disposé à vous les acheter, à courir le risque. (Mais, menteur, il l'était quand même.)

Il y avait à Papeete un pauvre dérangé qui roulait des yeux d'assez effrayante façon, mais était inoffensif, si bien qu'on le laissait vagabonder librement dans les rues. M'en inspirant, je fis une petite séance de roulements d'yeux en titubant de droite et de gauche.

– Non, monsieur. Je ne vous les vendrai pas.

– Pourquoi donc? fit Haxton.

– Parce que, messieurs, ce *sont* des faux!

Sur quoi, je fonçai vers la bouteille, la but jusqu'à la dernière goutte, puis la brisai avec fracas sur le sol.

– Encore ivre! entendis-je murmurer Maugham.

– Comment pouvez-vous en être sûr? lança Haxton.

– Parce que, messieurs, je les ai peints moi-même!

– Il a perdu l'esprit! glissa du coin de la bouche Maugham à son compère.

Je revins vers eux, titubant de plus belle.

– Oui! Je les ai peints moi-même! Je suis un grand, un très grand artiste, comprenez-vous!

– Admettons, mais il n'empêche, susurra Maugham, tel un psychiatre s'efforçant d'apaiser un patient perturbé, que ces toiles sont en elles-mêmes de grande qualité, et, quoi qu'il en soit, je suis tout prêt à vous les acheter.

– Elles sont en elles-mêmes de grande qualité? m'écriai-je, radieux. Oh, merci, monsieur! Merci! Vous êtes la première personne qui ait jamais apprécié mon œuvre!

– Je vous donnerais cinquante livres, pour le tout.

– Cinquante livres? Oh, vous me tentez, monsieur. Vous me

tentez. Mais non. (Je dardai sur eux un regard flamboyant et farouche.) Mais non! Je souhaitais seulement apprendre de vous, de vous qui êtes un connaisseur en matière d'art, que mes créations pouvaient avoir quelque valeur.

– Oh, elles en ont, elles en ont! clama Haxton.

– Non, messieurs. Mon œuvre n'est pas à vendre. Après tout, ces peintures pourraient tomber entre les mains d'individus sans scrupule qui les feraient passer pour des Gauguin authentiques! Et cela ne doit pas être!

Je ramassai les quatre peintures qui gisaient à terre et arrachai la cinquième des mains de Haxton.

– Elles doivent donc être détruites!

Je portai mon butin à la chaudière dont j'ouvris la porte.

– Non! Arrêtez! rugit Maugham, aussitôt debout.

– Elles doivent être détruites!

J'en expédiai une paire dans le brasier où elles disparurent dans une joyeuse flambée.

– Vous ne savez pas ce que vous faites! brailla Haxton.

J'enfournai la troisième.

– Arrêtez-le donc! hurla Maugham à Haxton, lequel s'avança vers moi.

Je saisis une pelle à charbon et la fis tournoyer, menaçant.

– Ce sont mes œuvres! Je peux en faire ce que bon me semble!

Je balançai les deux dernières toiles dans la fournaise et claquai la porte de la chaudière.

– Là! Voilà qui est fait!

– Oh, mon Dieu! gémit Maugham.

– Mais je tiens à vous remercier, monsieur Maugham, pour vos encouragements. Sans vous, j'aurais peut-être à tout jamais renoncé à ma carrière artistique.

Là-dessus, je grimpai vivement l'escalier, les laissant seuls et désolés dans le sous-sol obscur. Ma vengeance était assouvie, et totale la déconfiture de Sa Grandeur Maugham. Même à l'heure présente, il m'arrive souvent de glousser au seul souvenir de cette scène.

*NOTE : De glousser! C'est une des scènes les plus atroces qu'il m'ait été donné de lire. Qu'avait donc fait ce pauvre Maugham à l'oncle Frank, en fin de compte, sinon lui lancer quelques jurons – et, une fois, quelques coups de pied – sous l'empire d'une colère parfaitement justifiée?*

Par une des femmes de chambre de l'hôtel, j'appris que Maugham avait dû garder le lit, après sa mésaventure dans la chaufferie, et s'était trouvé dans l'incapacité de travailler, ou même de manger, pendant trois jours. J'éprouvai une ombre de remords; je lui avais plus que réglé son compte. Aussi décidai-je de faire amende honorable, si l'on peut dire. Je partis explorer une demeure abandonnée, perdue dans la broussaille, et j'y dénichai une porte vitrée à peu près identique à celle que j'avais brisée. Je la sortis de ses gonds et sciai le tiers inférieur. Muni de ma trouvaille, je revins à ma cabane de la plage. J'abordai alors la peinture sur verre. Je savais, rien qu'à voir les cinq Gauguin authentiques (que je détenais toujours, bien entendu), qu'il lui était souvent arrivé de peindre plus d'une fois le même sujet, sous différents aspects.

Sur la première porte, la femme nue tenant le fruit d'arbre à pain se trouvait à droite. Je la peignis à gauche. Sur sa gauche, il y avait un lapin blanc; je le mis à droite. Sur l'original, la mer, derrière la femme, était verte; je la fis bleue.

Comme la peinture était fraîche, je lestai la porte et m'en fus l'amarrer à la bouée pour la faire séjourner quelques jours sous l'eau. L'ayant récupérée, je la laissai cuire au soleil. Je lançai du gravier dessus. Je la frottai avec du sable. Puis du café moulu. Je recevais souvent la visite d'un jeune chat. M'emparant de lui, je le maintins au-dessus des vitres, juste assez haut pour que seules ses griffes pussent les toucher. Évidemment, il se débattit pour s'échapper et, ce faisant, égratigna un tant soit peu la peinture. Je me sentais passablement fier de cet astucieux procédé. Lorsque j'en eus fini, mon œuvre se trouvait délicatement détériorée, mais plutôt en meilleur état que la porte originale.

J'enveloppai le chef-d'œuvre dans du papier journal et me rendis à l'hôtel, où j'aperçus les deux inséparables assis de nouveau dans la galerie, sirotant je ne sais quoi.

A ma vue, Maugham eut un haut-le-corps, le souffle coupé; ses yeux s'emplirent d'appréhension.

– Allez-vous en! fit Haxton, sévère.

– Quoi que vous puissiez avoir à dire, déclara Maugham, je ne désire pas l'entendre.

Je n'en approchai pas moins de leur table avec ma porte.

– Je suis désolé, monsieur Maugham, pour mon comportement de l'autre jour. Je crains d'avoir agi en état de choc, en proie à un profond désarroi.

– Je... j'avais envisagé cette possibilité, dit Maugham.

– Il me semblait faire œuvre de justice en détruisant mes faux. J'en éprouvais un absolu besoin. Mais j'ai là quelque chose, monsieur Maugham, qui pourrait, je pense, vous intéresser.

– Je ne désire pas le voir.

– C'est une porte vitrée, monsieur. Elle me rappelle celle que j'ai malencontreusement brisée.

J'arrachai le journal et ils demeurèrent sidérés.

– Je vous en prie, monsieur, emportez-la!

– Mais pourquoi? monsieur Maugham.

– Parce que si je témoigne de quelque intérêt à son égard... fût-ce le plus infime... vous la laisserez sans aucun doute tomber par terre. Ou bien vous piquerez une crise et la piétinerez pour la réduire en miettes. De vous, monsieur, j'ai eu plus que ma part. Je ne suis absolument plus en état de supporter vos extravagances émotionnelles!

*NOTE : Un bon point pour Maugham!*

– Vous désirez la vendre à M. Maugham? demanda Haxton.

– Oh, Ciel, non, monsieur. Je voudrais lui en faire cadeau. Pour compenser, dans une faible mesure, la porte que j'ai brisée.

Maugham examina la porte.

– Serait-ce que vous avez peint ceci vous-même?

– Oui, oui! Moi tout seul. Trouvez-vous que cela vaille d'être conservé?

– Quand l'avez-vous peinte? intervint Haxton.

– Oh, il y a quelques jours. Vous trouvez ça bon?

– Il y a quelques jours! (Haxton s'apprêtait à démontrer que j'étais un menteur. Vraiment stupide, ce jeune homme!) Alors, comment se fait-il qu'elle soit apparemment si marquée par le temps?

Maugham se racla la gorge, s'efforçant d'attirer l'attention de Haxton et lui décochant un regard qui signifiait clairement : « Fermez donc votre clapet, pauvre imbécile! » Mais Haxton demeurait aveugle et sourd.

– Ma foi, monsieur, je... c'est-à-dire, je...

– C'est une œuvre de grande qualité, coupa vivement Maugham.

Haxton persista à mettre les pieds dans le plat :

– Je vois que vous l'avez signée « P.G.O. ». Cela n'en fait-il pas un faux qui devrait être détruit?

– Haxton, dit Maugham, d'un ton sec, j'aimerais vous voir gagner la Nouvelle-Zélande à la nage!

– Gagner à la nage la...? (Le clou finit par s'enfoncer.) Oh! oui...

Je décidai de torturer un peu Haxton.

– Vous avez raison, monsieur. Je n'avais pas réfléchi à cela. Bien sûr, il faut la détruire! Je vais aller le faire sur-le-champ. Où avais-je donc la tête!

D'un pas résolu, je me dirigeai vers la sortie, la porte sous le bras.

– Attendez! dit Maugham. (J'attendis.) Je pense que vous avez parfaitement bien fait de détruire ces... ces faux, l'autre jour. Pour la bonne raison que leurs « pareils » n'existaient pas auparavant. Mais la porte, c'est autre chose. Une porte peinte par Gauguin a bel et bien existé, jusqu'au jour où vous l'avez malheureusement brisée, privant ainsi le monde de sa beauté. A présent, vous avez remplacé cette porte par une autre, encore plus belle que celle de Gauguin.

– Vous avancez là un argument sérieux, monsieur... (C'était bien trouvé, il faut le dire.)

– C'est pourquoi, je vous prie de bien vouloir me permettre d'accepter votre... si gracieux cadeau. Je l'emporterai en France et la ferai installer dans ma villa; j'en ferai faire une... fenêtre. Le soleil viendra l'inonder et elle rayonnera d'une éclatante beauté. Afin de protéger votre nom... car, j'en suis sûr, vous ne désirez pas avoir une réputation de faussaire dans le domaine de l'art...

– Oh, non. Non, non!

– ... je prétendrai qu'elle a été peinte par Gauguin. La vérité à son sujet demeurera un secret entre nous trois. Que dites-vous de cela?

– Que c'est une solution idéale, monsieur.

– Alors, voulez-vous remettre la porte à Haxton?

Je me dirigeai vers Haxton, mais ne pus résister au plaisir de faire semblant de trébucher en chemin pour les voir ébaucher un cri d'angoisse. Je déposai néanmoins le précieux fardeau intact entre les mains de Haxton, et me reculai.

– Je pars demain pour les îles Marquises, dis-je (et c'était vrai). Je dois donc vous faire mes adieux à tous les deux. J'espère que nous pourrons un jour ou l'autre nous revoir.

– Ah... euh... oui. Bien entendu. (Maugham réussit l'esquisse d'un sourire.) Et merci encore.

Je les quittai, ne me retournant qu'une seule fois pour voir les deux compères exulter, radieux, devant la porte, en échangeant de petits rires malicieux.

Je partis vers le nord à la découverte des Marquises parce que la monotonie de l'existence à Tahiti commençait à me peser; je désirais changer de décor. Mais l'île principale, Hiva Oa, m'apparut lugubre et je la quittai par le premier bateau en partance.

Dans la ville d'Atuana, où Gauguin avait passé les dernières années de sa vie, j'allai visiter sa tombe. Elle n'était signalée au regard que par une misérable dalle de ciment, envahie par les mauvaises herbes. Ayant avec moi une bouteille de vin, je demeurai là un bon moment, une heure peut-être, à méditer entre deux gorgées.

Au cours des dix années suivantes, j'allai de ville en ville, passant d'une occupation à l'autre, depuis l'Australie jusqu'à la Tasmanie et la Nouvelle-Zélande. Malheureusement, j'étais dépourvu d'ambition. Je désirais seulement jouir de tout ce que la vie pouvait spontanément m'offrir, ne voyant dans le travail qu'un mal nécessaire.

Le seul membre de la branche américaine de ma famille avec lequel je fusse demeuré en contact était mon demi-frère, Hartland.

*NOTE : Mon grand-père.*

En 1928, j'avais touché le fond. J'étais l'hôte de l'Armée du Salut à Wellington, Nouvelle-Zélande. Je ne savais plus que faire pour sortir du trou.

C'est alors que je me souvins de mes cinq Gauguin véritables que j'avais conservés, bien à l'abri et soigneusement enveloppés. Relié encore au monde extérieur grâce au *Times* de Londres, j'avais appris que la cote artistique de Gauguin ne cessait de croître, et que l'on offrait à présent jusqu'à mille livres pour ses meilleures œuvres.

Je compris que, en désespoir de cause, j'allais devoir vendre un de mes Gauguin. Je les sortis de leur cachette pour les examiner. M'en défaire, ne fût-ce que d'un, m'était infiniment pénible, mais je finis par opérer mon choix et le portai au seul marchand de tableaux que je pus dénicher à Wellington.

Je pénétrai au son d'une clochette dans une boutique où pendaient quelques toiles d'un sentimentalisme insipide. Un petit homme grassouillet surgit du fond, vint à ma rencontre et contempla mes vêtements râpés avec une moue dédaigneuse.

– Oui?

– Bonjour, monsieur. J'ai là une peinture que j'aimerais vendre. C'est un Gauguin.

– Un quoi?

– Paul Gauguin. Vous avez sûrement entendu parler de lui.

– Oh... oui. Ce type à Tahiti. Entendu parler de lui, mais jamais vu son œuvre. (Je déroulai la toile sous ses yeux.) Misère de moi! Quelle horreur! A-t-on jamais vu un cheval bleu, ou de l'eau orange? Le pauvre bougre devait être aux trois quarts aveugle. Et puis, il ne savait même pas dessiner!

Je n'allais pas discuter. Je lui tendis simplement une poignée d'articles sur Gauguin, que j'avais découpés dans le *Times.*

– Peut-être prendrez-vous la peine de jeter un coup d'œil là-dessus, monsieur.

Les articles étaient parfois accompagnés de reproductions en noir et blanc. Le bonhomme, rendons-lui cette justice, les lut fort attentivement.

Après quoi, il maugréa :

– Bon. Eh bien! ma foi, ce n'est point parce que j'estime que c'est de la pure saleté qu'il ne se trouvera pas quelque imbécile pour en acheter. Celle-ci, je vous en donne vingt livres.

– Vingt livres! Elle en vaut mille!

– Pas pour moi.

– Je suis désolé. Elle n'est pas à vendre à ce prix-là.

– Cinquante, alors, et c'est mon dernier mot.

– Désolé. Non.

Et je quittai aussitôt la boutique. Pas question de vendre un de mes Gauguin pour cinquante livres. Non mais! Plutôt nettoyer des carrelages à quatre pattes!

Cette nuit-là, tandis que je m'efforçais de dormir sur l'espèce de carte en relief que l'Armée du Salut qualifiait de matelas, je me rappelai ce que Maugham avait dit à propos de ma porte : Qu'étant donné que j'avais détruit la porte de Gauguin, il était de mon devoir de la remplacer, afin que le monde ne fût pas privé d'une grande œuvre d'art. Son raisonnement, en dépit du faux postulat sur lequel il se fondait, ne manquait pas de logique. Je me souvenais des cinq Gauguin que j'avais utilisés, au cours des années, pour déclencher une belle flambée dans le foyer de la chaudière. N'avais-je pas une dette envers le monde et n'étais-je pas tenu de procéder à leur remplacement – d'autant plus que, faisant alliance, la nature et les circonstances m'avaient doué pour accomplir cette tâche? Se pouvait-il que le Seigneur, dont la sollicitude à l'égard des brebis perdues était bien connue, se souciât de voir remplacées les œuvres d'art que, dans leur ignorance, Ses créatures avaient détruites? Se pouvait-il que, dans Son infinie sagesse, Il eût modelé les événements de façon telle que je devinsse l'être désigné par Lui pour réaliser l'œuvre qu'Il désirait voir accomplir? C'était là une pensée si profonde que je m'en trouvais fortement ébranlé; je ne dormis pas de la nuit. Dès avant l'aube, je savais ce que j'avais à faire.

Le lendemain de bonne heure, je partis explorer Wellington à la recherche d'un peu d'argent. De rares amis et relations daignèrent m'accorder de faibles prêts, ce qui ne m'empêcha pas de tendre la main à des inconnus dans la rue. Je parvins à récolter environ trois livres. Cela me permit d'acheter le matériel nécessaire et quelques provisions de bouche – essentiellement du bœuf en conserve, des biscuits et du vin bon marché. En furetant par-ci par-là, je dénichai des sacs à pommes de terre et du bois pour les châssis.

A quelque distance de Wellington, je découvris une plage déserte où je me construisis un abri rudimentaire. Et je me mis à faire des Gauguin, tout comme à Tahiti.

Je n'avais pas l'intention de compter ceux-ci parmi les cinq que j'avais le devoir de recréer. Mon seul but était d'amasser suffisamment d'argent pour me trouver en mesure d'entreprendre ma tâche convenablement. Et c'est pourquoi, cette fois-ci, j' « améliorai » grandement Gauguin. Le résultat fut si horrifiant que je ne pus me résoudre à apposer son nom sur la toile. Cela dit, Gauguin avait toujours fait preuve de fantaisie, voire de négligence, pour la signature de ses œuvres. Parfois il mettait « P.G.O. » (je ne sais trop ce que cela signifiait), parfois « P. Gauguin », ou simplement « Gauguin ». D'autres fois, il ne les signait même pas.

Au bout d'une semaine, j'avais obtenu deux effroyables faux, que je « vieillis ». Après avoir décloué et ôté les toiles de leurs châssis, je les portai au seul et unique marchand de tableaux.

– J'ai changé d'avis, monsieur. Il se pourrait que je consente à vendre ces deux-là. (Je les déroulai devant lui.)

– Fichtre! Pourquoi donc ne me les avez-vous pas apportées d'abord? Elles sont nettement meilleures que l'atrocité que vous m'aviez montrée!

– Elles ont été peintes à une date ultérieure, bien après.

– Je vois qu'il a fini par apprendre à dessiner. Ce cheval *a l'air* d'un cheval! Et ce ciel, quel joli bleu! Je vous donnerai pour chacune soixante-cinq livres.

Je lui tendis une coupure récemment prélevée dans le *Times*. A Londres, un des Rothschild avait lâché deux mille livres pour un Gauguin.

– Très bien. Cent chacune.

J'acceptai, pris l'argent et m'en fus. Je savais à présent ce que doit ressentir une prostituée la première fois qu'elle se fait payer par un client.

Je pus alors m'offrir une première classe pour retourner en Angleterre; deux cents livres, à l'époque, c'était amplement suffisant. Durant le voyage, je restai la plupart du temps dans la cabine, où je m'appliquai à réaliser les deux premiers des cinq Gauguin que je voulais remplacer. Je n'avais pas l'intention de copier purement et simplement mes cinq vrais Gauguin, car ceux-ci existaient encore, mais bien plutôt de créer des œuvres nouvelles destinées à prendre la place de celles que j'avais détruites. En conséquence, je m'accordai pas mal de liberté, empruntant divers éléments à mes cinq originaux en vue de créer deux tableaux nettement différents.

Lorsque mon navire atteignit enfin Londres, j'avais terminé deux superbes Gauguin, dûment macérés dans ma baignoire emplie d'eau salée, et que j'avais ensuite séchés et « détériorés » en procédant plus ou moins comme d'habitude.

J'éprouvais toujours la même profonde répulsion pour les femmes nues de Gauguin, mais je m'astreignis quand même à les reproduire, en espérant que leur vue serait épargnée à l'innocence des enfants.

Ce fut à Londres que, pour la vente de mes propres Gauguin, j'entrepris de perfectionner ma technique. Si j'avais disposé de confortables rentes, j'en aurais fait don à la société; mais les choses étant ce qu'elles étaient, il me fallait trouver de l'argent pour vivre.

Je ne prétendis jamais qu'une de mes peintures était un Gauguin. Je me contentai de signaler qu'elle ressemblait à son œuvre. Je ne laissai pas non plus entendre que la toile était à vendre. Je me fis passer pour un collectionneur aux moyens limités, soupçonnant cette peinture, parvenue entre ses mains, d'être un faux. Je désirais obtenir l'avis du riche collectionneur qui en savait autant sur Gauguin que le spécialiste le mieux informé – tel était du moins mon discours. Depuis quelques années, on peut déterminer l'âge d'un tableau grâce à des tests scientifiques n'existant pas à l'époque dont je parle. L'authenticité d'un Gauguin ne pouvait par conséquent être estimée qu'au « pifomètre », et tout individu prétendant le contraire était un naïf, un fat ou un menteur.

Tandis que le collectionneur méditait et supputait, je prenais soin de souligner les détails de la toile qui me rendaient soupçonneux, arguant que, à ma connaissance, on ne retrouvait jamais telle ou telle chose dans ses autres tableaux. Le collectionneur, pour peu qu'il eût étudié l'œuvre de Gauguin, réprimait un sourire de pitié devant mon ignorance. Il ne tardait pas à conclure que, étant sans fondement, mes soupçons ne méritaient pas d'être pris en considération et que la toile était authentique. Et je lui laissais alors tout loisir de trouver de bons arguments pour me persuader de la lui céder.

Je réussis à vendre mes deux peintures à Londres, pour un total de cinq mille livres. (Si l'on considère que la livre valait alors près de cinq dollars américains, et que le coût de la vie était moitié moins élevé qu'il ne l'est à présent – en 1960 – on voit qu'il s'agissait là d'une somme appréciable.)

Elle me permit effectivement de vivre fort bien pendant quatre ans. Lorsque je finis par me trouver à court d'argent, j'allai m'installer sur un rivage au nord de l'Espagne et je peignis mon troisième Gauguin. Celui-ci, je le vendis à Rome, à un prince italien, pour trois mille cinq cents livres. Peu à peu, les bons Gauguin devenaient vraiment d'un bon rapport.

Trois ans plus tard, la pauvreté me guettant de nouveau, je peignis mon quatrième Gauguin, sur une île grecque. Je le vendis à un millionnaire égyptien pour sept mille livres, ce qui me remit à flot. Je demeurai quatre ans dans l'aisance. Après quoi, en raison de ma propension à mener joyeuse vie, je me retrouvai une fois encore presque complètement à sec.

Il ne me restait plus qu'un seul Gauguin à peindre, et ma dette envers le monde serait alors réglée. Je m'étais solennellement juré que, après le cinquième, je n'en peindrais pas d'autre. Alors, si je voulais être en mesure de bien vivre pour le restant de mes jours, ce dernier Gauguin devait être absolument magnifique – et justifier un prix extrêmement élevé.

Je louai un cottage sur la côte italienne et me mis au travail. A ce moment-là, en 1939, j'avais pu me procurer bon nombre de reproductions de Gauguin destinées à me servir de sources d'inspiration. Je passai près de six semaines à réaliser ce dernier Gauguin, jusqu'au jour où j'eus tout lieu de m'estimer satisfait : c'était un pur chef-d'œuvre.

Pour un Gauguin, la toile terminée était fort grande – quatre-vingt-seize centimètres de haut sur soixante-huit de large. Au tout premier plan, se trouvait une plante exotique dont les fleurs ressemblaient à des papillons jaunes. Derrière, s'étalait une mare d'un bleu profond strié d'orange. On voyait s'écarter majestueusement de la mare un grand cheval rouge monté par une jeune tahitienne nue. Au-delà, un groupe d'enfants indigènes jouaient et s'ébattaient dans la mare, sous un réseau serré de branches entrelacées. Les monts de Tahiti dominaient toute la scène, s'élevant vers un ciel bleu piqueté de petits nuages. Je crois que Gauguin aurait été fier de cette peinture et qu'il l'aurait intitulée « Le Cheval rouge ».

Elle m'apparaissait si magistrale que je résolus de ne pas la céder pour moins de vingt-cinq mille livres. Prix exorbitant, j'en conviens, mais j'avais la conviction de pouvoir l'obtenir. J'oubliais seulement de faire entrer en ligne de compte que la chance pourrait bien ne plus me sourire.

J'avais lu quelque chose à propos d'un duc anglais – je ne préciserai pas davantage son identité – qui passait pour être à la fois l'homme le plus riche d'Angleterre et le collectionneur d'œuvres d'art le plus avide. Je me rendis à Londres, lui téléphonai, pris rendez-vous, et portai « Le Cheval rouge » à sa somptueuse résidence de Regent's Park. Sa Grâce me reçut dans une galerie aux murs couverts de chefs-d'œuvre. Il possédait trois Gauguin, et je fus enchanté de constater que j'avais « commis » l'un d'eux à bord du bateau me ramenant de Nouvelle-Zélande en Angleterre. Je déroulai la toile devant lui. Il resta peut-être cinq minutes à la contempler. C'était un homme grand, ayant passé la soixantaine, au visage rougeaud doté d'une épaisse moustache blanche.

– Où avez-vous eu ça? questionna-t-il, acerbe.

Je lui racontai la découverte des cinq Gauguin dans la chaufferie, et tout et tout. A lui de décider s'il était prêt ou non à admettre qu'il s'agissait bien de l'un d'eux.

– Il est à vendre?

– Oui, Votre Grâce.

– A quel prix?

– Vingt-cinq mille livres.

– Pour un Gauguin? Vous n'y pensez pas! J'ai acheté le dernier, là sur le mur, pour dix mille.

– Si vous désirez celui-ci, Votre Grâce, il vous faudra en donner vingt-cinq.

– Mmm.

Il saisit une loupe et scruta la toile, pouce par pouce. Puis il la punaisa sur un panneau et arpenta la pièce, examinant l'œuvre sous des angles variés, à différentes distances.

– Vous savez, cette peinture est excellente. Vraiment excellente. (Il ébaucha un sourire.) Mais voilà bon nombre d'années que je collectionne les tableaux, et j'ai acquis une sorte de sixième sens.

Il s'interrompit pour prendre une attitude solennelle et mélodramatique.

– Ceci, monsieur, est un faux!

J'indiquai du doigt mon propre Gauguin pendu à son mur.

– Votre sixième sens vous a-t-il appris que ce Gauguin-là était authentique?

– Bien entendu! Je l'ai su dès que je l'ai vu, instantanément! Et mes experts ont été d'accord avec moi.

– Je vois.

Je détachai ma toile de la planche et l'enroulai.

– Vous ne verrez pas d'inconvénient, j'en suis sûr, à ce que j'aille solliciter ailleurs un autre avis?

– Ailleurs?

Ses yeux s'étrécirent.

– Chez Lord Dodson, entre autres. (C'était, en tant que collectionneur, le rival abhorré du duc.) Il possède plusieurs Gauguin, je crois.

– Dodson ne saurait distinguer un Van Gogh d'un Titien!

– Tant pis, je verrai bien.

Je fis mine de partir.

– Attendez, dit le duc, sentant soudain s'estomper sa foi en son sixième sens. Peut-être y a-t-il une chance sur cent pour que je fasse erreur. Écoutez... laissez-moi votre toile. J'aimerais convoquer quatre experts de ma connaissance et la leur soumettre.

– Mais certainement, Votre Grâce.

– Revenez demain à quatre heures.

Je partis. Pas le moins du monde préoccupé. Si ces experts, ceux-là mêmes qui avaient garanti l'authenticité de mon précédent Gauguin, déclaraient que « Le Cheval rouge » était un faux, j'irais tout simplement le proposer ailleurs.

Le lendemain après-midi, le duc me reçut dans son cabinet de travail. Ma toile, roulée, était posée sur son bureau. Il me décocha un sourire vindicatif :

– Votre peinture a été examinée, séparément, par quatre experts. Leur verdict est unanime : c'est un faux.

– Vous m'en voyez désolé.

– Mon sixième sens ne me trompe jamais.

– Je m'en doute, Votre Grâce.

– Sachant maintenant, en toute certitude, que cette toile est un faux, vous n'allez sûrement pas tenter de la vendre ailleurs?

– Évidemment pas.

– Bon. Mais, pour le cas où vous changeriez d'avis, je dois vous prévenir que je l'ai fait photographier. Des clichés, en même temps qu'une circulaire établissant qu'il s'agit incontestablement d'un faux, seront envoyés dans le monde entier aux marchands de tableaux, musées et collectionneurs. Nous avons notre propre système de communications, voyez-vous, destiné à nous protéger.

– Je vois.

Au temps pour moi; en pure perte, mes six semaines de labeur en Italie. Toutefois, il me restait toujours la possibilité de peindre un autre cinquième Gauguin.

Le duc me fixa d'un air sévère.

– De plus, monsieur, mon sixième sens me dit que vous *saviez* qu'il s'agissait d'un faux. Il n'est donc pas exclu que, à l'avenir, vous cherchiez à vendre d'autres faux. C'est pourquoi, la circulaire en question contiendra également une description détaillée de votre personne, ainsi qu'une mise en garde engageant à se défier absolument de toute peinture que vous tenteriez de vendre, et plus particulièrement d'un tableau qui serait censé être un Gauguin.

Ce fut le moment le plus noir de mon existence. Non seulement je ne pouvais pas vendre un cinquième faux, mais désormais je ne pourrais pas même vendre un seul de mes cinq Gauguin authentiques! Je m'abîmai dans le désespoir le plus profond.

– Ce sera tout, dit le duc en se levant.

Je me levai aussi et repris ma toile. A cet instant précis, la porte du cabinet s'ouvrit derrière moi, et j'entendis une voix s'exclamer :

– Hello! Pas en retard pour le thé, j'espère?

– Entrez donc, Willie. Entrez.

Je me retournai. C'était Maugham. Il blêmit.

– Oh, Dieu! Non! Pas vous! Pas encore vous!

Surpris, le duc demanda :

– Vous connaissez cet homme, Willie?

– Oui, nous nous sommes rencontrés à Tahiti.

– Comment allez-vous, monsieur Maugham? Ça fait un bon bout de temps déjà.

– Ce coquin a essayé de me vendre un faux Gaughin, clama le duc.

– Oh? Pourrais-je le voir?

Le duc me prit la toile et la déroula sous les yeux de Maugham qui s'informa :

– Vous aurait-il dit par hasard l'avoir trouvée dans une chaufferie à Tahiti?

– Oui. Quelque baliverne de ce genre.

– Maugham darda sur moi un regard pénétrant.
– Il y en avait donc six, hein?
– Oui, monsieur. Il y en avait six.
– Qu'est-ce que vous racontez? De quoi parlez-vous donc? s'enquit le duc.
– Vous avez peint ceci vous-même, n'est-ce pas? me demanda Maugham, avec une engageante douceur.
– Oh non, monsieur! Non! Je vous en prie, monsieur Maugham! Je pourrais aller en prison!
– C'est d'une très grande qualité, déclara le romancier. Cela révèle un talent tout à fait remarquable.

Je risquai un sourire accompagné d'un roulement d'yeux extatique.

– Vous le pensez vraiment, monsieur?
– C'est vous qui l'avez peint, j'en suis convaincu! C'est l'œuvre d'un génie!
– Oui, c'est bien moi qui l'ait peint, monsieur! Oh oui! Oui! Tout seul, entièrement par moi-même! Je suis un grand, un très grand artiste!
– Bon Dieu! brama le duc. Vous irez sous les verrous pour la peine! Vous l'avez entendu, Willie. Vous êtes témoin.
– Je vous en prie, Votre Grâce! Je vous en supplie, montrez un peu de compréhension et de miséricorde! Voyez-vous, monsieur, malgré tout mon génie, personne ne veut acheter mes peintures. Je suis donc obligé de prétendre que ce sont des Gauguin. C'est mal de ma part, je le sais, très mal même. Je vais détruire ça sur-le-champ!

Je tendis la main pour saisir la toile, mais Maugham la rafla aussitôt pour la mettre à l'abri derrière son dos.

– Non, non! Cette peinture est vraiment trop belle pour qu'on la détruise. (Il se tourna vers le duc.) Bertie, j'aimerais vous dire un mot en particulier.
– Oh? Oui, bien sûr. *Vous*, allez attendre dans le hall! (Je sortis.) Bon sang, tonitrua le duc au moment où je refermai la porte derrière moi, je ferai coffrer ce bonhomme, il n'y coupe pas!

Je trouvai un fauteuil dans le hall et m'assis, Je pouvais entendre le duc vociférer et marteler son bureau à grands coups de poing vengeurs. A mesure que les minutes s'écoulaient, sa voix se fit moins sonore, s'apaisa, à l'exception de quelques monosyllabes explosifs.

La porte du cabinet s'ouvrit enfin et le duc s'avança vers moi, avec une raideur hautaine. le visage écarlate.

– Prenez ça et fichez le camp, me dit Sa Grâce d'un ton rogue en me tendant un petit rectangle de papier.

Sur quoi, il pivota sur les talons et s'éclipsa prestement.

Comme je m'y attendais, c'était un chèque de vingt-cinq mille livres. Cela paie toujours de dire la vérité, je l'ai souvent constaté.

***

A l'heure où j'écris ceci, je me trouve dans les Iles Vierges. Nous sommes le 17 décembre 1965. Je viens juste d'apprendre que Maugham est mort, à l'âge de quatre-vingt-onze ans.

Me replongeant dans le passé, je me rends compte que je lui dois beaucoup, à Somerset. C'est lui le tout premier qui a encouragé mes efforts artistiques; c'est donc grâce à lui que j'ai pu vivre dans l'aisance et le luxe durant de longues, longues années. Sachant que les vingt-cinq mille livres du duc représentaient désormais mes seules ressources ici-bas, et que je ne pourrais plus jamais faire appel à mon talent pour m'en procurer d'autres, je pris la ferme résolution de les faire durer. Et pour une fois dans ma vie je tins bon. Je menai un train de vie relativement modeste en divers pays, jouissant de façon paisible et mesurée des années me conduisant au déclin.

Ayant passé les quatre-vingts ans, j'allai m'installer aux Iles Vierges. C'est là, en 1965, que j'ai eu une légère attaque. Le médecin s'est montré stupéfait de constater que j'étais encore en vie et m'a déclaré que, vu l'état de mes différents organes, j'aurais dû mourir dix ans plus tôt. Il m'a déclaré que je ne tarderais pas à prendre le départ pour l'au-delà, pour le Grand Ailleurs.

Ne voulant pas mourir en lointaine terre exotique au milieu d'inconnus, et mon capital se trouvant à peu près épuisé, j'ai décidé de me rendre aux États-Unis pour y mourir dans la demeure d'un membre de ma famille.

Et mes cinq Gauguin authentiques, qu'en est-il advenu? Eh bien! je les ai conservés, enveloppés avec le plus grand soin, à l'abri des regards indiscrets. Certes, j'aurais finalement pu les vendre, mais je ne l'ai pas voulu, d'abord parce qu'ils m'étaient devenus très chers, et aussi parce que la famille, pour moi, cela compte; j'y suis attaché. Et sûrement, me disais-je, quoique mes frères aient depuis longtemps disparu, il se trouvera bien, parmi mes neveux, nièces, petits-neveux et petites-nièces, quelqu'un qui aura suffisamment de bonté pour me recueillir chez lui, ou chez elle.

Cette personne-là, quand je l'aurais trouvée, aura mes Gauguin.

***

Le manuscrit d'oncle Frank s'arrêtait là. Mais où donc étaient-ils, ces Gauguin? Nous ne les avions pas trouvés lorsque nous avions inventorié ses affaires. Les aurait-il perdus, ou vendus, depuis qu'il avait écrit ces dernières lignes? Maria et moi entreprîmes de fouiller à nouveau sa chambre, à fond, non sans une certaine fébrilité cette fois-ci. Pas de Gauguin nulle part. La seule chose qui présentât un tant soit peu d'intérêt était un modèle réduit de voitures de pompiers, qui se trouvait sur l'étagère du placard.

Les aurait-il par hasard cachés sous la doublure de sa valise? Ce fut en vérifiant cette éventualité que je découvris une lettre, écrite sur mon propre papier à en-tête :

*Mon cher Warner,*

*Vous m'avez réservé le plus aimable accueil. Vous m'avez donné un toit, le boire et le manger, un bon lit chaud pour y mourir, et je vous en suis reconnaissant.*

*Warner, un vieil homme de quatre-vingt-six ans ne veut pas mourir dans le ruisseau, oublié de tous. C'est aussi simple que cela. Je souhaitais que quelqu'un se souvienne de moi. Non pas être aimé, ni admiré – simplement demeurer présent dans une mémoire au moins, sinon plusieurs. C'est pour cela que j'ai écrit mes souvenirs. Publiez-les si vous voulez; tous ceux dont je parle sont morts à présent.*

*Sur l'étagère de mon armoire, il y a une petite voiture de pompiers. Elle est destinée à Peter, pour son anniversaire, le cinq janvier.*

*Vous trouverez les Gauguin au grenier, dans le vieux porte-parapluies. Avec toute ma gratitude, ils sont à vous. Soyez tous bénis, et au revoir.*

*Votre oncle Frank.*

Je grimpai quatre à quatre l'escalier menant au grenier. Là, dans notre vieux porte-parapluies mis au rancart, je vis un long paquet en rouleau. Je faillis me casser la figure en l'emportant dans l'escalier.

– Ce n'est pas possible; ce n'est pas vrai! s'écria Maria.

– Mais si! (Je déposai délicatement le paquet sur le lit d'oncle

Frank.) Tu veux aller me chercher une lame de rasoir, s'il te plaît, ma chérie?

Maria partit et revint en un rien de temps, munie de l'objet. Avec une infinie précaution, je fendis le paquet pour l'ouvrir, puis, avec une infinie lenteur, je déroulai les diverses couches de papier et de toile cirée.

Sous nos yeux s'étala une des plus belles peintures que j'eusse jamais vues. Elle représentait la maîtresse tahitienne de Gauguin, Tahura, baignant leur tout jeune fils dans une mare limpide. Derrière eux, juste en retrait, se tenaient deux jeunes filles indigènes, des serviettes à la main. Au-dessus d'eux, la jungle se déployait en formes onduleuses. Feuilles et fleurs mariaient merveilleusement leurs couleurs : rouge, rouille, bleu, brun et vert. Au-delà, on voyait une mer pourpre parsemée de petites voiles blanches.

Cette peinture avait été enveloppée et protégée de façon si parfaite que le coloris avait conservé toute sa fraîcheur, la toile toute sa souplesse. On ne décelait pas le moindre signe de détérioration. Pouvant à peine en croire nos yeux, nous examinâmes les quatre autres peintures. Chacune était exquise et toutes en parfait état.

Je ne sus d'abord que faire. Puis je pensai à George Stasher, conservateur du « Los Angeles County Museum of Art ». Également chargé de cours, maître de conférences, docteur en philosophie, et j'en passe. De plus : un vieil ami. Je lui téléphonai au musée.

– George, c'est moi, Warner. Je voudrais que tu viennes ici tout de suite!

– Peux pas. Dois faire une conférence sur le Tintoret.

– Quand peux-tu être ici?

– Vers six heures. Il s'est passé quelque chose de terrible?

– Non! Quelque chose de merveilleux! On a besoin de toi!

– Calme-toi, Warner. Je serai là.

A six heures cinq, la porte s'ouvrit et George entra. C'est un petit homme dodu, aux grands yeux saillants, moustachu, et doué d'une assez forte émotivité.

– Alors, de quoi s'agit-il, grand Dieu?

– Pose pas de questions! (Je lui fourrai entre les mains notre exemplaire dactylographié des mémoires d'oncle Frank.) Contente-toi d'emporter ça dans mon antre, assieds-toi et lis!

– Calme-toi, Warner. Je t'en prie. Pourrais-je avoir un scotch?

Je lui en préparai un et allai le lui porter dans la tanière où je travaille; il lisait en émettant de temps à autre de petits gloussements.

– C'est amusant, ça – ce passage au *Lierre* avec Mrs. Campbell. Mais, à vrai dire, ça ne m'a pas l'air de nécessiter qu'on s'en occupe toutes affaires cessantes.

– Veux-tu bien continuer! Lis donc au lieu de parler!

– Allons, ressaisis-toi, Warner, je t'en prie!

Je le laissai seul poursuivre sa lecture; quelque trente minutes plus tard la porte s'ouvrit et George fit irruption en boulet de canon, la bouche plus ou moins écumante.

– Où sont-ils? hurla-t-il.

– En haut. Calme-toi, George.

Maria et moi l'emmenâmes dans la chambre d'oncle Frank, où les Gauguin étaient toujours déployés sur le lit. George pénétra dans la pièce avec une lenteur révérencieuse, comme à l'église. Il s'approcha du lit, s'assit sur le bord et examina un des Gauguin. Il ne prononça pas une seule parole durant qu'il contemplait les quatre autres, un par un. Puis il se mit à pleurer.

– Excuse-moi, désolé, dit-il, mais de toute ma vie je n'ai jamais avalé en une seule fois une telle dose de beauté.

– Alors un peu de scotch par là-dessus ne vous fera pas de mal, dit Maria. Je vais m'en occuper.

Ma femme partie, je demandai :

– Tu penses qu'ils sont authentiques, George?

– Je ne sais pas. Emportons-les en bas.

Ce qui fut fait; nous les étalâmes sur le parquet. Chaque fois que George posait son regard sur eux, il se remettait à larmoyer et renifler.

– Comprends-tu, me dit-il, il ne faut pas oublier que mon domaine, c'est la Renaissance italienne. Évidemment, j'ai aussi étudié Gauguin. Mais en ce qui le concerne, je ne suis pas un expert.

– Penses-tu néanmoins qu'ils soient *authentiques* ?

– Je ne sais pas. Je crois que les cinq qu'il a trouvés dans la chaufferie l'étaient. Mais sont-ce bien les mêmes? Voilà le hic!

Maria entra, apportant à boire, et George lui demanda :

– Très chère, pourriez-vous me procurer une lame de rasoir et cinq enveloppes? (Elle sortit aussitôt.) A l'heure actuelle, déterminer la date d'un tableau, c'est relativement simple.

Maria eut tôt fait de revenir avec le matériel requis, et George se mit à genoux pour gratter délicatement un peu de peinture dans un coin de chaque toile. Il déposa ces parcelles de peinture dans des enveloppes séparées qu'il numérota, marqua et scella puis il dit :

Nous disposons d'un spectroscope électronique au musée. Ces petits prélèvements de peinture nous apprendront beaucoup de choses. Sans être en mesure de fixer la date à un jour près, bien sûr, on établira certainement si ces toiles ont été peintes avant la mort de Gauguin, en 1903.

– Qu'est-ce que ça vaudrait s'il s'agit de vrais Gauguin?

– Ma foi, étant donné leur état, qui est pratiquement impeccable, et comme elles sont absolument magnifiques, eh bien! je dirais, l'un dans l'autre, oh... cent cinquante mille chacune.

– Mais... mais ça fait les trois quarts d'un million de dollars!

– Ouais. C'est bien ça.

George partit vers minuit. Maria et moi réenveloppâmes avec mille précautions les Gauguin et les plaçâmes dans le placard du hall. Puis nous allâmes nous coucher. Et nous rêvâmes, mais sans dormir. Je me voyais prospectant à la ronde pour dénicher un yacht à moteur de vingt-trois mètres, répondant à mes désirs. Ce que Maria comptait acheter, je l'ignorais, mais mon yacht aurait la priorité.

Le musée ouvre à dix heures du matin. Je téléphonai à dix heures cinq et j'obtins George.

– Alors? Alors?

– Du calme, du calme, veux-tu! Quelqu'un d'autre utilise en ce moment le spectroscope. Dès que je saurai quelque chose, je t'appellerai.

Regardant à droite et à gauche, je ne vis pas Maria. J'allai jusqu'à l'escalier pour l'appeler par-dessus la rampe.

– Elle est partie! me cria d'en bas Melissa.

– Où ça?

– Elle avait quelques courses à faire pour Noël. Et elle a rendez-vous au salon de coiffure à deux heures.

– Qu'est-ce que tu fabriques?

– Je suis en train d'empaqueter des cadeaux pour la fête chez Christine, pour son arbre de Noël. Mme Smith passe me prendre en voiture à midi.

– Et Peter, qu'est-ce qu'il fait?

– Je joue avec mes autos! me lança sa petite voix haut perchée.

– Bon. Eh bien! continue comme ça. Je vais me recoucher. Et

dis, Melissa : laisse le téléphone tranquille. J'attends un appel.

Je me remis au lit, dormis jusqu'à une heure et finis par me lever, me sentant nettement plus dispos. Pris du désir de faire une petite folie, je descendis en pyjama et robe de chambre pour m'envoyer un bon verre. Peter jouait toujours avec ses voitures près de la cheminée. Il faisait froid et il pleuvait. Je mis une nouvelle bûche dans le feu.

– Tu as déjà pris quelque chose pour ton déjeuner?

– Ouais. Melissa m'a confectionné trois hot-dogs.

– Bravo pour Melissa.

Je me rendis à la cuisine, me préparai un gin-tonic et attendis le coup de fil de George. En vain. Je m'offris un autre gin-tonic. Après quoi, je décidai de me repaître un peu des Gauguin. J'allai ouvrir le placard. Ils n'étaient plus là.

Qui? Comment? Peter? Melissa? Maria? Un voleur? Très calme, je m'approchai de Peter.

– Dis-moi, fiston, tu as pris quelque chose dans ce placard aujourd'hui?

– Non, papa. J'ai même pas ouvert la porte.

Peter peut être parfois un petit monstre, mais il dit toujours la vérité.

Maria? J'appelai le salon de coiffure.

– Ma douce, c'est toi qui as enlevé les Gauguin?

– Non! Tu ne vas pas me dire qu'ils...

– Ils ont disparu!

– Mais ça n'est pas possible!

– Hélas si!

– Peter?

– Il dit que non, et je le crois.

– Melissa?

– Elle est chez Christine, pour l'arbre de Noël.

Il y eut un long silence à l'autre bout de la ligne. Puis vint une exclamation éplorée, presque mourante :

– Oh, non! *Non!*

– Qu'est-ce qu'il y a?

– Tu sais que Melissa adore faire des emballages cadeaux. Quand je suis partie ce matin, elle disait que nous commencions à manquer de papier fantaisie!

– Oh, mon Dieu! Je te rappelle.

Je raccrochai, trouvai le numéro des parents de Christine et l'appelai, mais la ligne était occupée. Je fonçai à la porte d'entrée, criant au passage à Peter que j'allais revenir, bondis au bas du perron et piquai un sprint sous la pluie, toujours en robe de chambre et pantoufles. Christine habitait à quelques pâtés de maisons. Nous jouions au bridge avec ses parents. Tout en courant, je me rappelai que dans ce genre de fête enfantine, dès que les cadeaux sont ouverts, on fait aussitôt brûler les emballages dans la cheminée. Je perdis une pantoufle, puis une autre. Aucune importance. Ils devaient être en train de défaire les paquets de cadeaux.

J'ouvris la porte à toute volée et m'enfournai dans la demeure. Il y avait là trois ou quatre mères, et environ une douzaine d'enfants. Ces derniers avaient ouvert leurs divers paquets et se bagarraient plus ou moins, assis autour des cadeaux. Une masse de papier faisait un feu de joie dans la cheminée.

Me voyant dans cette tenue, pas rasé, les cheveux collés par la pluie, pieds nus, les yeux hagards, surgir comme un diable hors de sa boîte, quelques-uns des enfants se mirent à hurler de frayeur. Je n'en eus cure. Apercevant Melissa à l'autre bout de la pièce, je me précipitai vers elle, l'empoignai par la blouse sous le menton et la forçait à se lever.

– Tu as sorti ces peintures du placard de l'entrée?

– Oui! couina-t-elle, dans la mesure où elle en était capable.

– Warner, dit la mère de Christine, Melissa devient violette!

– Oh, pardon.

Je lâchai Melissa

– Tu t'en es servie pour faire tes paquets?

– Non! brailla-t-elle. J' m'en suis pas servie!

– Où sont-elles, alors?

Melissa pleurait.

– Dans ma chambre! Je les ai trouvées jolies, et je les ai installées dans ma chambre.

Je pus entendre Mme Smith marmonner dans mon dos :

– Vraiment! Il nous arrive à tous de boire un peu trop. Mais à ce point!

– J' te demande pardon, Melissa. J' te demande pardon. (Je me tournai vers ces dames.) Désolé de cette intrusion. Veuillez m'excuser. Pardonnez-moi. (Je battis en retraite vers la porte.) Je ne suis pas moi-même aujourd'hui.

Au moment où je franchissais le seuil, j'entendis une voix féminine proférer derrière moi :

– Ah, ça, on peut le dire!

Je dégringolai la colline en courant sous la pluie, escaladai en moins de deux les marches du perron, traversai en trombe le living-room, où Peter jouait toujours avec ses autos devant le feu, et grimpai l'escalier à toute vitesse jusqu'à la chambre de Melissa.

Les cinq Gauguin étaient là, sur les murs. Elles les avait simplement fixés avec des petites punaises. Je m'assis sur son lit, haletant et complètement sonné. Je vis Peter pointer son museau et se faufiler dans la pièce.

– Qu'est-ce qu'y a qui va pas, papa?

– Rien, Peter. Je suis un peu à bout de souffle, c'est tout.

– Y faut que t'appelles un type qui s'appelle George. Tout de suite.

– Oh? Parfait. Je te laisse; sois sage. Papa t'aime bien.

Je le gratifiai d'une petite tape amicale sur le crâne et partis téléphoner à George, dans notre chambre.

– Warner, tiens-toi bien! Tous nos tests démontrent qu'ils ne peuvent être qu'authentiques. Félicitations!

J'étais trop abasourdi pour réagir.

– Merci, George.

– Warner, tes Gauguin, j'aimerais en toucher un mot à notre directeur. Notre fonds réservé aux acquisitions nouvelles est assez copieusement garni, et notre directeur apprécierait certainement beaucoup s'il pouvait être le premier à faire une offre. Mais je ne le mettrai au courant que si tu m'y autorises?

– Entendu. Vas-y, c'est d'accord.

– Bon. Attends mon coup de fil. Ça ne tardera pas.

J'appelai Maria au salon de coiffure, lui transmis les nouvelles par le menu, et elle tomba dans les pommes. Je dis au coiffeur de ne pas s'inquiéter.

Le téléphone sonna. C'était George.

– J'ai parlé à notre directeur. Il voudrait voir les Gauguin le plus vite possible. Disons : dans une vingtaine de minutes.

– D'accord. Je serai à la maison. Amène-le.

Je me rasai, pris une douche et mis mon beau costume tout neuf. Pour le directeur, je voulais avoir l'air plutôt cossu. Puis je jugeai préférable de transférer les Gauguin en bas et de les exposer sur les murs du living-room pour les mettre mieux en valeur.

J'entrai dans la chambre de Melissa. Plus de Gauguin. Allons bon, quoi encore?

Je descendis. Peter jouait de nouveau devant le feu.

– Peter, où sont passées les peintures qui étaient sur les murs dans la chambre de Melissa?

– Les ai emportées en bas.

– Oh? Et qu'est-ce que tu en as fait?

– Les ai brûlées, dit-il, montrant le feu du doigt.

– Tu les as *quoi*?

Dans l'âtre, je vis le dernier des Gauguin se recroqueviller et disparaître dans un regain de flammes.

– C'étaient des femmes nues! cria Peter. Saleté d'ordure! Des femmes nues! – Et, battant la mesure sur le parquet avec une de ses autos, il répéta : – Des femmes nues! Saleté d'ordure!

*The man who fooled the world.*
Traduction de Philippe Kellerson.

# Comme un cri terrible...

par

ETTA REVESZ

J'ATTENDS là, assis sur mon lit, que l'homme de dehors presse le petit bouton. Alors, la porte s'ouvrira et le Père s'en ira. J'avais cinq ans quand j'ai connu le Père, et maintenant j'en ai treize... Il ne se doutait sûrement pas alors qu'il viendrait me voir en prison. Ils disent que je suis en détention mais, pour moi, c'est comme une prison.

Ça fait deux jours à présent que je regarde par la petite fenêtre et tout ce que je vois, c'est le ciel, avec un avion de temps en temps. Le lit est propre, mais le sol en ciment est dur pour ma jambe. Ce que je déteste le plus, c'est la porte. Elle est en fer et toute grise, comme mon appareil. Le petit judas est placé très haut et je suis encore trop petit pour voir ce qui se passe dans le hall. Je sais qu'un homme y est assis devant un grand bureau, où il y a plein de boutons pour ouvrir des portes comme celle de ma cellule. Hier, je me suis accroché à la porte en me mettant sur la pointe des pieds, tellement j'avais peur. Je me disais qu'il n'y avait peut-être plus que moi, qu'on m'avait abandonné, oublié... Mais je n'ai pu voir que le plafond du hall, qui est d'un gris sale.

C'est dur de rester assis là et de regarder le Père s'en aller. Il a tout essayé pour que je lui dise pourquoi j'ai fait ça.

– Confesse-toi, mon fils... Dis-moi pourquoi tu as fait une chose aussi affreuse? Tu n'as pas dû te rendre compte... Tu devais avoir perdu l'esprit!

A sa voix, j'ai l'impression que le bon Père est à deux doigts de pleurer, mais je secoue la tête. Comment lui répondre? Si je lui disais pour quelle raison j'ai fait ça, je l'aurais fait pour rien. Alors, je le laisse poser sa main sur ma tête et je me tais.

– Mets-toi à genoux, mon fils. Si tu ne peux pas me le dire à moi, dis-le au Bon Dieu... Ça t'aidera.

– Non, mon Père... J' peux pas me mettre à genoux.

Alors, il paraît soudain très triste et, à la façon dont il retire sa main de sur ma tête, je crois presque qu'il va me gifler. Mais non, il me dit simplement :

– Un enfant qui ne peut se mettre à genoux pour demander pardon au Bon Dieu est un enfant perdu.

En disant cela, il est allé vers ma porte de fer et il a pressé le petit bouton noir pour que l'homme de dehors lui ouvre.

Alors maintenant, assis sur mon lit, j'attends que le Père s'en aille. J'ai étendu ma jambe avec l'appareil, car elle commence à me faire mal. Toujours à la tombée de la nuit, Rita rentrait à la maison et m'ôtait l'appareil pour me frotter la jambe. Ses mains si douces en chassaient la raideur. Elle me parlait de choses qu'elle avait vues et ne manquait jamais de me demander le dessin que j'avais fait ce jour-là. C'était Rita qui m'avait acheté du papier et un crayon à dessin. Et pour Noël, cette année, elle m'a rapporté une boîte de peintures! Je ne sais pas ce que ça peut coûter, mais sûrement très cher...

Mes yeux se mouillent, et je ne veux pas pleurer. Je regarde le Père Diaz qui a l'air d'un corbeau dans sa soutane. Quand j'ai les larmes qui me viennent aux yeux, je me raconte que c'est parce que ma jambe me fait mal, et j'essaie de ne pas penser à Rita.

Je vais dire au Père Diaz que si je ne peux pas me mettre à genoux, c'est parce que mon appareil ne plie pas. Comme ça, il ne pensera pas que c'est pour rien qu'il m'a parlé du Bon Dieu et de la Sainte Vierge... Trop tard : j'entends le bruit de la porte qui s'ouvre, et je suis de nouveau seul.

Ils ne vont pas tarder à m'apporter de quoi manger. Je n'aime pas les nouilles avec du fromage. Le fromage, c'est pour mettre sur les *enchiladas*. Oui, des nouilles au fromage, et peut-être des tranches de ce pain carré, dont les bords sont recroquevillés, comme si c'étaient des feuilles mortes. Pour manger avec, il y a une cuillerée de beurre de cacahuète que je déteste, parce qu'il me colle dans la bouche. Et je repense à tout ce que Rita m'apportait.

Chaque soir, avant d'aller à son travail, elle venait me voir avec une surprise. Elle commençait par me retirer mon appareil pour me frictionner la jambe, puis elle posait le sac de papier marron devant moi et nous rapprochions nos deux têtes pour découvrir la surprise qu'il contenait. Parfois, je levais la tête et je voyais ses grands yeux qui me souriaient tandis que je sortais du sac des bonbons, une grenade ou bien un pinceau neuf. J'ai le cœur qui se serre et mon menton me fait mal, tellement je me retiens de pleurer. Rita déteste que je pleure. Comment saurait-elle que c'est de l'aimer tant que je pleure?

Quelquefois, quand Maman et moi sommes seuls à la maison, je m'arrête de peindre pour regarder par la fenêtre. Nous habitons au deuxième étage, mais je peux quand même voir les branches de l'arbre planté sur notre trottoir dans un carré de terre brune. Il ne se porte pas très bien ce pauvre arbre, et ses branches n'ont guère de feuilles. Néanmoins, je regarde le soleil jouer sur elles... C'est quand il les éclaire en se couchant que j'ai le plus de plaisir à regarder mon arbre. Alors, s'il y a du vent, c'est comme de grands doigts lumineux qui s'agitent dans la pièce. J'ai l'impression que le Bon Dieu me fait savoir que la journée est finie et que Rita ne va pas tarder à venir me voir.

– Pepito, me voilà! Ton horrible vieille sœur est de retour!

Je fais mine de ne pas entendre, et alors elle s'approche de moi par-derrière pour me couvrir les yeux avec ses mains.

– Devine qui c'est? demande-t-elle en prenant une grosse voix d'homme.

– Mon horrible vieille sœur! que je réponds, et nous éclatons de rire tous les deux.

Rita n'est pas horrible, loin de là. Quand elle a un jour de repos, elle me laisse faire son portrait. Elle s'assied près de la fenêtre et reste bien tranquille pendant que j'esquisse des repères sur mon papier, mais il arrive que ma main s'immobilise pendant que je la regarde. Rita a de longs cheveux noirs qu'elle noue en queue de cheval, ce qui fait paraître son cou encore plus mince. Quand elle pense que je ne la regarde pas, je vois ses lèvres bouger un peu, comme si elle se racontait des secrets. Ce sont ses yeux que je n'arrive pas à bien rendre sur le papier.

Je les regarde et ils rient, comme si elle s'apprêtait à me dire une blague; mais quand je les regarde de nouveau, ils me donnent envie de pleurer. Une fois j'ai vraiment fondu en larmes. C'était il y a au moins un an, quand j'en avais douze. Rita s'est précipitée et m'a serré contre elle :

– Mon petit Pepito! C'est ta jambe qui te fait mal? a-t-elle demandé en me caressant la joue. Je vais travailler dur et faire des économies, beaucoup d'économies... Alors, je t'emmènerai dans un grand hôpital, où les meilleurs médecins feront un miracle sur ta jambe!

– Non, lui ai-je dit, car je ne peux pas mentir à Rita, même quand j'ai envie d'être plaint. Si je pleure, c'est parce que je t'aime. Tu es pour moi comme la musique du dimanche!

Du coup, elle a ri et le lendemain, en arrivant, elle s'est écriée :

– Voilà ta musique du dimanche qui vient le mercredi!

J'aime mon papa et ma maman presque autant que Rita. Mais Maman soupire souvent en récitant son chapelet, et elle porte du noir au lieu de couleurs gaies, comme Rita. Je me rappelle qu'autrefois, quand nous sommes venus habiter en ville, Maman chantait tout le temps. Parfois même elle dansait avec Papa quand il lui disait qu'il allait avoir un emploi du tonnerre.

– Fini pour moi de conduire ce camion plein de saletés! disait Papa. La famille Lucerno va bientôt connaître la grande vie!

Lorsque Papa avait fini de conduire ce camion pour M. George Hemfield, il allait à l'école du soir. Quand je me réveillais la nuit, sur le divan où je couche tout seul à cause de ma jambe, je le voyais assis à la table de la cuisine, avec des livres. On n'entendait que le bruit du réveil, les autres quand ils se remuaient dans leur sommeil, ou Papa lorsqu'il tournait une page. Puis il reculait sa chaise et allait se coucher.

Carlos et Mikos, mes grands frères, couchent dans le grand lit, et Rita dans l'autre, avec Rosa. Rosa est toute petite, elle n'a que trois ans, et Rita l'appelle « Petite Prune ». Papa et Maman leur ont laissé la chambre à tous les quatre; eux, ils dorment sur la loggia, que Papa a fermée avec des planches. Quand Maman lui a demandé : « Mais l'hiver, lorsqu'il fera froid? », Papa s'est mis à rire et, l'attrapant au passage, il lui a dit : « Je te réchaufferai... comme d'habitude! »

– Oh! voyons, pas devant les enfants!

Et Maman a repoussé ses mains, comme si elle était en colère, mais j'ai vu qu'elle souriait. Maman croit que je ne connais rien de la vie parce que je suis toujours à la maison, que je ne cours pas les rues, et que je sors seulement des jours comme Pâques, Noël ou le *Cinque de Mayo*, lorsqu'on entend partout jouer de la guitare.

Au début, quand nous sommes venus habiter en ville, j'allais à l'école, seulement, au bout de quelque temps, ces longues marches et les escaliers à monter, ç'a été trop pour moi. Rita a essayé de me porter, mais je suis lourd, surtout avec mon appareil, si bien qu'un jour elle m'a lâché et mon appareil m'a entamé la jambe. J'apprends, mais pas beaucoup. J'ai du mal à lire les mots, alors le maître n'appelle pas souvent mon nom.

Rita a essayé de m'aider. Comme elle va à la grande école, elle m'a appris à faire mes lettres. Mais je ne m'en tire pas bien. J'ai trouvé que j'avais plus vite fait de dessiner ce que je voulais décrire. Alors, dans le hall de l'école, ils ont accroché mes dessins aux murs.

Un jour, le Principal a donné un mot à Rita, pour que Maman vienne lui parler. C'est Papa qui y est allé et il est resté un long moment dans le bureau du Principal. Lorsqu'il est ressorti, nous sommes rentrés à la maison. Papa marchait doucement, sans me tenir la main, même pour traverser les rues. Lorsque nous sommes arrivés à la maison, il m'a pris dans ses bras et porté ainsi jusqu'à Maman. Il me tenait serré contre lui, ma tête regardant par-dessus son épaule, mais je sentais qu'il était en colère, en colère et très triste. Il a dit à Maman qu'un professeur viendrait me donner des leçons à domicile, parce qu'ils n'avaient pas de place pour moi à l'école.

Ce professeur n'est pas venu bien longtemps. Après, c'est une dame qui s'est présentée et qui a dit à Maman que le mieux était que j'aille dans le bas de la ville, où il y avait une école spécialisée. Papa a paru furieux, mais il est allé voir quand même. Lorsqu'il est revenu, il n'a rien dit; depuis, je reste à la maison et je dessine beaucoup.

Ma porte de fer s'ouvre et je vois entrer un garçon guère plus vieux que moi. Mais comme il y a longtemps qu'il est là, on le laisse porter à manger. Il pousse le battant avec son pied et cherche un endroit où poser le plateau :

– V'la ta bouffe, le Mex... Où je te la mets?

Je me redresse et regarde ce qu'il y a comme dîner. Je vois juste deux bouts de pain plantés dans une sorte de ragoût, et un peu de crème instantanée. Alors, je prends simplement le carton de lait et je lui dis qu'il peut remporter le reste. Il me regarde d'un air soucieux et me dit à mi-voix :

– Ecoute, le Mex, ça sert à rien de pas vouloir bouffer!

Je secoue la tête et m'étends de nouveau sur le lit, alors il s'en va. A présent, il fait presque nuit dans ma petite pièce grise. Je pourrais allumer. Il y a une ampoule, dans une sorte de panier grillagé qui me fait penser à une muselière, mais pour ce que j'ai à voir, j'aime mieux rester comme ça, plaqué contre le mur, à regarder la nuit venir par la fenêtre.

Dans le ciel, c'est plein de nuages effilochés, comme de l'ouate quand on la sort de la boîte et qu'on l'étire entre les doigts. Un bruit grandit, je vois passer les feux verts et rouges d'un avion. Il est pas plus gros qu'une bête à Bon Dieu. L'oiseau qui passe au ras de la fenêtre, et va sans doute vers son nid, me paraît bien plus grand que lui. Je suis tout seul dans l'obscurité.

La nuit tombait comme ça lorsque Papa rentrait à la maison après avoir passé la journée à chercher du travail. Car Papa est resté de longs jours à chercher un emploi, après être revenu un soir de l'école avec un beau papier plein de lettres dorées disant qu'il avait bien étudié.

– Et ce n'est qu'un commencement, a déclaré Papa. Je suis seulement le premier à rapporter un diplôme à la maison. Mes enfants, a-t-il conclu en nous le faisant admirer, ce petit morceau de papier va être notre passeport pour une nouvelle vie!

Ce soir-là, nous avons eu un bon dîner et Maman a porté un toast :

– A mon homme qui, éduqué comme il l'est, sera un jour *Presidenti!*

Papa l'a embrassée tandis que Rita dansait de joie. Elle avait quinze ans et devait être la seconde à rapporter un diplôme à la maison. Mais ça ne s'est pas fait.

Le diplôme de Papa, ce n'était que des mots sur un papier, et ça ne lui a pas permis de décrocher un bon emploi. Chaque jour, ça faisait un peu plus de peine de voir son visage quand il rentrait, et chaque soir, il buvait davantage de vin rouge. Finalement, il est retourné chez son ancien patron. Mais le camion était grand, et Papa rentrait fatigué le soir quand il avait passé sa journée à le remplir de vieux tuyaux et autres débris. Maman pleurait de plus en plus, alors Rita a cessé d'aller à son école. Un jour, elle est rentrée en disant qu'elle avait trouvé une bonne place, bien payée, mais qu'il lui faudrait travailler le soir. Quand Papa lui a demandé chez qui, elle lui a dit que c'était dans le centre et qu'il ne connaissait pas.

Après ça, Rita dormait tard le matin et il lui arrivait de paraître triste quand elle venait me dire au revoir avant d'aller à son travail. Elle rentrait toujours très fatiguée, et un jour elle s'est disputée avec Maman, parce qu'elle voulait aller habiter plus près de son travail. Maman a dit « Non », mais Rita est partie quand même, en promettant de revenir me voir tous les jours et d'apporter de l'argent chaque semaine. Après ça, la maison a paru comme morte; Maman demeurait de longs moments assise avec Rosa sur ses genoux et je l'entendais répéter doucement : « Petite Prune... Petite Prune... »

Dès lors, pour moi, la journée a commencé avec l'arrivée de Rita, car Rita a tenu sa promesse. Un jour, après que nous avons eu mangé le popcorn au caramel qu'elle avait apporté, elle m'a annoncé que nous allions avoir un secret tous les deux, pour que je puisse marcher de nouveau sans mon appareil.

– Pepito, a-t-elle dit en me mettant trois dollars dans la main, je veux que tu caches ça quelque part. Chaque semaine, je t'en donnerai d'autres et quand nous en aurons suffisamment, nous irons voir le docteur pour qu'il guérisse ta jambe.

Nous avons vidé une boîte de biscuits et nous avons fait un trou dans le couvercle, pour que ça soit comme une tirelire. C'était notre cachette et je la gardais sous le divan où je couchais. Chaque semaine, Rita y ajoutait des billets, parfois même beaucoup.

A la maison, ça n'était plus bien gai maintenant que Rita n'était plus là. Carlos et Mikos étaient grands à présent. Carlos allait au lycée, mais il ne voulait pas continuer. Alors, Papa l'a disputé et Carlos lui a lancé : « Toi, si tu as de quoi bouffer, c'est parce que ta fille va aux asperges! »

J'ai vu Papa se redresser de toute sa taille et plaquer sa grande main sur la bouche de Carlos, comme pour lui faire ravaler ce qu'il venait de dire. Mais Carlos lui a échappé et s'est sauvé dans la rue. Alors, pour la première fois, j'ai vu Papa pleurer, et quand Maman est venue demander ce qui se passait, il n'a pas voulu lui dire pourquoi il avait tant de peine.

Cette nuit-là, je n'ai pas pu dormir. Je sais ce que ça veut dire « aller aux asperges ». C'est ce que fait une femme qui se promène dans les rues en offrant son corps contre de l'argent. J'avais entendu Carlos et Mikos parler de choses comme ça, quand ils croyaient que je dormais. Ils disaient des noms de filles, puis des gros mots, et ensuite ils s'étouffaient de rire. Je suis beaucoup plus vieux que mon âge, plus vieux que mon pauvre arbre sur le trottoir...

Je fermais les yeux pour me défendre contre ma peur, mais le visage de Rita m'apparaissait alors... Je revoyais sa peau si lisse, son corps souple, la douceur de sa poitrine. Je l'avais vue grandir en beauté comme en bonté. J'aimais à la dessiner mais n'allez surtout pas penser que je la regardais autrement que comme un frère regarde sa sœur. Quel mal y a-t-il à voir la beauté qui s'épanouit sous vos yeux? Son vrai nom, c'est Margarita, comme la fleur blanche qui a un cœur d'or.

Je ne pouvais supporter les vilaines images qui me venaient à l'esprit, alors je faisais un signe de croix, en priant le Ciel que Carlos ait menti parce qu'il était en colère.

Le lendemain soir, quand Rita est arrivée, je voulais lui répéter ce que Carlos avait dit, pour que nous puissions en rire ensemble et qu'elle lui donne une gifle. Mais j'ai gardé le silence. Lorsqu'elle m'a demandé pourquoi je ne souriais pas, j'ai menti en lui disant que mon pied me faisait mal.

– Allez, a-t-elle dit, sors la boîte, que nous comptions notre argent!

Nous avons ôté le couvercle et j'ai vidé la boîte sur ses genoux.

– Il nous en faut encore plus, a dit Rita. Je vais faire des heures supplémentaires.

J'ai hoché simplement la tête, parce que j'avais peur de parler. Pour la première fois, j'ai souhaité que Rita s'en aille.

Il a fallu plusieurs semaines pour que j'arrive à dormir bien de nouveau. Je me disais que c'était à cause de ma jambe, mais je savais que c'était Rita qui me tracassait. Je la regardais plus attentivement maintenant, comme à la recherche de quelque chose qui me montrerait que Carlos avait menti. Et puis, un jour, j'ai balbutié :

– Une femme qui vend son corps, comment c'est qu'on l'appelle?

Rita m'a regardé vivement en pinçant les lèvres, puis elle a souri :

– Ne me dis pas que mon Pepito est en train de devenir un homme!

Et sa main écartait doucement les cheveux qui me tombaient sur la figure.

– Tu ne m'as pas répondu, ai-je insisté.

Alors, elle s'est détournée et a laissé retomber sa main en disant :

– Une prostituée.

– C'est mal pour une femme de faire ça, n'est-ce pas?

– Ça dépend, a-t-elle dit, puis aussitôt : regarde ce que je t'ai apporté ce soir.

Il y avait de grosses oranges dans le sac en papier et quand nous les avons eu mangées, Rita a appuyé sa tête contre la mienne.

– Il ne faut pas te soucier de vilaines choses, a-t-elle dit en regardant droit devant elle. Tu ne dois voir que ce qui est beau, pour le mettre sur le papier. Je ne connais pas de prostituées, et toi non plus.

Sur quoi, elle est partie et cette nuit-là, avant de m'endormir, j'en ai voulu à mon frère Carlos d'être une si mauvaise langue.

Après ça, tout a été de nouveau comme avant entre Rita et moi. Dans une semaine, elle allait avoir dix-huit ans et j'ai décidé de lui acheter un cadeau pour son anniversaire. Maman a dit que dix-huit ans, c'est une date qui compte pour une fille, et j'ai voulu que Rita ait un beau souvenir de cet anniversaire. Je n'avais d'autre argent que celui qui se trouvait dans la boîte à biscuits, sous mon divan. En moi-même, je me suis dit qu'il n'y avait pas de mal à en prendre un peu pour que Rita ait un beau cadeau d'anniversaire.

Maman a été surprise quand je lui ai dit que je voulais descendre et aller dans la rue. Alors il a fallu que je lui explique. Je lui ai raconté que j'avais économisé de l'argent pour acheter un cadeau à Rita, en lui montrant les vingt dollars que j'avais dans ma poche. Elle m'a aidé à descendre les premières marches, puis elle m'a regardé, par la fenêtre, m'éloigner dans la rue, du côté où sont les boutiques.

Les magasins étaient pleins de belles choses et j'allais lentement d'une vitrine à l'autre. Je me suis arrêté longuement devant l'une d'elles et j'étais presque décidé à acheter une petite radio, mais j'ai réfléchi que, pour Rita, il valait mieux une jolie robe. Une robe blanche, qui ferait paraître ses cheveux plus noirs que la nuit, une robe blanche comme la neige pour donner encore plus d'éclat à sa peau dorée.

Alors, je me suis mis à chercher des boutiques de prêt-à-porter. De l'autre côté de la rue, il y en avait une grande, avec des vitrines toutes fleuries de robes. Au passage clouté où j'attendais que ce soit aux piétons de passer, j'ai entendu des voix derrière moi, des voix de garçons. Ce qu'ils disaient m'a fait les suivre au lieu de traverser.

Je ne les connaissais pas, sauf un qui s'appelait Luis. Il était plus âgé que Rita, mais il avait été à l'école avec elle et, de temps en temps, Carlos le ramenait à la maison. C'est en l'entendant prononcer le nom de Rita que j'ai décidé de les suivre.

– Ouais, cette Rita, disait un des garçons, depuis qu'elle est dans les beaux quartiers, y a plus moyen de l'approcher.

– J'ai entendu dire qu'elle était avec un maquereau qui ne lui fait faire que des clients tout ce qu'il y a de rupin. Alors, t'es pas de taille! a rétorqué un autre.

Ils ont tous éclaté de rire, et j'ai eu l'impression que mon corps se vidait de son sang. La terre allait sûrement s'entrouvrir, et ces garçons iraient droit en enfer! Ils ont disparu au coin de la rue, car j'étais incapable de faire un pas de plus. Mon cœur était comme mort. Je ne pouvais plus douter... Ce que je craignais tant était vrai...

Des gens me bousculaient en passant, mais j'étais toujours incapable de faire un pas. C'est seulement bien plus tard que j'ai pu me remettre à marcher très lentement. Dans ma gorge, il y avait quelque chose qui me faisait mal, comme un cri terrible qui s'y étranglait. Ma jambe s'est mise à m'élancer au point que j'ai dû m'arrêter de nouveau et appuyer mon visage contre une vitrine, en fermant les yeux et serrant tellement les paupières que c'en était douloureux. Des couleurs fusaient dans ma tête et j'avais l'impression que tout tournait autour de moi.

Quand j'ai ouvert les yeux, j'ai vu les revolvers. Ils étaient alignés comme des soldats attendant qu'on leur donne un ordre. Ils attendaient, avec la mort à l'intérieur de leur coquille noire.

Je suis demeuré un long moment à les regarder. Le Père Diaz n'avait-il pas dit que la mort n'était qu'une façon de naître à une autre vie? Et une vie meilleure?

Je marchai jusqu'à la porte vitrée. Derrière la glace, il y avait un treillis métallique, qui m'a fait penser à ce que tricotait Maman. J'ai appuyé mes deux mains sur la poignée, dont le contact m'a paru aussi dur et froid que devait l'être celui d'un revolver. J'ai trébuché sur un tapis-brosse et mon appareil m'est entré dans la chair. En ouvrant la porte, j'avais déclenché une sonnerie qui n'arrêtait plus. Je suis entré.

Lorsque les policiers m'ont posé des questions, j'ai secoué la tête. Quand, au tribunal pour enfants, Papa et Maman ont pleuré, quand le juge m'a demandé pourquoi j'avais tué ma sœur le jour de son anniversaire, je n'ai toujours rien dit. Ils ne pourraient pas comprendre comme cela m'a été dur. Perdre son étoile lorsqu'on a treize ans, c'est devenir aveugle. Mais ça vaut quand même mieux que de voir son étoile tomber du ciel et finir dans la boue. Pour moi, Margarita restera toujours comme son nom : d'un blanc très pur, avec un cœur d'or.

Voilà pourquoi je suis là sur ce lit, dans le noir de ma petite cellule, et qu'on me traite d'assassin.

*Like a terrible scream.*
Traduction de Maurice Bernard Endrèbe.

# Une chance après l'autre

par

THOMAS WALSH

CHEZ Harrington, tout le monde l'appelait Padre. Tous les soirs, vers sept heures, il quittait sa chambre meublée pour venir au bar et il buvait sans s'arrêter jusqu'à trois heures du matin, l'heure de fermeture. Une nuit de Noël, très ivre, il posa la tête sur ses bras repliés autour de son verre et se mit à psalmodier un charabia sans queue ni tête. Chez Harrington, personne ne comprit de quoi il s'agissait; mais, par la suite, Harrington se demanda si ce n'était pas du latin. Parce que, peu à peu, d'après certaines remarques qu'il fit sur sa vie passée, le bruit courut qu'il avait été autrefois prêtre catholique dans une petite ville de la Nouvelle-Angleterre, aux environs de Boston.

Agé d'une cinquantaine d'années, il avait dû être, dans sa jeunesse, fort et vigoureux. Mais aujourd'hui, le whisky l'avait presque détruit. Ses mains tremblaient; son visage, émacié et las, était creusé de rides profondes; sa pétulance d'alcoolique minable avait quelque chose de forcé et on ne le voyait presque jamais sans un début de barbe gris sale.

Un soir, Jack Delgardo, assis sur le tabouret voisin, lui demanda incidemment pourquoi on l'avait chassé de l'Église. Était-ce à cause du whisky, ou était-ce à cause des femmes? Se pouvait-il qu'on ne lui eût pas donné une deuxième chance?

– Si : une, reconnut Padre avec la cordialité fanfaronne de l'homme qui a beaucoup vécu. Un jour, ils ont entendu parler d'une petite Française installée à Holyoke, dans le Massachusetts; à cause d'elle et de mon penchant pour l'alcool, ils ont voulu m'envoyer en pénitence pendant deux ans dans un monastère de Géorgie. Les seules distractions qui m'attendaient là-bas, c'étaient le cilice et de longues heures de communion dans la prière avec le Seigneur Dieu, sans parler des tâches physiques les plus ingrates. Mais ils ne savaient pas à quel genre d'homme ils avaient affaire. Alors bien sûr, quand j'ai dit carrément à l'évêque d'aller se faire voir – car je m'étais rendu compte, à ce moment-là, que j'avais perdu la foi – la discussion en est restée là. Il y a bien longtemps de cela, Jack... une vingtaine d'années.

Mais le Seigneur Dieu n'intéressait pas beaucoup Jack Delgardo. D'autant qu'il venait de voir entrer dans le bar sa nouvelle petite amie, fort gracieuse et élégante.

– Ouais, dit-il en se levant avec empressement. Je comprends que vous ayez jeté le froc aux orties, Padre. Allez, à un de ces jours, hein?

– Très certainement, dit Padre en le bénissant avec une solennité moqueuse pour le remercier du whisky gratuit. Je suis toujours ici, Jack. Pourriez-vous me prêter un dollar ou deux jusqu'au premier du mois?

Car c'était le premier du mois qu'il recevait ses quatre chèques. Chez Harrington, il ne parlait jamais de cet aspect de sa vie, mais il était issu d'une très riche et nombreuse famille d'Irlandais de Boston : Robert, le chirurgien; Michael, le pharmacien; Edward, l'ingénieur, et Kevin Patrick, l'homme d'affaires; plus trois sœurs mariées, qui étaient installées depuis des années, avec leurs familles, dans l'un ou l'autre des quartiers les plus chics de Boston.

Mais Padre avait fini par s'apercevoir qu'il ne supportait pas davantage les membres de sa famille que son évêque. Il ne manquait jamais de détecter sur leurs visages une légère mais révélatrice rougeur de honte lorsqu'ils devaient le présenter à des amis de passage, et il n'imaginait que trop bien les commentaires sournois qui couraient ensuite de bouche en bouche : la honte de la famille, la brebis galeuse, le petit dernier trop gâté – devenu aujourd'hui un prêtre défroqué, alcoolique et débauché.

Le petit dernier trop gâté... C'était peut-être justement là, songeait parfois Padre, l'origine de tous ses ennuis. Il aurait très bien pu être chirurgien, comme Robert, ou pharmacien, comme Michael; mais le petit Joey, le préféré, le plus choyé, le plus proche de sa mère, n'avait jamais été vraiment maître de sa vie. Aussi loin qu'il pût se souvenir, il se revoyait agenouillé avec sa mère sur un banc d'église, les rayons du soleil se déversant sur eux à travers un vitrail; le visage levé vers l'autel qui se dressait dans la pénombre, elle remuait les lèvres en silence, égrenant un chapelet entre ses doigts.

A l'époque, Padre était assez jeune – il n'avait jamais que trois ou quatre ans – pour croire tout ce qu'on lui disait; assez jeune, en fait, pour croire n'importe quoi. Les premières interrogations, l'amertume, la révolte, ne lui étaient venues qu'au séminaire. Il avait alors écrit une longue lettre à son oncle préféré, l'oncle Jack, pour lui annoncer avec désespoir qu'il ne pouvait plus supporter cette vie. Si l'oncle Jack n'arrivait pas à faire entendre raison à sa mère, Joey était décidé à s'enfuir – ou même à se tuer.

Mais, en définitive, il n'avait fait ni l'un ni l'autre. Il avait continué. Peu après, un soir d'hiver – il s'en souvenait fort bien –, une dispute avait éclaté à la maison entre sa mère et l'oncle Jack, debout de chaque côté de la table de la cuisine.

– Ne pousse pas ce garçon dans une voie qui n'est manifestement pas la sienne! avait crié l'oncle Jack. Bon Dieu, Maggie, tu devrais comprendre qu'il n'est rien de plus méprisable en ce bas monde qu'un mauvais prêtre! Au nom du ciel, à quoi penses-tu? C'est sa vie, Maggie, pas la tienne! Laisse-le en disposer à sa guise, sans quoi c'est toi qui devras en répondre. Pour toi, avoir un fils prêtre est une simple question de fierté... voilà pourquoi tu y tiens tellement! Dire que tu le forces...

Tremblante, sa mère s'était penchée en avant pour prendre appui des deux mains sur la table.

– Il fera ce que j'ai décidé! avait-elle répliqué sur le même ton. Il connaîtra le seul bonheur véritable qui existe en ce monde. Il portera la soutane, tiens-le toi pour dit! Quand je pense que tu oses venir me faire la leçon, toi qui n'as jamais eu la foi et ne l'auras jamais! Toute ta vie, tu n'as cessé de bafouer et de déshonorer la Sainte Église Catholique Romaine! Je connais mieux que toi les désirs et les besoins de Joey. J'ai prié la Vierge Marie tous les soirs de ma vie pour qu'elle lui donne la vocation, et elle m'exaucera! Mais toi, tu voudrais l'empêcher, n'est-ce pas? C'est pour cela que tu t'emportes comme un dément, l'insulte et le blasphème à la bouche! Dans ces conditions, j'en fais le serment : à partir de ce jour, toi et ta famille, vous n'entrerez jamais plus dans cette maison, de même que nous n'entrerons jamais plus dans la tienne! C'est cette réponse-là que tu voulais? Eh bien! la voilà. Jamais plus!

Soudain, tout un côté de son visage s'était affreusement tordu et, d'un bond convulsif, elle s'était affalée au milieu de la table. Après cela, Padre s'en souvenait, on avait appelé à la hâte le médecin de famille, et aussi le vieux Père O'Mara; quelques minutes plus tard, dans la chambre, toute la famille agenouillée – avec Bonnie, Eileen et Agnes en larmes – récitait la prière pour les agonisants, sous la conduite solennelle et grave du Père O'Mara. Mais Padre avait été le plus proche de sa mère – et cela, depuis le jour de sa naissance – et il lui avait tenu la main. Alors...

Alors, il avait continué. Il avait tenu la promesse non formulée qu'il avait faite à sa mère en cet instant. Il avait enfin endossé la soutane. Mais maintenant, le premier de chaque mois, il se contentait d'endosser les chèques de cinquante dollars que lui envoyaient, séparément, le chirurgien, le pharmacien, l'ingénieur et l'homme d'affaires. En contrepartie, par accord tacite, on lui demandait simplement de se tenir à une bonne distance de la ville de Boston, sa vie durant. Alors, voilà : à peine âgé de cinquante-trois ans, Padre n'était plus que l'ombre de lui-même, un alcoolique chancelant qui avait son tabouret attitré chez Harrington, à l'extrémité du bar, à côté des toilettes.

Là, tous les soirs de l'année, il ne dérangeait personne, n'intéressait personne; il ne se faisait ni amis ni ennemis. C'est pourquoi il fut assez surpris, un soir de janvier, d'être invité chez Jack Delgardo, à Lexington Avenue, pour y rencontrer deux amis de Jack, avec l'assurance que le whisky serait gratuit et coulerait à flots. Et, en effet, tout le monde eut beaucoup à boire, même Padre. Puis, chose un peu étonnante, au bout d'environ une demi-heure, la conversation se mit à rouler sur la théologie.

– Mais vous devez tout de même croire en Dieu? insista Jack en remplissant de nouveau le verre de Padre. Ne me faites pas marcher, Padre... Un type croit toujours en quelque chose, quoi qu'il en dise. Et je me rappelle ce qu'on m'a appris à l'école paroissiale : quand on est prêtre, c'est pour la vie.

– Tout à fait exact, convint Padre en savourant avec délices l'excellent bourbon. Dans la terminologie biblique, je crois que cela donne : « prêtre pour l'éternité, selon le commandement du grand prêtre Melchisédech. »

Eddie Roberts – Steady Eddie, comme le surnommait Jack – grimaça un sourire :

– Pour l'éternité? dit-il. A en juger d'après vos virées chez Harrington, tous les soirs de la semaine, vous seriez plutôt un « prêtre pour l'ébriété ».

Tous rirent de cette plaisanterie, même Padre; mais le troisième homme, Pete, ne changea pas d'expression pour autant. Il avait peu parlé jusqu'à présent. Il observait Padre avec attention, mais pas ouvertement; chaque fois que Padre lançait un coup d'œil dans sa direction, il baissait les yeux sur la cigarette qu'il tenait à la main.

– Ce n'est pas ainsi que l'entendait Melchisédech, repartit Padre avec bonne humeur. Au séminaire, nous avions inventé à son sujet des versets de notre cru : « Toute sa vie, Melchisédech loua le Seigneur/Bien malin qui peut dire ce qu'il fit par ailleurs... »

– Oh! mais vous êtes un malin, l'interrompit Steady Eddie. Certainement assez malin pour connaître à fond le sujet. Est-ce que je me trompe?

– J'ai reçu une éducation classique, répondit Padre. Tout ce qu'il y a de meilleur : latin, grec, théologie positive...

– Ouais, mais je croyais que vous n'aviez jamais encaissé la théologie, intervint Jack en échangeant un rapide coup d'œil avec Pete. C'est ce que vous répétez à tout le monde chez Harrington, non?

– En effet, dut convenir une nouvelle fois Padre. Du moins, c'est vrai aujourd'hui. Il y a des années, j'ai été frappé, d'un seul coup, par le fait que le Seigneur Tout-Puissant – à supposer qu'Il existe – n'était pas ce que la plupart d'entre nous avaient tendance à croire. Rendez-vous compte : qui, à part Lui, a supprimé l'une après l'autre toutes les créatures à qui Il avait donné la vie?

– Au catéchisme, objecta Jack, Sœur Marie-Cécile nous disait toujours que les hommes ne meurent pas vraiment. Ils sont seulement transportés.

– Non, non : *transformés,* Jack, rectifia Padre d'un air magnanime. Transformés en êtres supérieurs, en purs esprits; ou bien, au contraire, jetés dans les flammes éternelles. C'est là un enseignement très efficace, croyez-moi. Rien de tel pour maintenir un croyant dans le droit chemin.

– Seulement vous n'êtes plus croyant? demanda Pete avec douceur.

Padre vida son verre avec un clappement de langue appréciateur. Dans ces moments-là, il était très adroit pour défendre ses opinions. Il avait une longue pratique derrière lui.

– Je crois à ce que je peux voir, entendre, goûter, toucher et sentir, dit-il en indiquant son verre. Voilà ce à quoi je crois, messieurs. Rien de plus. Vos réserves de bourbon s'épuiseraient-elles, Jack?

– Bon, d'accord, ricana Steady Eddie. Mais il y a des tas de types qui fanfaronnent quand ils ont plusieurs verres dans le nez. Des fois, Padre, on ne sait pas s'il faut les croire ou non.

– Ainsi, vous ne croyez à rien, dit Pete tandis que Jack s'empressait de remplir le verre de Padre. A rien du tout. Même pas à l'argent?

– Oh! si. Sans restrictions. Et je crois également en Dieu. Du moins... – Il but une gorgée de bourbon. – ... du moins, au dieu de la bouteille. Et, par là même, au dieu du portefeuille.

– N'empêche, les vieilles habitudes ont la vie dure, Padre, dit Pete d'une voix encore plus douce. Supposons qu'on vous demande d'entendre un type en confession... moyennant cinq ou dix mille dollars? Au fond, c'est votre spécialité. Tout à fait votre rayon. Ça ne vous gênerait quand même pas un peu?

– Absoudre les pécheurs, consoler les affligés, réconforter les mourants...

Padre rayonnait. Il se rendait bien compte qu'il en faisait trop, comme toujours dans des discussions de ce genre, mais il était incapable de se retenir. Pourquoi? Il ne le savait pas. D'ailleurs, il ne voulait pas le savoir. Ce devait être ainsi et pas autrement. Il fallait qu'on sût à quel genre d'homme on avait affaire.

– J'ai entendu beaucoup de confessions durant mon sacerdoce – et en tout désintéressement. Certaines étaient fort croustillantes. Vous n'imaginez pas les choses que...

Pete et Jack échangèrent un rapide coup d'œil. Steady Eddie se pencha un peu plus en avant.

– Et supposez, murmura-t-il, supposez qu'on vous demande ensuite de nous répéter ce que le type vous a dit.

Son verre plein à la main, Padre éprouva un coup au cœur. Il avait transgressé bien des lois sacrées, mais il en était une qu'il avait toujours respectée. Un peu alarmé, il regarda Eddie, puis Jack, puis Pete. Au fond de lui-même, une voix lui chuchotait que ce n'était pas juste. C'était de la malveillance délibérée. Toute sa vie, on l'avait mis à l'épreuve, au-delà de ce qu'il pouvait endurer; et maintenant, voilà qu'on lui demandait de manquer à l'unique serment qu'il n'avait jamais trahi...

Il parvint néanmoins à acquiescer avec calme. Après tout, il fallait considérer le genre d'homme qu'il était et ce que représentaient pour lui cinq ou dix mille dollars. Pouvait-il reconnaître avoir menti à tout le monde – et s'être menti à lui-même – pendant toutes ces années? Jamais! C'était absolument hors de question.

– Je vois, murmura-t-il. Et vous répéter tout ensuite... Voilà donc la condition?

– Voilà la condition, dit Pete. Vous avez certainement un habit de clergyman et un col romain, Padre?

– Sans doute, dans un coin. – Padre continuait à sourire avec assurance. C'était nécessaire; il ne pouvait plus reculer. – Seulement... comme le dit la chanson : depuis le temps, bien des choses ont changé. Je ne sais pas si je serai encore capable...

Jack Delgardo se passa nerveusement une main sur la bouche. Steady Eddie cessa de sourire et fixa Padre d'un air glacial, menaçant. Pete, lui, se révéla beaucoup plus psychologue que les deux autres. Il comprit tout de suite que, si Padre émettait ainsi des réserves, ce n'était pas par force morale mais bien plutôt par faiblesse; sans doute désirait-il, sans oser se l'avouer, se laisser convaincre malgré lui.

– Rien de plus simple, déclara tranquillement Pete. Vous connaissez le type en question : donc, pas de contestation quant au fait que vous êtes prêtre, Padre. Vous n'auriez qu'à lui dire que vous avez réintégré l'Église, il le croirait. Vous vous souvenez de Big Lefty Carmichael?

Padre s'en souvenait – il l'avait connu quatre ou cinq ans plus tôt, chez Harrington – mais pas clairement. Pendant qu'il tâchait de situer ce nom dans sa mémoire, Jack Delgardo se pencha vers lui.

– On vient de le relâcher. – Jack posa sa main droite sur le bras de Padre et le secoua, comme pour donner plus de poids à son affirmation. – Il est tombé malade à la prison de Dannemora, Padre, et maintenant il se meurt dans une minable petite chambre meublée de la Neuvième Avenue. On ne peut plus rien pour lui. Même pas l'opérer. Il est malade comme un chien et désireux de soulager sa conscience, voyez? C'est un ami à lui qui nous l'a dit. Il paraît que Lefty lui a demandé d'amener un prêtre demain soir. Alors, où est le problème?

Cette fois, Padre décida de boire plus lentement, à petites gorgées. L'alcool commençait à lui brouiller les idées.

Voyant que Padre avait du mal à rassembler ses souvenirs, Pete expliqua d'une voix traînante :

– Il y a trois ans, Lefty et deux complices ont dévalisé une banque. Seulement voilà : dans leur fuite, ils sont entrés en collision avec un camion, sur la Deuxième Avenue, et Lefty a été le seul à s'en tirer vivant.

« Le soir même, les flics, après avoir identifié les deux autres – des types avec qui Lefty « travaillait » toujours –, lui ont mis le grappin dessus. Sur lui, Padre... mais pas sur l'argent de la banque. Pourtant, il ne l'avait sûrement pas dépensé. Pas eu le temps. Et il ne l'aurait pas confié à quelqu'un; il n'était pas stupide à ce point-là. Il a donc dû le planquer dans une cachette vraiment astucieuse, et l'argent est toujours dans cette cachette. Lefty n'a été relâché qu'hier matin et, depuis ce moment-là, il n'a pas quitté la maison de la Neuvième Avenue. Sans quoi, on l'aurait vu. On l'a surveillé.

« Bon. Donc, ce vieux Lefty veut maintenant voir un prêtre. Il n'a plus rien d'un dur, Padre. Si nous lui faisons dire par son ami que vous avez réintégré l'Église, il le croira. Vous êtes le genre de prêtre auquel il ne verrait aucun inconvénient à se confesser, si vous voyez ce que je veux dire. Au fond, vous êtes exactement comme lui. Vous êtes tous les deux des paumés. Bref, quand il vous confessera le hold-up de la banque, vous n'aurez qu'à lui dire de restituer ce qu'il a volé. C'est bien ce que vous feriez en pareil cas, n'est-ce pas? Seulement cette fois, dès qu'il vous dira où est caché le butin...

Padre prit son verre sur la table basse et le vida d'un trait. Son cerveau continuait à fonctionner lentement, ce qui l'irritait. Il ne comprenait pas pourquoi. En prenant grand soin de dissimuler sa confusion, il sourit à Pete avec encore plus d'arrogance. Il tendit la main droite vers la bouteille de bourbon, la souleva et bénit l'assemblée d'un geste solennel.

– *Absolvo te,* déclara-t-il avec juste ce qu'il fallait d'onction moqueuse. « Béni soit celui qui vient au nom du Seigneur. » Si c'est aussi simple que cela, messieurs, je pense que nous allons nous entendre. Disons donc demain soir vers neuf heures. Quelle est l'adresse exacte?

Pete était installé au volant, Eddie à côté de lui. Jack Delgardo, penché en avant, occupait le milieu de la banquette arrière. C'était le lendemain soir, à neuf heures et demie, et les trois hommes surveillaient l'entrée d'un immeuble de rapport, juste en face d'eux.

Environ un quart d'heure plus tard, Padre apparut. Rasé de près, il portait un costume anthracite et un col romain. Steady Eddie se retourna aussitôt pour ouvrir la portière arrière.

– Hé! Padre, appela-t-il avec précaution. Par ici. On a décidé de vous attendre.

C'était une froide nuit de janvier, brumeuse et pluvieuse, mais Padre, debout sous la porte cochère, ôta son chapeau d'un geste un peu las. Ils virent alors ses cheveux gris et son pâle visage aux traits ravagés – un visage d'alcoolique. Il jeta un coup d'œil à droite, puis à gauche, mais ne bougea pas jusqu'au moment où Pete donna un petit coup de klaxon impatient.

Jack Delgardo se poussa pour lui faire place sur la banquette arrière. Steady Eddie trouva que Padre avait une expression bizarre : l'espace de quelques longues secondes, il les regarda comme s'il ne les avait jamais vus et ne savait pas qui ils étaient.

– Alors, ça a marché? chuchota Jack Delgardo. Racontez-nous, Padre. Il s'est confessé?

Pendant encore une minute ou deux, Padre se contenta de caresser d'un air absent le chapeau noir posé sur ses genoux.

– Oui, répondit-il enfin. Oui, il s'est confessé.

– Alors accouchez, le pressa Steady Eddie. Qu'est-ce qu'il vous a dit? Où est l'argent, Padre?

– Comment? dit Padre.

Il avait l'air de penser à autre chose. Comme s'il était dans les vapes, songea Eddie avec fureur. Il ne répondit pas à la question. Il caressait inlassablement le chapeau noir, en le regardant comme si c'était la première fois qu'il le voyait, lui aussi.

– Avant, reprit-il, j'ai jugé préférable de lui parler un peu... pour le mettre dans l'état d'esprit adéquat. Au début, naturellement, j'ai dû chercher mes mots; mais très vite, ils sont sortis tout seuls. Il n'arrêtait pas de m'appeler « mon Père »... (Il laissa échapper un rire nerveux, chevrotant.) Cela faisait presque trente ans qu'on ne m'avait plus appelé comme ça, sur ce ton-là. Avec respect, je veux dire. Avec une sorte de confiance... Mon Père.

Eddie le saisit à la gorge avec colère et lui redressa brutalement la tête.

– Écoute-moi bien, toi, vieux soûlard! Jack t'a posé une question. Où est l'argent?

– Comment? répéta Padre.

Il ne semblait pas comprendre de quoi il s'agissait. Il fronçait les sourcils d'un air absent.

– J'ai dû lui promettre de lui porter la communion demain matin à la première heure, dit-il. Je pense l'avoir aidé un peu. Quand je lui ai donné l'absolution, après, il m'a baisé la main. Oui, il...

Pete, qui n'avait cessé de regarder droit devant lui à travers le pare-brise, les yeux fixes, les lèvres serrées, mit le moteur en marche. Personne ne parla. Les trois hommes avaient dû en décider ainsi entre eux, tout comme ils avaient décidé d'attendre que Padre ressortît de l'immeuble.

Ils s'engagèrent dans une rue sordide, vers l'ouest, sous les ombres d'une route surélevée en construction; là, ils gravirent une rampe d'accès à moitié terminée. En haut, il y avait une sorte de terrasse jonchée de gravats et de gros blocs de béton. Devant eux, un parapet en pierre; au-delà, le fleuve.

Pas d'autres voitures en vue, personne d'autre qu'eux; pas de lumières, à part la lueur intermittente d'une enseigne clignotante, en dessous, au coin de la rue. Rouge, noir, rouge, noir. Padre laissa errer ses pensées avec le plus parfait détachement. Aucun réconfort à attendre de cette nuit pluvieuse de janvier et des petites lumières disséminées sur l'autre rive, du côté de Jersey – non, aucun réconfort, en vérité... mon Père.

– Padre, dit Pete. – Contrairement à Eddie, il était calme, tout à fait maître de lui. – Où est l'argent?

Selon toute apparence, Padre ne l'entendit pas.

– Il fallait... que je le réconforte, dit-il. Mais la seule chose qui m'est venue à l'esprit, c'est cette réflexion d'un Jésuite français, que j'avais lue un jour : un chrétien ne doit pas redouter la mort, il doit l'accueillir, c'est le plus grand acte de foi qu'il puisse faire ici-bas; il doit plonger avec joie dans la mort, comme dans les bras de son Dieu vivant et aimant. Ensuite, je lui ai fait réciter l'acte de contrition... après m'être rappelé les paroles. Et je m'en souvenais. Alors, pris à mon propre piège... – Encore une fois, il émit un petit rire. – « O mon Dieu, j'ai un très grand regret de vous avoir offensé... » Ça, c'est le début. Lorsque j'ai eu terminé... L'un d'entre vous pourrait-il me donner à boire?

Pete descendit de voiture. Eddie aussi. Jack Delgardo aussi. L'un d'entre eux ouvrit la portière du côté du Padre et le tira par le bras. Il sortit docilement et resta là sans bouger.

– Padre, dit Pete. Où est l'argent?

– Comment? dit Padre – pour la troisième fois.

L'échange de paroles s'arrêta là. Eddie et Jack Delgardo s'approchèrent de lui. Ils furent rapides et très efficaces. Ils plaquèrent Padre contre le parapet en pierre – qui, à cet endroit, surplombait le fleuve de vingt-cinq ou trente mètres, puis Eddie se servit de ses poings, et Jack Delgardo de la pointe de sa chaussure droite.

On entendit seulement le raclement de leurs pieds sur le macadam, puis un hoquet, puis la chute de Padre. Après cela, il se mit sur son séant, tout étourdi, son costume souillé de boue brunâtre, son chapeau de travers – de sorte qu'on voyait de nouveau ses cheveux gris –, la bouche en sang.

– Ce n'est qu'un début, gronda Steady Eddie. T'as encore rien vu. Tu vas pas t'en tirer comme ça, tu sais. On ne t'a pas obligé à marcher avec nous. C'est toi qui as promis de nous aider. Alors fais ce qu'on te dit, espèce de vieux poivrot, sinon... *Où est le butin?*

Padre s'était redressé. Appuyé contre le parapet, il s'y cramponnait des deux mains, en essayant avec peine de reprendre sa respiration.

– Mais j'ai trouvé cela injuste, s'écria-t-il. Injuste! Ma vie durant, j'ai été tenté de toutes les façons possibles et imaginables

– maintes et maintes fois! Et puis ce soir, dans la chambre de ce malheureux, je me suis pris à écouter ce que je disais... tout ce qui me passait par la tête. Pas pour lui, mais pour moi, comprenez-vous? Et qu'est-ce que je disais? Que le nombre de nos échecs n'avait pas d'importance, qu'il suffisait seulement de réussir à la fin! Que ce ne sont pas des épreuves successives que Dieu nous envoie, mais des chances successives! Et que si, une fois, une seule fois, tout à la fin, nous pouvions dire au Tout-Puissant que nous avons saisi la chance...

Pete fit signe à Eddie et à Jack Delgardo de s'écarter. Puis il se recula lui-même dans une zone un peu mieux éclairée, pour rendre bien visible le couteau qu'il tenait à la main.

– Vous savez ce que c'est, Padre? dit-il. C'est un couteau. Et vous savez ce que je peux en faire, si vous m'obligez à en arriver là?

Il entreprit de l'expliquer. D'un ton neutre, il parla des diverses parties du corps humain, de leur extrême vulnérabilité à la douleur, de ce qu'il pourrait faire avec le couteau – si on l'y forçait. Toujours cramponné au parapet, aveuglé par la panique, Padre, frissonnant, éprouva bientôt le besoin d'échapper à cette voix. Mais, d'un côté, Steady Eddie l'attendait. De l'autre, Jack Delgardo.

– On vous donnera même une part du gâteau, insista Steady Eddie. – Il croyait manifestement que cet aspect de la question était déterminant. Tout en parlant, il sortit un flacon de whisky de la poche de son pardessus. – Juré, Padre. Tenez, buvez un bon coup... et puis réfléchissez une minute. Rien de tel, vous vous rappelez? Le dieu de la bouteille.

Padre avait bien besoin de boire un coup. Il commençait à sentir la douleur – au visage, au creux de l'estomac, dans le genou droit. Mais ce n'était rien du tout, il s'en rendait compte, par rapport à la douleur que lui infligerait le couteau. Là, oui, il parlerait. Tel qu'il se connaissait, il savait qu'à la fin il serait obligé de parler.

En définitive, lui avait-on imposé des épreuves successives, par pure méchanceté, sans nécessité aucune? Ou bien – comme il l'avait assuré lui-même un peu plus tôt – lui avait-on offert, au contraire, des chances successives – en cet instant même, la chance de reconnaître enfin, pour la première fois de sa vie, l'existence d'un amour plus grand, qu'il avait toujours nié?

Il était toujours incapable de répondre. C'était cependant bien étrange – songea-t-il – qu'on exigeât maintenant de lui l'ultime reniement, la violation de l'unique promesse qu'il n'eût jamais transgressée. Mais comme preuve de quoi? D'une chose à laquelle il croyait encore, au fond de son cœur, ou d'une chose à laquelle il ne croyait pas?

Ses mains tremblaient. Il les regarda, puis il regarda le flacon qu'elles tenaient, puis les rochers déchiquetés, visibles au bord du fleuve, une trentaine de mètres plus bas. Il n'avait pas encore bu. Alors qu'il tentait de déboucher la bouteille, elle lui échappa des mains – comme par accident – et roula sur le parapet.

Gémissant, il se mit à ramper avec désespoir pour attraper le flacon. Et, avant que Steady Eddie ait pu perdre son rictus méprisant, avant que Jack Delgardo, le dos au vent, ait pu allumer sa cigarette, avant que Pete, le plus éloigné de tous, ait pu esquisser un geste, Padre, très droit, se dressa sur le parapet.

Pete poussa un cri d'avertissement. Steady Eddie se précipita. Mais Padre, lui, pensait : plonge avec joie, saisis la chance, sois digne de la confiance placée en toi, reconnais enfin – sans aucune réserve – l'existence d'un amour plus grand. Plonge avec joie!

Ce fut sa dernière pensée. Esquivant l'assaut frénétique de Steady Eddie, le Père Joseph Leo Shanahan, très calme, s'approcha du bord, fit le signe de la croix, mit l'autre main devant ses yeux dans un ultime instant de faiblesse – et sauta.

L'enseigne clignotante éclaira alors le parapet vide – à part la bouteille de whisky encore bouchée – et trois hommes – seulement trois – qui, au milieu des ombres, ouvraient de grands yeux stupides et incrédules.

*Chance after chance.*
Traduction de Gérard de Chergé.

# La tête dans les nuages

par

BARBARA OWENS

*10 mai*

JE commence, littéralement. Enfin. Ma véritable naissance date seulement du premier mai. Je suis comme neuve. Fort satisfaisant ce petit mot-là : « neuve »; et tout à fait à sa place au début d'un journal. Cela vaut la peine d'être répété : je suis comme neuve. Ce qui s'est passé avant n'a jamais été. Oubliés, cet innommable accident et le petit problème posé par mes nerfs; pages effacées. Je les mentionne ici, mais pour une seule et unique fois; je veux définitivement les écarter. Voilà qui est fait.

Je n'ai encore jamais tenu un journal et ne sais trop pourquoi il me paraît à présent indispensable de le faire. Peut-être est-ce parce que j'ai besoin de voir et de toucher quelque chose qui m'apporte la preuve d'une vie nouvelle. Venue de loin, arrivée loin, désormais pleine d'espérance.

*11 mai*

Ce matin je me suis regardée longtemps dans la glace de la salle de bains. Ma physionomie est différente, neuve. Certes, la beauté n'est pas et ne sera jamais mon lot, mais mon visage est vivant; il a perdu cet aspect terne, pâle, éteint (confinement, long repli sur moi-même). Et je me suis regardée sans crainte, sans appréhension. Bon signe, cela.

Je viens de prendre mon petit déjeuner. J'ai fait place nette sur la modeste table de la cuisine et j'y reste assise auprès d'une tasse de café fumant. Les rayons du soleil matinal, jouant à travers les rideaux, viennent dessiner sur la nappe des motifs sinueux et mouvants. Dehors, tout est encore très silencieux. Je me suis levée trop tôt, bien entendu – difficile de se défaire de la discipline rigide observée durant des années à la ferme. Le chant des oiseaux me manque. Pourtant, il y en a peut-être quelques-uns; la cour-jardin possède plusieurs grands arbres. Même dans une ville, il doit y avoir des oiseaux.

Il faut que je décrive mon appartement. Cela aussi, c'est du « neuf » – un appartement à moi. J'ai eu de la chance de le trouver. Je ne savais vraiment pas comment m'y prendre, mais une serveuse du café-restaurant de l'YWCA [1] me l'a signalé, et dès que je l'ai vu, j'ai su qu'il me fallait absolument l'obtenir.

L'environnement est constitué par de vieilles demeures spacieuses et de petites maisons aménagées en appartements. L'usure du temps, effaçant les angles, donne à ces bâtisses, dignes et tranquilles, un aspect douillet. Cette maison-ci est fort ancienne, patinée, avec de curieuses coupoles et des fenêtres vieux style en saillie. Le terrain est plutôt étriqué sur le devant et les côtés, mais assez spacieux à l'arrière, où il est agréablement fleuri, planté d'arbres et doté d'un pittoresque bassin à poissons rouges.

Ma propriétaire, une veuve qui vit là depuis plus de quarante ans, a converti tout l'espace disponible en appartements. Elle loge avec plusieurs chats, au rez-de-chaussée, qui est surélevé, et elle a loué le deuxième appartement de cet étage à une autre dame d'âge. Deux hommes jeunes, d'origine étrangère, occupent un des deux appartements du premier; la locataire de l'autre, je ne l'ai pas encore aperçue. J'ai aussi appris qu'un jeune étudiant habitait une partie du sous-sol, une sorte de « rez-de-jardin ».

Ne reste plus que l'espace sous le toit, les combles, le « grenier » – le meilleur pour la fin. Pour moi, c'est tout simplement parfait; je dispose même d'une entrée (et d'une sortie) privée, desservie par un escalier extérieur. Étant donné la construction un peu biscornue de la maison, mes murs et mes plafonds me jouent des tours. Le living-room et la cuisine qui le prolonge sont hauts de plafond, étant situés sous la partie la plus élevée du toit à forte pente. Dans la chambre et la salle de bains, le toit pique un plongeon suicidaire; résultat : les fenêtres de la chambre ne sont qu'à quelques centimètres du plancher et je dois me baisser pour voir au-delà de l'avancée du toit; là, en effet, le plafond est seulement à un mètre vingt de hauteur. Dans la salle de bains, c'est pareil; il faut se courber pour entrer dans la baignoire ou en sortir. C'est peut-être pourquoi j'aime tant cet

1. YWCA = Young Women Christian Association, association chrétienne d'aide aux jeunes femmes seules. (N. du T.)

ensemble; il a un cachet tout particulier; il est à la fois, et drôlement, insolite et intime.

Les meubles sont vieux mais confortables. Dans mon living, il y a du rembourrage partout, et les divers éléments du mobilier, tout en n'étant guère assortis, s'entendent bien pour ainsi dire. L'appartement est propre, impeccable d'un bout à l'autre; il a été entièrement et fraîchement repeint en vert tendre. Vivre là va être délicieux.

J'ai consacré la majeure partie de la journée d'hier à mon installation. Il faut maintenant que je referme ce cahier; je dois aller au marché voisin faire des provisions. J'ai même caressé l'espoir d'avoir un petit poste de télévision. C'est un plaisir qui m'a toujours été refusé. Quand j'aurai touché ma première paye, peut-être pourrai-je mettre un peu d'argent de côté pour en acheter un d'ici quelque temps. Tout va bien se passer.

*12 mai*

Aujourd'hui, j'ai reçu une visite. L'invisible locataire du dessous a grimpé mon escalier pour venir frapper à la porte de la cuisine (ma seule porte d'accès) juste au moment où je finissais mon petit déjeuner. Je crains de l'avoir accueillie avec un peu de mauvaise grâce et quelque gêne, mais je l'ai priée d'entrer et la visite s'est terminée agréablement.

Elle s'appelle Sarah Cooley. C'est une veuve, petite et boulotte, aux cheveux gris et aux yeux bleus pleins de gentillesse. Ayant remarqué que je n'ai pas de voiture, elle m'a offert d'utiliser la sienne en cas de besoin. Elle m'a aussi proposé d'aller à l'église avec elle ce matin. J'ai refusé ses deux offres, mais je l'ai remerciée avec tant de prévenante politesse que je pense m'en être bien tirée. Je ne pourrai jamais plus pénétrer dans une auto, cela est sûr, et elle ne saurait aucunement comprendre ce que je ressens à l'égard de l'Église. J'ai laissé sa tasse à café sur la table toute la journée rien que pour me rappeler qu'elle est venue et que tout s'est bien passé. C'est de bon augure.

Ma nouvelle occupation commence demain et il faut que j'en dise quelques mots. Je veux avoir confiance; tout le reste a bien marché. Le seul fait que j'aie pu obtenir un emploi tient un peu du miracle, je suis la première à le reconnaître. Je n'étais guère préparée ni armée pour cela quand je suis arrivée ici; une tentative auprès d'un bureau de placement m'a convaincue de l'inutilité de cette démarche.

Je ne sais quelle bonne fortune a guidé mes pas vers cette rue-là et ce magasin-là avec sa petite pancarte jaune dans la vitrine.

M. Mazek a été l'amabilité même. Qu'à l'âge de trente-deux ans je n'aie encore jamais eu d'emploi l'a d'abord quelque peu surpris, mais je lui en ai dit juste assez sur mon existence à la ferme pour dissiper son étonnement. Il a paru satisfait de mes explications. Il m'a même indiqué comment obtenir une carte de sécurité sociale; je ne savais pas qu'elle était nécessaire. Il s'est montré si gentil que j'ai regretté de lui avoir raconté que j'avais un diplôme d'études secondaires, mais je suis sûre qu'il n'aurait jamais envisagé d'engager quelqu'un n'ayant reçu qu'une éducation à peine élémentaire. Voici que mes nombreuses années de lecture en cachette sont venues à mon secours. Et maintenant j'ai un vrai métier, normal, régulier.

*13 mai*

Tout s'est bien passé encore une fois. En fait, je suis dans un tel état d'exaltation que je n'arrive pas à m'endormir.

Pour les changements d'autobus, j'ai éprouvé quelques difficultés; mais j'ai réussi à surmonter ces complications et suis arrivée parfaitement à l'heure. M. Mazek a semblé heureux de me voir; d'emblée, il m'a appelé Alice et pas Miss Whitehead. Ma journée de travail s'est terminée avant même que je m'en aperçoive.

C'est un magasin modeste et plutôt sombre, un petit drugstore de quartier, avec deux étroits passages. Il y règne un agréable désordre; cela fait confortable, bon enfant. M. Mazek est assez vieux jeu, ennemi de tout modernisme. Comptoir pour se restaurer, étalage de magazines, toutes choses permettant de musarder, il n'en veut pas; il désire que ses clients viennent choisir et acheter, sans s'attarder. Il exerce son commerce au même coin de rue depuis de nombreuses années, si bien qu'à peu près tous ceux qui viennent là sont des habitués. Cela va me plaire, je le sens, de faire partie de cet ensemble.

Au début, je me suis contentée de regarder faire M. Mazek et Gloria, l'autre employée, mais je suis persuadée que je pourrai m'en tirer. Vers la fin de la journée, il m'a laissée inscrire plusieurs ventes sur la caisse enregistreuse et je n'ai pas fait une seule erreur. J'ai peur de ne jamais savoir les noms et les emplacements de tous les articles, il y en a tant; mais M. Mazek dit que je m'en souviendrai en un rien de temps et Gloria prétend que si elle peut le faire, je le peux aussi.

J'y arriverai! A mesure que les jours s'accumulent, je me sens plus sûre de moi, et plus en sécurité.

*16 mai*

Voici trois jours d'écoulés et j'ai négligé mon journal. Le temps passe si vite! Comment décrire mes impressions, ce que je ressens? Je me réveille chaque matin dans cet appartement tranquille et qui est le mien; je vais faire un travail plaisant dans un endroit où l'on a besoin de moi et où l'on m'apprécie; et je reviens chez moi vivre une soirée paisible où j'agis à ma guise, comme bon me semble. Pas de restrictions, pas de regards inquisiteurs, épiant mes faits et gestes. C'est ce que j'avais toujours espéré et mon rêve est devenu réalité.

J'apprends vite, le métier rentre; cela vient si facilement que j'en suis toute surprise. Gloria se plaint, dit qu'elle s'ennuie, trouve sa vie fastidieuse; moi, je savoure, au contraire, toutes les heures, au point que les jours me paraissent trop courts.

Décrivons Gloria : c'est une divorcée d'à peu près mon âge, languide, aux mouvements lents, aux cheveux teints en roux et aux épais sourcils noirs. Elle n'est pas grasse, mais semble presque l'être tant elle est molle, flexible et malléable, comme une vieille poupée de caoutchouc. Elle a des ongles rouges, d'une longueur excessive, et elle n'arrête pas de les exhiber ou de s'en occuper. Elle ne lésine pas sur le maquillage et se met du fond de teint pâle en abondance, ce qui lui donne une physionomie assez déconcertante, mais elle est fort gentille avec moi, et comme elle travaille chez M. Mazek depuis plusieurs années, on doit pouvoir lui faire confiance.

A côté d'elle, je me sens pataude, rustaude, tout anguleuse avec mes grands os, mes drôles de mains, mes drôles de pieds. Nous ne nous ressemblons certes pas, mais j'espère qu'elle deviendra ma première véritable amie. Hier, à la pause-café, nous avons pris notre café ensemble, et au cours de notre conversation elle a cessé de jouer avec ses ongles pour me dire « Fichtre, Alice, savez-vous que vous parlez exactement comme un livre? » Cela m'a désarçonnée sur le coup, mais elle souriait; alors j'ai souri moi aussi. Il faut que j'écoute un peu plus les autres, que j'apprenne à parler normalement. La conversation à bâtons rompus, décontractée, cela ne me vient pas facilement.

M. Mazek continue d'être aimable, patient, et m'assure que j'apprends bien. A plusieurs égards, il me rappelle Papa.

J'ai déjà, sans le vouloir, produit mon petit effet, si l'on peut dire. Aujourd'hui, la balance de pharmacie s'est plus ou moins déréglée, quelque chose n'allait pas; j'ai demandé à y jeter un coup d'œil, et en un tournemain je l'ai réparée, remise d'aplomb.

M. Mazek n'en revenait pas. Je n'avais pas réalisé que c'était là un véritable exploit. A force de seconder Papa durant des années à la ferme, je n'ignore plus rien de la mécanique. Mais je me suis promis de ne pas penser à Papa.

*17 mai*

Aujourd'hui, j'ai touché ma première paye, par chèque. Pas bien reluisant, ce bout de papier, mais pour moi il est essentiel, capital. Je n'avais pas encore fait mes calculs, mais je m'aperçois maintenant que je ne serai pas riche. Le poste de télévision, je devrai m'en passer. Une fois payés le loyer et la nourriture : quelques petits extras, c'est tout ce que je puis m'offrir. Heureusement, je porte un uniforme pour travailler; acheter une nouvelle robe peut donc attendre.

Immédiatement après mon travail de ce matin, je suis allée à la banque me faire ouvrir un compte avec mon chèque et ce qui reste de l'autre argent. Cela aussi, je l'ai fait sans commettre d'erreur. Maintenant c'est à l'abri, en sécurité, comme moi. On dirait bien que j'ai gagné la partie; on serait déjà venu m'appréhender si *elle* avait réussi à me retrouver. Je suis trop loin et trop bien cachée. Une vraie bénédiction, sa méfiance envers les banques, et grâce lui soit rendue pour une fois; il vaut mieux que ce soit moi qui l'ai pris plutôt que quelque voleur vagabond. Elle doit prier pour mon âme, c'est probable. Allons, pas de regards en arrière, pas de retour au passé.

*18 mai*

Le week-end, je ne travaille pas; M. Mazek emploie un étudiant à temps partiel. Je préférerais travailler; ce n'est pas bon pour moi d'avoir beaucoup de loisir. Parce que, alors, je pense trop.

Ce matin, je me suis offert le luxe de rester quelques minutes de plus au lit, et, tandis que j'assistais au lever du soleil, j'ai vu se produire un curieux phénomène sous l'avancée du toit devant ma fenêtre. Peut-être en raison d'une différence de température, ou quelque chose de ce genre, et comme cette avancée est assez forte, de l'humidité doit s'accumuler dessous. En tout cas un vrai brouillard flottait doucement contre la vitre en haut de la fenêtre, alors qu'en bas les rayons du soleil, un soleil brillant, pénétraient librement. J'ai trouvé cela si intéressant que je suis allée inspecter la fenêtre de la cuisine pour voir si là aussi c'était pareil; mais non, pas du tout. Le brouillard a persisté plusieurs minutes avant de se dissiper, et blottie là-haut dans mon grenier j'avais presque l'impression d'être à l'intérieur d'un nuage.

Ce matin j'ai fait le ménage et quelques achats. Je m'apprêtais à gravir l'escalier en revenant de l'épicerie, lorsque Sarah Cooley m'a appelée pour m'inviter à venir m'asseoir auprès d'elle dans la cour-jardin. Elle m'a présentée à l'autre veuve du rez-de-chaussée, Mme Harmon. Sarah m'a proposé encore une fois sa voiture pour faire mes courses, mais je lui ai dit que j'aimais la marche, que l'exercice m'était recommandé.

Il faisait particulièrement doux et chaud, un temps de mai idéal, et il était fort plaisant de rester assise à paresser au soleil. Le bassin se striait de petites rides sous une brise légère, et bien que les poissons n'y soient pas encore de retour, je m'aperçus que les jeux de la lumière semblaient faire apparaître une présence dans l'eau; une forme sombre et floue se dessinait juste sous la surface. Aucune de ces dames ne semblait le remarquer, mais moi, je ne parvenais pas à porter ailleurs mes regards. Il devenait pour moi si évident qu'il y avait quelque chose là, sous l'eau, que je me sentis mal et n'eus pas le choix : je dus m'excuser, quitter cette agréable compagnie.

Je suis restée agitée toute la journée, pleine d'appréhension, et finalement je me suis couchée de bonne heure; mais dans l'obscurité tout revint et mon esprit fut envahi par des scènes que j'avais chassées, refoulées, prohibées. Sans cesse, sans relâche, j'entendais le crissement des poulies et je voyais le toit de la vieille auto rouillée de Papa surgir, et, en s'élevant, faire craqueler, comme un miroir brisé, la surface polie de l'étang de Jordan. J'entendais des cris d'horreur, de terreur, et je voyais ses yeux, ses yeux à elle, des yeux hagards, des yeux fous. Je ne dois plus m'asseoir près de ce bassin.

*19 mai*

Ce matin, j'étais rétablie, je reprenais le dessus. Je suis restée au lit pour observer le petit nuage. Il y a quelque chose d'étrangement apaisant dans son évolution silencieuse; quand je l'ai vu disparaître, cela m'a presque attristée.

J'ai bien mangé et me suis efforcée de lire le journal, mais je me sentais sans cesse attirée par la fenêtre de la cuisine, d'où l'on peut voir clairement le bassin. A la fin, j'ai renoncé et suis sortie prendre un peu l'air. Au moment où je descendais les marches, Sarah et Mme Harmon s'apprêtaient à partir en voiture pour une randonnée à la campagne; Sarah m'a invitée, mais j'ai refusé.

M. Mazek a été surpris de me voir au magasin un dimanche. Ils avaient beaucoup à faire et j'ai offert de rester, mais M. Mazek m'a dit que je ferais mieux d'aller me distraire, profiter de la vie tant que j'étais jeune. Gloria m'a fait de petits signes de la main avec des effets d'ongles. Après m'être un peu attardée, j'ai finalement acheté un shampooing et suis partie.

Un autobus stationnait au coin de la rue; sans même savoir où il allait, j'y suis montée. Il a fini par me déposer au bas de la ville où j'ai passé la journée à baguenauder et observer les gens. Je trouve la ville pleine d'animation, d'allant, de vigueur. Tout le monde à l'air de savoir très exactement où aller et s'y rendre d'une allure décidée.

J'ai dû laisser le shampooing quelque part. Cela n'a pas d'importance. J'en ai déjà beaucoup.

*20 mai*

Aujourd'hui, je suis arrivée au magasin de bonne heure. La semaine dernière, j'ai remarqué que les vitrines étaient sales à l'intérieur; je les ai donc nettoyées. M. Mazek s'est montré enchanté; il a déclaré que lorsqu'une chose a besoin d'être nettoyée, Gloria ne s'en aperçoit jamais.

Gloria, elle, m'a conseillé de changer de coiffure, de me faire faire une coupe et une mise en plis savamment étudiées, au lieu de me contenter de laisser pendre mes cheveux tout raides; elle m'a dit où elle se faisait coiffer. Cela part d'un bon sentiment, je n'en doute pas, et je l'ai remerciée, mais quand je m'imagine toute frisottée et teinte en roux comme elle, je ne peux m'empêcher de rire.

M. Mazek m'a prise à part aujourd'hui pour m'engager à faire partie d'une association ou d'un groupe quelconque, afin de voir du monde, faire de nouvelles connaissances. Une bonne idée, selon lui, serait d'aller voir du côté de l'église, pour entrer dans un groupe paroissial. Un groupe paroissial, du côté de l'église, grand Dieu! Il pensait peut-être que j'étais venue hier au magasin parce que je me sentais seule et que je n'avais rien de mieux à faire.

Ce soir, ma propriétaire, Mme Wright, s'est inquiétée de savoir si j'avais fait tout ce qu'il fallait pour faire suivre mon courrier. Comme je n'en ai reçu aucun, elle se demandait s'il n'y avait pas eu erreur quelque part. Une nouvelle fois, hélas, j'ai dû mentir. Seules les blouses blanches, et *elle* bien sûr, aimeraient savoir où je me trouve, et je me suis donné trop de mal pour leur échapper.

Je suis plutôt nerveuse ce soir, quelque peu tendue.

*24 mai*

Ma seconde semaine et mon second chèque, et tout continue à bien aller.

Je viens de réaliser, et je le regrette un peu, que Gloria et moi n'allons pas être amies. J'essaie, mais au fond je ne l'aime pas. D'abord, elle est paresseuse; je m'aperçois que je termine à peu près la moitié de ce qui lui incombe. Dans les opérations de vente, elle commet de nombreuses erreurs; je le lui ai signalé, mais elle ne s'améliore pas pour autant. Je ne sais si je dois attirer l'attention de M. Mazek sur ce point. Il a sûrement dû s'en rendre compte.

A plusieurs reprises, cette semaine, j'ai remarqué que ma vue se brouillait légèrement, comme si un brouillard se formait devant mes yeux. Je suis certes préoccupée par les frais qu'entraînerait un traitement oculaire, mais il faut aussi que je puisse lire les prix et les étiquettes avec précision; il me paraît donc essentiel de me faire examiner les yeux.

*26 mai*

Comme c'est étrange! Le petit nuage est passé de ma chambre, sous l'avancée du toit, à la fenêtre de la cuisine. Hier, quand je me suis réveillée, il n'était pas là, et tandis que je prenais mon petit déjeuner, je l'ai soudain vu surgir à l'extérieur de la fenêtre, un doux nuage amical, se déroulant délicatement contre la vitre. Peut-être est-ce là un tour de mon imagination, mais il m'a semblé plus important. Il était encore au même endroit aujourd'hui, et je dois dire qu'il est le bienvenu; sa vue me fait du bien.

Hier a été une journée fort agréable – ménage et courses comme d'habitude.

Aujourd'hui, par contre, il n'en a guère été de même. Mon déjeuner à peine terminé, j'ai entendu des voix sous mon escalier, là où Sarah gare sa voiture. Ces dames se préparaient à partir pour une nouvelle randonnée dominicale. Sortie jeter un coup d'œil, je constatai qu'un bruit insolite dans le moteur les inquiétait. Étourdiment, sans prendre la peine de réfléchir une seconde, et forte de ma compétence, je leur ai proposé de l'examiner, ce moteur. En descendant les marches, j'essayais de me persuader que tout irait bien, mais dès que j'eus levé le capot, ce fut le noir et la nausée. Je n'y voyais plus rien et quelque part dans le lointain j'entendais une voix qui m'appelait, « Allie! Allie, où es-tu? »

J'ai quand même réussi, miraculeusement, à trouver ce qui

clochait et à remonter chez moi. Je me sentais environnée d'ombres et de menaces. Je ne parvenais pas à reprendre ma respiration, mes mains n'arrêtaient pas de trembler. Brusquement, je me suis retrouvée devant la fenêtre de la cuisine, occupée à me fatiguer les yeux pour scruter le bassin. Ce qui a pu arriver après, je n'en ai aucun souvenir.

Mais le pire est passé. Maintenant ça va mieux. J'ai baissé le store devant la fenêtre de la cuisine. Comme cela, je ne verrai plus jamais le bassin; et tout rentrera dans l'ordre.

Je voudrais bien être à demain et qu'il soit l'heure de rejoindre M. Mazek.

*30 mai*

Gloria profite de lui; elle en abuse. Je l'ai observée attentivement cette semaine; elle ne sert pas à grand-chose dans ce magasin. M. Mazek est si gentil, si bienveillant, qu'il a tendance à passer l'éponge, à ne pas se formaliser de sa négligence, mais elle a tort; c'est mal. Et puis je me suis aperçue qu'elle se conduit d'une façon éhontée avec les hommes; elle cherche à aguicher presque tous ceux qui se présentent. Hier, elle s'est retirée dans la réserve, à l'arrière du magasin, avec le représentant d'un laboratoire pharmaceutique; ils sont restés là plus d'une heure à rire et à fumer. Je voyais bien que M. Mazek n'aimait pas ça, mais il n'a rien fait pour y mettre le holà. J'ai désormais suffisamment d'expérience et je suis sûre que nous nous en sortirions parfaitement tous les deux, M. Mazek et moi. Nous n'avons vraiment pas besoin de Gloria.

J'ai pris rendez-vous pour mes yeux. Le brouillard revient fréquemment à présent.

*2 juin*

Le nuage grandit, c'est un fait. Hier matin, le soleil illuminait ma chambre, mais la cuisine était obscure; une grande ombre couvrait la surface du store. Je l'ai levé un tout petit peu; sur le rebord, il y avait comme une frange soyeuse, argentée. Je suis sortie sur le palier et je l'ai vu, blotti contre la vitre. Au toucher, il est chaud, pas humide – chaud, doux et apaisant. J'ai levé le store entièrement – le nuage dissimule complètement le bassin.

Hier, alors que je commençais à descendre pour aller faire des courses, les yeux baissés pour éviter de regarder le bassin, j'ai discerné, par les interstices entre les marches, le toit de l'auto de Sarah. Il m'a semblé qu'il ruisselait; la tête aussitôt m'a tourné et je me suis sentie si faible que j'ai dû m'agripper à la rampe pour ne pas tomber en remontant l'escalier.

Je ne suis pas sortie de toute la journée.

*7 juin*

Je reste cloîtrée ici depuis mercredi; j'ai la grippe. J'ai commencé à ne pas me sentir bien mardi, mais j'ai tenu à travailler jusqu'à mercredi midi; M. Mazek a alors insisté pour que je rentre chez moi. C'est désolant de le laisser sans personne à part Gloria, mais je suis certainement trop mal en point pour travailler.

J'étais rentrée directement me coucher, mais les rayons du soleil dansaient dans la chambre, créant une animation qui me mettait mal à l'aise. Là, tout est tellement vert que les ombres qui tremblotaient au plafond me donnaient l'impression d'être sous l'eau. Je me suis sentie soudain prise au piège, en train d'étouffer, les poumons prêts à éclater.

J'ai enlevé draps et couvertures pour aller m'installer sur le divan du living-room. De là je peux voir le nuage; il me réconforte. Maintenant, je vais dormir.

*10 juin*

J'ai été vraiment malade. Sarah est venue frapper deux fois à ma porte, mais je me sentais trop faible et fatiguée pour lui répondre; elle est donc repartie. J'ai la fièvre; parfois, je ne sais trop si je suis éveillée ou si je rêve dans mon sommeil. Je m'avise à l'instant qu'aujourd'hui n'est pas un jour comme les autres – c'est un anniversaire; voici juste un mois que ma nouvelle vie a commencé. Pourtant, on dirait qu'il y a plus longtemps. J'avais espéré...

*11 juin*

Je viens de me réveiller et j'observe le nuage. Par-dessous la porte s'insinuent par-ci par-là comme de petites mèches. Je pense qu'il voudrait entrer.

*12 juin*

Je vais mieux aujourd'hui. Mme Wright est venue me voir; elle s'est servie de son passe pour entrer. Très alarmée, elle s'est montrée scandalisée d'apprendre que j'avais été si souffrante sans que personne n'en ait rien su. Elle et Sarah ont voulu m'emmener voir un docteur, mais pénétrer dans cette auto, ça non, je ne le pourrais pas; je suis parvenue à les persuader que j'étais pratiquement guérie. Elle m'a apporté du potage et j'ai réussi à en avaler un peu.

Au moment où elle est entrée, le nuage s'est approché tout près, juste derrière elle, mais sans franchir le seuil. Peut-être attend-il d'être invité. Cette pauvre Mme Wright était si préoccupée par mon état qu'elle n'a pas remarqué le nuage.

*13 juin*

Aujourd'hui, je me suis sentie suffisamment bien pour descendre chez Mme Wright téléphoner à M. Mazek. Je n'ai pu y aller avant l'après-midi – l'auto de Sarah stationnait en bas. J'étais sûre qu'il avait besoin de moi au magasin et cela me tracassait beaucoup. Il m'a semblé heureux d'entendre ma voix et de savoir que j'allais mieux, mais il a insisté pour que je ne vienne pas avant lundi, quand je serai complètement rétablie.

J'ai honte de moi, je dois le dire. Prise d'une envie soudaine de me trouver auprès de lui aujourd'hui, je me suis mise à parler à tort et à travers, à lui faire part de mes projets, de mes souhaits, à lui laisser entendre que nous pourrions fort bien faire marcher le magasin tous les deux en nous passant de Gloria. Il est resté silencieux si longtemps que j'ai fini par reprendre mes esprits et me rendre compte que je m'étais fourvoyée; j'ai alors déclaré en riant que la fièvre me faisait dire n'importe quoi. Sortant enfin de son silence, il a ri lui aussi, et je lui ai dit que je le verrais lundi.

J'ai laissé entrer le nuage. Il évolue doucement tout autour de moi, s'infiltre partout et paraît presque emplir la pièce.

*21 juin*

Je ne suis pas allée à la banque aujourd'hui. Tous ces gens, ces queues, cela commence à m'indisposer. Je me contenterai pour le moment de l'argent et de la nourriture qui me restent.

M. Mazek, le cher homme, est préoccupé par ma santé. J'ai vu qu'il m'observait avec une expression soucieuse et j'ai redoublé d'ardeur à la tâche pour lui montrer que j'étais de nouveau d'attaque et en excellente condition.

J'ai décidé d'emmener le nuage au travail avec moi. Il reste discrètement à l'écart et va se blottir dans les coins sombres, mais c'est un réconfort pour moi de savoir qu'il est là, et je me surprends à lui sourire quand personne ne me regarde.

Hier après-midi, j'ai voulu aller chercher quelque chose à la réserve, oubliant que Gloria et un autre de ses sacrés représentants s'y trouvaient. Je me suis arrêtée à temps quand j'ai entendu leurs voix, mais cela ne m'a pas empêchée d'entendre Gloria prononcer mon nom et ajouter en commentaire « stupide bécasse »; ils ont alors éclaté de rire. Les larmes me sont montées aux yeux, mais un brouillard m'a aussitôt environnée; le nuage était là, enveloppant, apaisant, m'isolant loin de tout.

Ce soir, j'ai trouvé épinglé sur ma porte un mot de Mme Wright me disant que le médecin pour les yeux avait téléphoné pour rappeler mon rendez-vous. Pas besoin d'aller le voir à présent.

*23 juin*

Hier, l'auto de Sarah a été là toute la journée; je ne suis donc pas sortie.

Ma chambre, je n'y entre même plus. Je dors toujours sur le divan. Comme il est vieux et tout bosselé, c'est peut-être pour cela que j'ai tous ces rêves. Aujourd'hui, je me suis réveillée en sursaut; mon cœur battait la chamade et mon visage était trempé de larmes. Je m'imaginais que j'étais de nouveau là-bas et que toutes les blouses blanches se penchaient sur moi. « Vous pouvez rentrer chez vous », répétaient-elles en chœur, en une lancinante, insupportable mélopée. « Vous pouvez enfin retourner vivre avec votre mère. » J'en suis demeurée toute frissonnante, en proie aux souvenirs. Ils croyaient que je resterais avec *elle!*

J'ai fait le marché, mais pas le ménage. Je suis si fatiguée.

*27 juin*

Vous voyez? Je fonctionne normalement. Je raisonne; c'est donc que je n'ai rien de détraqué, que j'ai toute ma tête. Mais il y a ce vieux divan cabossé. La nuit dernière, c'est de Papa que j'ai rêvé, pauvre Papa, en train de suffoquer et de perdre la vie au fond de l'étang de Jordan. J'étais complètement affolée, au bord de la crise de nerfs, quand je me suis réveillée; mais le nuage est venu et il a tout effacé. Aujourd'hui, j'ai installé mes couvertures sur le plancher.

*28 juin*

Ce cher M. Mazek continue à se faire du souci pour ma santé. Il m'a suggéré aujourd'hui de prendre une semaine de congé – pour bien me reposer ou m'offrir un peu de vacances. Il avait vraiment l'air de se tourmenter, mais je ne peux évidemment pas le laisser tomber comme ça.

Parfois j'ai peur; j'ai l'impression que tout m'échappe, s'effiloche, s'enfuit. Je fais pourtant beaucoup d'efforts.

Je devrais peut-être me montrer plus tolérante vis-à-vis de Gloria.

*5 juillet*

Après avoir passé plusieurs heures à l'intérieur de mon cher nuage, si bienfaisant, je crois que je suis suffisamment calme pour bien réfléchir et aller au fond des choses. J'ai été blessée, dupée, bernée. Inconcevable, pareille tromperie! Je n'en reviens pas!

J'ai découvert aujourd'hui que Gloria – comment dire? – a des « rapports » avec M. Mazek et que cela dure manifestement depuis des années. Hier, jour chômé, ils devaient, semble-t-il, passer la journée ensemble, mais elle est partie avec quelqu'un d'autre. La porte du petit bureau de M. Mazek était fermée, mais je les ai entendus – ils parlaient très fort – et Gloria se moquait de lui, riait, le narguait ouvertement! Le nuage est instantanément venu m'envelopper et je ne me rappelle plus ce qui s'est passé ensuite.

A présent je commence à comprendre. Cela explique tant de choses. J'en ai d'abord terriblement voulu à M. Mazek. Mais maintenant je me rends compte que Gloria a tout fait pour le tenter et qu'il a été trop faible pour résister. Cette femme porte le mal en elle. Il faut faire quelque chose. Cela ne peut pas continuer ainsi; ce n'est pas tolérable.

*8 juillet*

J'ai trouvé le moyen d'intervenir aujourd'hui; nous avions toutes les deux à faire à la réserve. J'ai commencé par lui dire que j'avais découvert la chose par hasard, mais qu'à présent il fallait que cela cesse immédiatement. Elle s'est contentée de sourire en jouant avec ses ongles et elle n'a rien dit jusqu'au moment où je lui ai rappelé qu'il était marié, homme respectable et respecté, avec des petits enfants, et qu'elle allait faire le malheur de toute une famille. Elle est alors partie d'un grand éclat de rire; elle a dit que M. Mazek était assez grand pour savoir ce qu'il avait à faire et que je n'avais pas à m'occuper de ce qui ne me regardait pas.

*11 juillet*

C'est sans espoir, j'en ai peur. Pendant trois jours, je l'ai harcelée, la suppliant de mettre un terme à sa mauvaise action. Cet après-midi, elle m'a soudain prise à parti et s'est déchaînée contre moi, en me hurlant des choses horribles, cruelles, grossières, que je n'ai pas le courage de répéter. Plus tard, je l'ai vue qui parlait à M. Mazek, avec fougue, avec hargne; on aurait même dit qu'elle le menaçait. Que vais-je faire à présent?

Je ne dors pas bien du tout.

*12 juillet*

Je n'ai plus de travail; j'ai été remerciée. Il n'y a pas de mots moins douloureux pour le dire. Cet après-midi, M. Mazek m'a fait venir dans son bureau pour m'annoncer qu'il devait se passer de mes services à partir d'aujourd'hui, mais qu'il me paierait une semaine supplémentaire. Je n'ai rien pu dire, tant j'étais atterrée. Il m'a raconté que son étudiant à temps partiel avait besoin de gagner plus d'argent pendant l'été, mais je sais bien entendu que ce n'est pas la véritable raison. Il m'a dit qu'il était désolé, et il avait l'air si malheureux qu'il m'a fait de la peine. Je sais que ce n'est pas sa faute. Je sais qu'il préférerait m'avoir avec lui plutôt que Gloria. Le nuage lui-même m'a été d'un bien faible secours aujourd'hui.

*16 juillet*

Je ne suis pas sortie d'ici depuis quatre jours. Je le sais, parce que je les ai marqués sur le mur comme je le faisais quand j'étais là-bas. Demain je tracerai un trait en travers des quatre bâtonnets.

Je pense que j'ai mangé. Il y a des boîtes de conserve vides sur le plancher et des fragments de nourriture dans mes couvertures.

Le nuage est mon soutien – il vient en un doux murmure dissiper la douleur et me met hors d'atteinte.

*19 juillet*

Tout est arrangé, tout est réglé. Gloria était seule quand je suis entrée dans le magasin ce matin pour toucher ma dernière paye. Nous avons été fort polies toutes les deux et elle est allée dans le bureau de M. Mazek chercher mon chèque.

J'éprouvais une grande tristesse. Je l'aime, ce petit drugstore. Et durant le temps où il m'a été permis d'en faire partie j'ai appris à le connaître à fond. C'est une chance que je sache très exactement où chaque chose se trouve.

Je l'ai invitée à déjeuner aujourd'hui avec moi et elle a d'abord refusé, prétextant que sa période de congé commençait demain. Mais j'ai beaucoup insisté, m'appliquant à la convaincre qu'il était capital pour moi que nous nous séparions sans qu'il subsiste la moindre animosité entre nous. Elle a fini par accepter, et j'ai retrouvé le calme au sein de mon nuage; de nouveau, je suis forte et pleine de confiance.

Elle est venue ici, dans mon appartement, et tout s'est bien passé. Déjeuner agréable, détendu, et le nom de M. Mazek n'a jamais été prononcé. Je suis même allée jusqu'à lui raconter tout ce qui me concerne, et elle ne m'a pas semblé bouleversée outre mesure, pas plus qu'il n'était prévisible...

Ce soir, j'ai mis un mot sur la porte de Mme Wright pour lui dire que je devais m'absenter quelques semaines. J'ai déplacé les meubles les plus lourds pour les mettre devant la porte. Il faut que je ne fasse aucun bruit et que je n'oublie pas de ne jamais allumer. La lumière venant de la rue me suffit pour écrire et le nuage est là qui me protège et veille sur moi. J'ai parcouru un long chemin. Cette fois, ça y est, je suis à bout.

*Juillet*

Tout revient, revient, revient. Les blouses blanches avaient tort. Je ne peux pas; je n'y arriverai pas.

J'ai revu Papa. Nous nous tenions sous la lanterne dans la vieille et vaste grange. Il me montrait toutes les parties de sa vieille auto, m'expliquant comment chacune fonctionnait. C'était si bon, si rassurant d'être auprès de lui, et il m'a dit encore une fois que j'étais sa vaillante petite assistante, son bras droit. Je voulais...

Mauvaise. Oh, mauvaise! Tout le monde disait que tu étais complètement folle. Méchante, mesquine. Toi et ta Bible et tes prières et ton église, encore et encore, tous les soirs à l'église, à brailler et prier, sans jamais rien faire pour nous aider à la ferme, Papa et moi. Rester assise à la table de la cuisine avec ta Bible, ça oui, à chanter et prier dans le désordre et la saleté, sans rien faire d'autre, et puis, hop, dans la vieille auto, et en avant pour l'église, pour brailler et prier un peu plus pendant que Papa et moi faisions tout le travail.

Pas une marque d'amour ou de tendresse pour lui, jamais, pas un mot de réconfort. Non, tu l'assommais de prières, c'était tout, et tu comptais ses péchés. Pas pu aller à l'école, pas question, obligée de rester à la maison et de travailler à la ferme, pas de livres, instruments du diable, les livres; je devais les cacher dans la grange, tout là-haut sous le toit. Laide, tu es laide, une grande bringue malgracieuse, ma fille, et tu priais pour mon âme, mon âme et celle de Papa. La pauvre âme de mon pauvre malheureux Papa.

Le choc a été trop dur pour elle, c'est ce qu'on disait, oh oui, trop dur; alors on m'a envoyée là-bas pour être soignée par les blouses blanches et ensuite elles m'ont renvoyée à toi, à ta Bible, à tes prières, et tout le monde disait que c'était un accident, un tragique accident, voilà ce qu'on disait. Mais toi tu savais, tu ne l'as jamais dit mais tu savais, et tu priais et tu chantais et tu citais la Bible, et tu as brisé la vie de mon Papa. Dans les nuages, cette fille a toujours la tête dans les nuages, moi je l'aimais mon Papa et toi tu priais pour nos âmes et tu allais à l'église soir après soir. Il fait chaud ici. Ce doit être l'été dehors. Toutes les fenêtres sont fermées, bien closes, et il fait très chaud ici sous le toit. Dans les nuages.

*Aujourd'hui*

Je ne sais pas quel jour on est; depuis combien de jours je suis ici. Des marques sur mes murs, des mots et des dessins que je ne comprends pas. Je suis étendue là sur le plancher et je contemple mon nuage. Il tournoie, fait des volutes avec un faible bruit, comme un soupir, et m'entoure entièrement; je suis à l'abri, en sécurité. Je ne peux rien voir au-delà. Il est doux et chaud, et je resterai dedans pour toujours. Personne ne pourra me trouver maintenant.

Gloria commence à sentir. Gloria, toute bouffie avec ses grandes griffes rouges. Stupide Gloria qui n'a même pas songé à se plaindre quand elle a senti que le café avait un goût étrange. J'ai libéré mon Papa.

Je suis dans la grange. Le soir. En principe, je suis occupée à traire la vache. Je suis en paix, tranquille, sereine. J'ai fait tout ce qu'il fallait, du bon travail, et maintenant la vie va être belle, pleine de bonnes choses. La vieille auto toussote et bientôt je l'entends gravir en bringuebalant la colline escarpée qui surplombe l'étang de Jordan. La voilà qui entame la descente. J'écoute. Je suis contente. Le bruit s'évanouit, une voix, pas la bonne voix, pas la bonne, qui crie mon nom : « Allie! Allie, où es-tu? » La lumière disparaît de ce monde.

Opapapapapapa, qu'allais-tu donc faire dans l'auto ce soir-là? Ce n'est pas toi qui devais y être pas toi ça devait être elle elle elle.

*The cloud behind the eaves.*
Traduit par Philippe Kellerson.

TABLE

*Achevé d'imprimer en mars 1991*
*sur les presses de l'Imprimerie Bussière*
*à Saint-Amand (Cher)*

PRESSES POCKET - 8, rue Garancière - 75285 Paris
Tél. : 46-34-12-80

— N° d'édit. 1838. — N° d'imp. 823. —
Dépôt légal : février 1982.

*Imprimé en France*

Achevé d'imprimer [illegible]
sur les presses de [illegible]
à Saint-Amand (Cher)

[illegible] Paris
Tél. : [illegible]

[illegible]
Dépôt légal : [illegible]

Imprimé en France